Valteir Moreira Viega

Impresso no Brasil
Printed in Brazil

Capa
Claudio Bastos

Diagramação
Laysa Souza

Revisão
Do Autor

Dados Internacionais de Catalogação na Publicação (CIP)
Ficha Catalográfica

E92t	Evangelista, José Alfredo. Tiro de guerra de Mogi das Cruzes. / José Alfredo Evangelista. – Olinda: Livro Rápido, 2021. 150 p.: il. Sobre o autor p. 142 - 143 Obras do autor p. 145 – 147 ISBN 978-65-5952-085-5 1. Literatura. 2. Tiro de Guerra de Mogi das Cruzes - Instrutor. 3. Narrativa. 4. Literatura brasileira. I. Título. 821 CDU (1999)

Fabiana Belo - CRB-4/1463

Livro Rápido Editora

Coordenadora editorial: *Maria Oliveira*

Rua Dr. João Tavares de Moura, 57/99 Peixinhos
Olinda - PE CEP: 53230-290
Fone: (81) 4100.0410 / (81) 4100.0411 orcamento@livrorapido.com.br

Sumário

A Cerimônia

Era sábado. Não havia passado muito tempo desde que o sol se despedira no horizonte. Ainda era possível avistar os raios avermelhados dos seus últimos clarões a pintar no céu as poucas nuvens agrupadas ao poente daquele inesquecível mês de outubro. Vez por outra, um grupo de aves tagarelas apressava-se para cruzar o céu à procura de algum lugar onde pudesse repousar. Naquele mesmo instante, muitas pessoas já se aglomeravam à pequena e acolhedora praça situada à frente da única igreja daquele humilde povoado. A julgar pela quantidade de pessoas que já se fazia presente e por grupos de famílias que brotavam de toda parte, o número daqueles que vinham prestigiar o casamento não parava de crescer. De fato, era o acontecimento do ano e, ao que tudo indicava, ninguém queria perder aquele momento festivo.

Dos que se encontravam na praça, alguns que chegaram mais cedo permaneciam assentados por medo de se levantar e perder o lugar. Entre os demais convidados, não faltava quem ficasse circulando no meio da multidão a conversar, animadamente, com uns e com outros enquanto aguardavam o momento da cerimônia.

Alguns poucos, ao contrário da maioria, eram mais reservados. Em silêncio, limitavam-se a observar os trajes de quem ia chegando. Admirar aquelas mulheres, bem maquiadas e usando suas melhores roupas, com certeza, fora uma sábia escolha de como gastar o tempo de espera.

Além de toda aquela multidão ansiosa pelo início da cerimônia, ao contrário dos demais, as crianças, que lá se encontravam, aproveitavam muito mais o momento e, ao mesmo tempo tratavam de deixar o ambiente mais agitado do que a maioria dos presentes estava disposta a tolerar. Com seus gritos estridentes, corriam de um lado a outro a brincar de pega-

pega, levando os menos pacientes a, com frequência, repre-endê-los pelos transtornos provocados.

No interior da igreja, um casal elegante, muito bem vestido, estava a postos para fazer a filmagem do evento. O homem usava um paletó preto sobre uma camisa de seda cinza e gravata branca com listinhas pretas. A calça, também preta, seguia o mesmo padrão. A mulher também estava vestida na mesma proporção. Usava um blazer preto sobre uma camisa cinza e ajustado ao pescoço havia um elegantíssimo lenço com características semelhantes às da gravata do companheiro. Completava o traje, deixando-a ainda mais encantadora, uma saia preta e justa a evidenciar-lhe as belas coxas e o firme bumbum, que davam forma e contorno ao seu corpo impecável. Esbanjava sensualidade!

Daquela mulher que aparentava ter uns 35 anos, não menos; com frequência, os olhos negros, realçados por uma maquiagem também escura como a noite; mas menos intensa do que suas roupas, corriam por aquele espaço todo enfeitado para o casamento. Perfeito! Ameaçava esboçar um discreto risinho de aprovação, deixando à mostra parte dos seus dentes alvos a contrastar com o negro do batom que tratava de dar mais realce a seus lábios grossos. Era realmente linda e, aquela invejável postura atestava que a bela morena sabia muito bem do seu potencial.

O corredor da igreja, que fora todo enfeitado com flores coloridas para receber os donos da cerimônia, certamente, também esperava ansioso por aquele momento que, sem dúvida, seria inesquecível para toda a comunidade do pequeno povoado.

Com o passar do tempo, os ventiladores pareciam girar cada vez mais apressados para deixar aquele ambiente o mais arejado possível e, ao mesmo tempo, tratar de espalhar os diversos aromas de perfumes por todos os cantos da igreja.

Tudo fora corretamente organizado! Pensaram em todos os detalhes!

Com a aproximação do horário de início da celebração, muitos olhavam constantemente para o relógio impacientes com a demora dos noivos.

Outros se levantavam e saíam da igreja, a causar alvoroço, esperançosos de avistar chegar as personalidades mais importantes do evento

Por outro lada, aqueles que permaneciam na praça, quando ouviam o bater de portas de carro se viravam automaticamente para ver se era o noivo ou a noiva que estariam chegando. Não era todo dia que acontecia um evento daquela natureza num povoado tão pequeno. Por isso estavam eufóricos. Atentos, não queriam deixar escapar sequer um movimento.

Há aproximadamente três meses, na Vila são domingos não se falava em outra coisa. Afinal, o noivo era uma das pessoas mais influentes na região. Filho de um distinto fazendeiro por quem as moças não disfarçavam olhares interesseiros. Um bom partido, além de ser um cara bonito, diziam. Era alto, moreno e usava costeletas largas. Vaidoso, orgulhava-se de sua abundante cabeleira negra e ondulada que caia sobre os ombros. Sempre se encontrava rodeado de amigos que esperavam sair ganhando com sua companhia.

Durante o tempo que permanecera na vila, chegara a paquerar algumas das moças da cidade, mas costumava afirmar àquelas que queriam namorar sério que na Vila São Domingos não havia moça que serviria para se casar com ele. Só umas pobres coitadas. Até que num dia se surpreendera a admirar uma garota que saía da escola. Era Charlotte, filha do senhor Orlando, um pequeno comerciante da cidade. Ficara encantado com sua beleza e, a partir daquele momento, não pensara mais em outra coisa: conquistá-la. Ela teria que ser sua e seria!

O tempo ia passando velozmente. O padre, de pé próximo à porta da igreja, observava a bela multidão. Havia várias pessoas que há muito não apareciam para participar das celebrações. Iria caprichar no sermão. Aquelas ovelhas deveriam voltar para o rebanho. Precisava resgatá-las. Estava aflito com a demora dos noivos. Já havia tocado o sino duas vezes e nem mesmo o noivo havia chegado.

Conversara bastante com a comunidade, para acalmar os presentes, mas encontrava-se preocupado. Charlotte era uma boa moça. Iria se casar e ele sabia que não era por amor, mas por exigência dos pais. Não amava Marcos Paulo. Ele ficara sabendo através da boca da própria garota. Tentara convencer os pais de que deveriam voltar atrás naquela decisão, mas fora em vão. Eram muito ambiciosos para mudar de ideia. Pensara em aconselhar a moça a enfrentar os pais, mas temia o pior. Por fim chegara o dia do casamento, os noivos não apareciam e já passara do horário. O relógio marcava 18h40m. A celebração não aconteceria no horário combinado. Por que será que estão demorando tanto? Será que é para ser considerado um casamento chique? As pessoas costumam dizer isso, mas na verdade, é uma atitude desrespeitosa. Donde já se viu? Fazer os outros de bobos! Chique é obedecer ao horário estabelecido!

Olhou o relógio e, aflito com a demora dos noivos, saiu caminhando em direção ao fundo da igreja para tocar o último sino.

Ao ressoar daquelas tristes badaladas, algumas das pessoas que ainda se encontravam na praça, levaram um susto. Impulsivamente, levantaram-se e começaram a caminhar para dentro, justamente no momento em que, ouviram uma exclamação que os fizeram olhar para a rua:

– O noivo chegou!

– Vamos, gente, vão se acomodando dentro da igreja! A qualquer momento a noiva também estará chegando! – Aliviado, ordenou o padre. Rapidamente todos os bancos da igreja foram enchendo de gente ao som dos cochichos de algumas pessoas curiosas que corriam os olhos ao arredor.

De olhos fixos em Marcos Paulo o padre não se moveu. Algo estranho estava acontecendo. Além de não estar usando paletó e não haver gravata alguma, sua camisa branca se encontrava desabotoada. Não vinha acompanhado dos pais e nem padrinhos. Seus cabelos estavam despenteados. Havia algo errado, tinha certeza.

Ainda se encontrava a uns dez metros da igreja quando o rapaz parou e gritou: – Não vai haver droga de casamento nenhum, padre! Acho que o senhor me deve explicação, mas depois. Agora tenho pressa!

Virou as costas e saiu rapidamente. Chegou até a tropeçar na calçada e desapareceu numa esquina logo à frente.

O Padre Carlos ficou intrigado sem saber o que estava acontecendo e alguns dos que ouviram a conversa se aproximaram para saber:

– O que ele quis dizer padre? Por que o senhor lhe deve explicações?

– Também gostaria de saber! - Respondeu secamente ao mesmo tempo que, com expressão preocupada, percorria os olhos pela comunidade.

Alguns minutos mais tarde, Maria, a dona do salão de beleza, chegou assustada:

– A noiva desapareceu. Tive que ir à toalete e quando voltei, ela não estava mais lá. Perguntei para alguns clientes que estavam assentados, num banco, localizado em frente do salão, e eles me disseram que um homem, com cara de poucos amigos e a usar um traje todo preto, chegara numa moto amarela, entrara no salão e saíra de mãos dadas com a moça. Os dois montaram na moto e fugiram apressadamente. Agora o que eu faço, padre? Eu não tenho culpa de nada!

– Fique calma! Todos nós sabemos disso!

Depois de ouvir as novidades, o padre Carlos se dirigiu ao altar e informou aos fiéis o que estava acontecendo:

– Meus irmãos, ao que parece não vai mais ter casamento! Por enquanto, podem voltar para suas casas!

Naquele momento, a multidão inconformada com o incidente, começou um alvoroço ao sair da igreja. Iam abandonando pouco a pouco aquele espaço sagrado a pronunciar centenas de interjeições.

O zum, zum, zum daquela comunidade, decepcionada, lembrava uma colmeia agitada ao se sentir ameaçada. Não haveria mais festa. Nada de churrasco e outras guloseimas! Nada de danças! Haviam se preparado para o evento do ano e, de um momento para outro, tudo acabara em nada! Só lhes restava voltar para casa e aceitar o intrigante incidente!

Depois que o silêncio voltou a reinar naquele espaço sagrado, sem perda de tempo, o padre fechou portas e janelas da casa de Deus e foi trocar de roupas. A seguir, pensativo, dirigiu-se à casa dos pais de Charlotte. Precisava entender o que estava acontecendo de fato. Por que Marcos Paulo dissera que lhe devia explicações? O que fizera de errado para influenciar no que havia acontecido? Será que fora seus conselhos à Charlotte? Precisava saber o que estava se passando o mais rápido possível. Só podia ser Carter que, ao saber da notícia do casamento da sua amada teria vindo raptá-la. Quem lhe teria escrito para dar a notícia? Amigos não lhe faltavam para isso. Movidos pelos pensamentos continuou sua caminhada até chegar.

Mal se aproximou da casa, foi interpelado pela mãe de Charlotte, Dona Ester, que transtornada, o abraçou-o implorando por socorro:

– Seu padre – Pronunciou com dificuldade - o Senhor tem que fazer alguma coisa! Minha filha fugiu com um estranho para não se casar. Disse muitas vezes para o Orlando não a pressionar daquele jeito! Oh meu Deus! - Jogou-se ainda mais nos braços do padre na esperança de receber do homem de Deus o consolo necessário para encarar a triste realidade. - Ela não queria se casar padre! Agora o que eu vou fazer?

– Calma, minha filha! – Deslizou a mão direita sobre os cabelos da senhora tentando diminuir-lhe a aflição.

– Como posso ter calma, seu padre! – Retrucou-lhe alterando a voz enquanto se desvencilhava do abraço amigo

– Vê se pode, seu padre, o maluco do Marcos Paulo reuniu um grupo de capangas da fazenda e saiuem perseguição, gritando que os dois iam pagar caro pela humilhação!

Estou com muito medo de que aconteça o pior!

- Ele precisa ser parado! Alguém avisou o delegado? - Interrogou-a o padre enquanto levantava a cabeça, na esperança de ouvir a resposta de algum dos presentes.

Ouvindo passos vindo da cozinha, virou-se e viu surgir a esbravejar e a segurar um revólver cheio de ferrugem nas mãos, o Senhor Orlando:

- Sim padre! Eu mesmo tratei de fazer isso. Acho que estão para chegar. Vamos tentar impedir que aconteça alguma desgraça! Minha filha merece uma lição, mas não permitirei que ninguém além de mim, ponha as mãos nela!

Concluiu a frase e saiu apressado ao encontro dos três jipes que se aproximavam fazendo a poeira levantar.

Ao mesmo tempo, numa estrada poeirenta, Marcos Paulo e seu grupo seguiram determinados até chegarem a uma encruzilhada a uns dez quilômetros da cidade.

- Devemos escolher um lado, mas qual? Se eles pegaram a via mais movimentada, podem estar a uma boa distância, mas a situação deles é desfavorável, já que nossas motos são muito mais potentes. Algo me diz que seguiram por aquela outra estrada. — acenou mostrando a direção. Depois de uns vinte quilômetros, ela se transforma numa difícil trilha e não será possível andar em alta velocidade. Sacanas! - Coçou a cabeça irritado, mas em questão de segundos, se recompôs e falou em voz alta. - Vamos gente! Estou louco para pôr as mãos naqueles dois! Eles vão ter o que merecem! Perderão a vontade de pregar peça em gente de bem!

Todos responderam com uma espécie de grito de guerra e, em seguida, Bonifácio, um dos empregados mais próximo, tentou animá-lo: - Vamos patrão! Vamos alcançá-los antes do anoitecer! - Acelerou sua moto, deixando atrás de si uma trilha de fumaça e fazendo levantar voo apressados um grupo de aves que se encontravam numa árvore próxima.

Cada qual pôs sua moto para funcionar e saiu, deixando atrás de si, a cobrir a estrada, uma nuvem de poeira avermelhada às suas costas.

Com o passar do tempo, Marcos Paulo demonstrava cada vez mais irritado e sonhava com a possibilidade de pôr as mãos naqueles dois a quem responsabilizava pela causa da sua desgraça. Não podia admitir a derrota. Ela e o misterioso intrometido pagariam caro pela ousadia!

Misterioso uma ova! Sabia muito bem quem era o intrometido! E, também, uma pobretona! Fazê-lo sofrer tamanha humilhação! Ela iria se arrepender! Ah se iria! O cretino do Carter era apaixonado por aquela desmiolada e ela também gostava daquele imprestável! Sabia disso, mas tinha a convicção de que tinha tudo para fazer com que ela se esquecesse da sua paixonite em pouco tempo. Não seria difícil fazer com que tirasse aquele pobretão da cabeça. O mercadinho do pai mal dava para roupas e comida. Aquele pobre coitado não a merecia! A vida luxuosa que lhe proporcionaria seria mais que suficiente para que o amasse! Mas o rabugento tinha que interferir! Justamente no dia do seu casamento para aumentar ainda mais a sua ferida! Iria pagar com juros! Ah se iria!

A alguns quilômetros à frente seguia a motoca, levando os fujões. Carter acelerava, sem compaixão, sua companheira fiel. Não era lá muito veloz, mas podia levá-los o mais longe possível daquele povoado, pois não tinha dúvida de que estavam sendo seguidos. Conhecia Marcos Paulo o suficiente para acreditar que não aceitaria passivamente o que julgaria como a uma derrota. Era muito orgulhoso para tal. Com certeza, vinham logo atrás, motivo pelo qual não podiam perder tempo! Se os alcançassem estariam fritos! Não iria ficar barato!

O receio de ser apanhado por seus perseguidores fez com que acelerasse ainda mais sua tábua de salvação, aumentando o risco de perderem o equilíbrio, pois quanto mais se distanciavam da Vila, mais difícil ficava a locomoção devido ao péssimo estado da estrada de chão areento. A claridade, provocada pelo farol da moto, fazia pouca diferença àquela hora, mas era necessária; pois apesar de a escuridão da noite ainda não ter chegado, seus primeiros sinais já atrapalhavam a visão do caminho. Se continuasse correndo daquele jeito poderiam cair e,

para piorar a situação, Charlotte parecia estar cansada. Preocupado com o que poderia acontecer a sua amada, soltou uma das mãos e tocou-lhe o braço.
– Tudo bem?
– Não muito, a gente poderia descansar um pouco! Esses solavancos estão deixando meu corpo todo doído!
Carter reduz a velocidade e para a moto.
– Tem razão! – Olhou para ela com ternura. – Estamos mesmo exaustos e precisamos de descanso. Nossos perseguidores também terão que parar! Não dá para andar no escuro numa estrada como esta. Há muito, passei por aqui com meu pai. Lembro-me de que, não muito longe, existe uma gruta de pedras. Acho que fica logo à frente. Abrigaremos nela até a escuridão da noite ir embora. Lá estaremos protegidos do frio e de algum tipo de animal feroz que por ventura habite nesta região abandonada.
– Tem certeza de que estão nos seguindo, amor? – Perguntou Charlotte, a olhar para trás, com semblante preocupado – Não podemos deixar que nos peguem e estraguem os nossos planos!
Carter sentiu o coração bater forte, deu um passo à frente, abraçou sua amada e beijou-a emocionado.
– Estou certo de que estão no nosso encalço, mas não nos alcançarão! Quero que descanse, pois amanhã teremos um dia duro. Não vai ser mole subir aquela serra! – Apontou com o braço direito em direção à trilha que avançava, cortando uma serra coberta de pastagem natural a alguns quilômetros à frente deles.
– Vou aguentar firme! Confie em mim! Merecemos ser felizes pelos dias que nos restam! – Pôs a mão direita aberta sobre o peito – Sinto isso a cada batida do meu coração!
Finalmente chegaram ao esconderijo. A escuridão já os encobria com maior intensidade quando uma ave noturna começou a dar sinal de vida não muito longe do casal. Carter parou a moto, virou-se para Charlotte e beijou-a apaixonadamente.

– Já era tempo, amor! Vamos descansar!

– Uuuuuuuuuuuuuuuuuuuuu!

Assustada e sem saber do que se tratava, Charlotte se agarrou ao companheiro.

– Que barulho! Foi de causar calafrios! Será que é de algum tipo de fera, Carter?

– São lobos e são perigosos! Vou acender uma fogueira na entrada da gruta para nos proteger.

Mal se viu livre da moto, Charlotte levantou os braços e alongou o corpo o máximo que pôde para se refazer da fatigante viagem. Em seguida, saiu caminhando lentamente em direção à gruta, Carter ficou petrificado a admirá-la. Era quase tão alta quanto ele. Continuava a observá-la quando, num toque de magia, seus cabelos se espalharam com a brisa fresca daquele cair de noite e dera a ela um novo e belo visual: parte de sua cabeleira caíra sobre o busto e o restante fora espalhado ao longo das suas costas.

Naquele momento, a escuridão começava a engolir os últimos sinais do que havia sido um dia muito agitado, mas ainda havia claridade suficiente para poder admirar aquele corpo esguio a desfilar numa passarela desértica. Charlotte estava com um simples short Jeans azul marinho e uma blusa de malha composta por uma estampa cheia de flores medianas e coloridas. Como era linda a sua amada! E pensar que, por pouco, ele não a havia perdido! O que seria dos seus dias sem ela? Doía-lhe imaginar tamanha desgraça.

– Venha amor, não podemos perder tempo! Venha descansar! – Ela o convidara enquanto limpava o chão arenoso com uns galhos de ramo.

– Estou indo, princesa dos meus sonhos! – O chão arenoso não permitia que a moto ficasse de pé razão pela qual encostou sua condução em uma pedra e caminhou ao encontro da dona do seu mundo.

– Sente-se aqui comigo! Há muito tenho desejado isso! Pena que o momento não é dos melhores!

Ele sentiu, no tom de sua voz, um ar de desânimo e procurou acalmá-la com um abraço carinhoso.

– É, mas teremos muitos dias, só nossos! Eu te prometo! – Afirmou-lhe a olhar dentro dos olhos e se calou ao receber um beijo ardente!

– Será que estou sonhando? – Charlotte perguntou-lhe sorrindo sem deixar de fitá-lo.
Carter sorriu.

– Pode ser amor. Também me pego a pensar que estou sonhando! Pois foram dias distante sendo torturado por uma saudade que me consumia pouco a pouco. Tenho desejado tanto a sua companhia! Quantas vezes me peguei questionando se valeria a pena me manter longe já que só pensava em ti. Quando soube que se casaria com outro, pensei que iria morrer e talvez morresse mesmo se não pudesse te resgatar.

– Não falemos mais nisso, meu amor! – Charlotte tocou-lhe os lábios suavemente com a mão trêmula. Depois acariciou-lhe o rosto com ternura enquanto boceja.

– Está muito cansada! Trate de dormir um pouco. Eu ficarei de guarda. —Tocou-lhe de leve na face rosada.

Carter, diga-me só mais uma coisa, pois estou tão curiosa! Como ficou sabendo?

– Recebi uma carta de Mattheu! Por que ia fazer isso comigo, amor? – Seus olhos se encontraram e ela percebeu a expressão sofrida que revelava a intensidade da aflição que seu amado vivera nas últimas horas.

– Por favor, meu amor, não toque mais neste assunto. Sei que te decepcionei. Eu me deixei levar pelas conversas de meus pais. Diziam que você iria encontrar alguém mais bonita, inteligente e se apaixonaria por lá e que eu iria sofrer uma forte decepção. Era melhor eu te esquecer. – Por sentir vergonha de encará-lo, Charlotte se mantinha com os olhos fixos no chão.

Carinhosamente, Carter aconchegou-a em seu peito enquanto afagava-lhe carinhosamente os cabelos. – Não vamos pensar mais nisso, tá!

Ela o abraçou calorosamente, os dois ficaram em silêncio por algum tempo e Carter começou a reviver um dos piores momentos da sua vida:

Como nos outros dias da semana, trabalhara duro, mas daquela vez, estava prestes a lhe acontecer algo que iria chocá-lo como nunca experimentara antes: Assim que chegara à casa do tio, fora ao quarto, mas mal entrara e fechara a porta atrás de si, ouvira bater:

–Carter, novidades para você! Estou com um envelope nas mãos. É da Vila São Domingos! Acho que se trata de um amigo. Mattheu é o nome que consta no envelope.

De súbito, se levantou, abriu a porta rapidamente e se deparou com seu tio a segurar um envelope na mão.

– De fato, é de um amigo! – Fixou os olhos no envelope como se pudesse enxergar o que havia dentro. – O que será que contém? – Como se fizesse a pergunta para si mesmo Carter, sem camisa, ficara parado por alguns segundos antes de convidar o tio a entrar:

– Entra tio!

Depois de entrar no quarto, o Senhor Otávio entregou-lhe o envelope.

– Quer ficar só para ler sua correspondência, filho?

– Não, tio, pode ficar. Sei que o senhor também está tão curioso quanto eu.

Sem perder tempo, rasgou o papel que o impedia de se inteirar do assunto daquela correspondência e mergulhou no texto daquela intrigante carta.

Prezado amigo!

Apesar de saber que ao mudar para Porto dos sonhos você estaria indo em busca de melhores dias para o seu futuro, admito que não concordei com sua decisão. Sempre fora um ótimo amigo e a ideia de não te ver por perto para me ajudar nos momentos de indecisão ou de alguma enrascada amorosa não me agradava nem um pouco. Fora-me um ótimo conselheiro. Mas o problema não se resumia ao meu egoísmo. Sentia, e com razão, que não seria boa ideia ficar longe de sua amada por tanto tempo. Um amor tão bonito teria que ser vivido, o máximo possível, um se usufruindo da companhia do outro.

Caro amigo, o motivo da minha carta é te informar, com imenso pesar, que deve ir para a vila o mais rápido possível se ainda conserva o mesmo sentimento por Charlotte. Mesmo lá não me encontrando, obtive informações de que ela está de casamento marcado com Marcos Paulo. Sei que tem algo errado, pois aquela mulher te ama loucamente. Acredito que se viajar, com urgência, ainda poderá evitar essa tragédia, meu amigo. Penso que os pais dela se deixaram influenciar pela riqueza do noivo e a estão forçando a aceitar aquele homem por causa dos bens da família dele.

Nada mais a tratar, meu amigo! Sabe que torço por você. Venha à vila São Domingos e roube o amor de sua vida. Se precisar, estou disposto a retribuir pelo que tem feito por mim.

Fique na paz! Não perca tempo e Charlotte será sua. Abraços! Mattheu

Terminada a leitura. Depois de um breve silêncio entre ambos, Seu Otávio retomou a conversa ao mesmo tempo em que deixou cair suavemente suas mãos macias sobre os cabelos do sobrinho para tentar acalmá-lo:

– E então filho! O que está pensando? É certo que gosta muito dessa moça!

– Verdade, tio. Não sei o que seria de mim sem ela. – Encarou o tio com olhar abatido e continuou– Tio, percebi que o senhor tem uma moto antiga. Ela ainda funciona?

Temos que fazer um teste para verificar. Sabe filho, por ser antiga, ela não é tão veloz como as motos atuais. Não me diga que pretende raptar a moça com uma moto dessas!

– Isso mesmo, tio! Se me emprestá-la, parto amanhã de madrugada.

— Comentou sem coragem de encarar o tio, pois esperava ouvir um sermão.

– É filho, você se parece comigo! A moto é sua, nem vou tentar convencê-lo de que não é uma boa ideia, pois posso sentir que seria perda de tempo.

– Isso mesmo, eu não posso perder aquela mulher!

O piado de uma ave noturna devolveu Carter à realidade. Assustado, voltou seu olhar em direção à Charlotte e constatou que sua amada caíra num sono profundo. Deveria mesmo descansar, pois logo teriam que retomar viagem. Passou algum tempo a observá-la até voltar aos devaneios por momentos marcantes de sua existência, como num filme, a rodar cenas das aventuras do dia que acabara de viver junto com sua amada. Ao encontrar com Alana, assim que chegara à Vila, receoso, perguntara a ela se já havia acontecido o casamento.

– Que bom te ver Carter! Pena que não é um momento ideal para você! Vocês pareciam um casal perfeito!

– Por favor, Alana Fale-me logo: Cheguei tarde? – Não. Creio que não! Talvez ainda haja tempo para evitar essa tragédia!

– É essa a minha intenção. Não posso perdê-la! Você tem alguma ideia? Pode me ajudar de alguma forma? – Carter encarou-a com uma expressão de súplica.

Disposta a ajudar o velho amigo, Alana se virou e estendeu o braço para indicar-lhe a direção a ser tomada.

– Se não me engano, Charlotte está no salão da Maria. Não é do seu tempo, mas fica no lado direito da terceira esquina. É só seguir reto. Não tem como errar. O nome do salão é Novo visual.

– Obrigado! – Acelerou a moto e seguiu conforme as indicações da amiga.

Assim que chegou notou que havia algumas pessoas assentadas num banco do outro lado da rua, mas não lhes deu atenção. Precisava agir rápido. Entrou no salão e ficou encantado. Charlotte estava linda, muito mais linda do que antes. Seus cabelos loiros jogados sobre as costas desciam até a cintura. Trazia no rosto uma maquiagem suave, mas muito bem trabalhada. Quem a havia maquiado conhecia bem do ofício.

Não. Ela jamais poderia ser de outro. Eles se amavam e ela era dele. Aproximou-se devagar para não chamar atenção e quando estava bem as suas costas pronunciou carinhosamente:

– Charlotte, meu amor!

Ela se virou instantaneamente:

– Carter!

Ele lhe cobriu a boca com a mão e, quase num sussurro, recomendou:

– Rápido, venha comigo! Vamos cair fora já!

Ainda surpresa com a súbita aparição, Charlotte não perdeu tempo. Levantou-se com extrema rapidez, segurou a mão do homem que ela amava e os dois se mandaram sem perda de tempo. Segundos mais tarde, partiam sobre a moto velha do tio de Carter a exigir da pobre coitada tudo que ela podia aguentar para os dois se afastarem, sem perda de tempo, para o mais longe possível daquele lugar.

Carter sabia que cada minuto poderia significar muito para seus planos. A correria valeria a pena!

De fato, não tinha sido um dia fácil! Quanta aflição sentira até constatar que não era tarde demais. Novamente olhou para a amada

Charlotte dormia profundamente ao seu lado. Ninguém iria tirá-la de suas mãos. Ela pertencia a si! Desde o dia que a vira pela primeira vez, sentia o coração bater aceleradamente. Seu coração a escolhera.

A comitiva do delegado de Vila São Domingos seguia apressadamente no encalço de Marcos Paulo e seu grupo. Precisavam alcançá-los o mais rápido possível se quisessem impedir uma desgraça. À frente ia o jipe que conduzia o delegado Bryan, seu ajudante, o padre Carlos e seu Orlando. Nos outros dois jipes seguiam os homens que se dispuseram a participar da perseguição. Todos tinham como objetivo evitar derramamento de sangue. A cidade não estava habituada com situação semelhante. Era um lugar tranquilo onde a harmonia predominava e assim deveria continuar.

– E agora? – O delegado freou bruscamente o seu automóvel ao se deparar com a encruzilhada.

Com certeza, Carter deve ter tomado a estrada menos movimentada à esquerda. Quando atingir a serra, suas chances de escapar serão maiores. Ele sabe que está sendo seguido e pela direita, seria muito mais difícil conseguir se safar de uma possível perseguição. – Comentou Jacob, o braço direito do delegado.

– Tem razão, amigo! Vamos depressa!

Novamente, os jipes saíram deixando uma nuvem de poeira para trás e o padre Carlos segurou firme para não ser arremessado fora do jipe que sacolejava sem parar devido ao péssimo estado da estrada.

– Delegado, sei que precisamos ir rápido, mas do jeito que está ficando esta estrada, vamos ficar com os ossos moídos! – Reclamou o padre.

– Tem razão, padre! De nada vai adiantar a gente se matar! A estrada está mesmo péssima! – Concordou o representante da lei enquanto ia reduzindo pouco a pouco a velocidade do veículo.

Ao mesmo tempo em que a comitiva da justiça seguia cautelosamente, bem mais à frente, Carter se mantinha acordado. Não podia se dar ao luxo de descansar. Seus perseguidores poderiam estar por perto e ele não iria facilitar. Olhou no relógio. Ainda marcava 21 horas. Eles não prosseguiram no escuro. A estrada não oferecia condições para tal desafio. Volta seu olhar para Charlotte que parecia estar num sono profundo. Nada de mal iria lhes acontecer!

Depois de algum tempo a contemplá-la, o cansaço roubou-lhe a resistência. Começou a cochilar, mas mal fechou os olhos, um ruído o faz despertar assustado. Levantou-se, cautelosamente, pegou um pedaço de pau e saiu ao encontro do barulho. Afastou apenas alguns metros e o coração quase que lhe saiu pela boca quando se deparou com um enorme lobo solitário que se afastava lentamente a ameaçar-lhe com suas presas afiadas à mostra. Ainda bem que ele não tivera coragem de lhe enfrentar! Era enorme! Não seria fácil abatê-lo apenas usando um pedaço de pau! Bom para ele ficar mais alerta! Poderia ter sido uma surpresa muito mais desagradável.

Voltou a se sentar ao lado da sua amada e não demorou muito para embarcar novamente no trem das lembranças, no qual até mesmo momentos não tão recentes, conservavam-se nítidos em sua memória.

Era noite, depois de um longo dia de trabalho, Carter estava exausto. Desde que chegara à bela Porto dos Sonhos. Durante os três meses em que lá se fixara, não se permitira sossego. De segunda a sábado, trabalhara num supermercado localizado próximo de onde estivera alojado. À noite, dedicara aos estudos. Precisava ser alguém se continuasse com o propósito de pedir a mão de Charlotte. Aquela era a condição imposta pelos pais dela e ele não tinha a intenção de contrariá-los. Afinal, sua amada merecia uma vida de conforto e, no momento, ele não estava em condição de oferecer. Trabalharia duro, economizaria e se formaria em medicina. Foi com tal determinação que se mudara para a famosa cidade.

Porto dos Sonhos fora construída no alto de um planalto. Ao longe podia ser avistada mesmo durante o dia, pois os prédios concentrados no centro eram consideravelmente altos. Não ficava perto da Vila São Domingos. Quando Carter deixara para trás o seu amado pedaço de chão, chegara a ficar exausto com a viagem. Foram 8 horas dentro de um ônibus, que não passava dos sessenta, a subir e descer serras. Chegara à metrópole quando o sol começava a despontar no horizonte. Ficara encantado com as casas, ruas, praças que esbanjavam cores; nunca vira algo igual. Tudo fora muito bem planejado. Não havia muitos carros naquela hora, pois o movimento apenas estava começando. Com passos largos e de olhar fixo à frente, seguia caminhando algumas pessoas que, certamente, se dirigiam ao trabalho.

Era segunda-feira. Por fim, depois de cruzar várias ruas e ziguezaguear por um bom tempo, a condução encostou na rodoviária.

Chegara finalmente! Sentia-se cansado como se estivesse viajando há dias! Descera e saíra caminhando na direção de um banco para se assentar um pouco enquanto ficaria a esperar por seu tio Otávio.

Aquela rodoviária, além de ser um local muito aconchegante, aparentava perfeição; detalhe a detalhe. Pensaram em tudo mesmo! De frente para a avenida havia vários bancos como o que ele escolhera para se sentar. À sua frente, antes da calçada, havia os canteiros cobertos de grama bem cuidados e de diversas espécies de roseiras coloridas e organizadas em blocos de acordo com suas cores. Ficara bem em frente ao canteiro de rosas vermelhas, povoadas por uma multidão de borboletas coloridas, que circulavam no meio das flores. Uma visão o espetacular!

Iria se hospedar na casa do tio até conseguir localizar um lugar para se estabelecer. Detestava a ideia de se tornar um incômodo para alguém e isso incluía o seu tio. O que ele estava fazendo já era mais que suficiente. Nunca esperara que algum dia alguém se ofereceria para ajudar a pagar as mensalidades da universidade. Tinha que fazer por merecer. Iria ficar devendo esse favor para ele e seu pai, mas ele os pagariam, com certeza os pagariam! Não mediam esforços para ajudá-lo a vencer na vida. Ele jamais se esqueceria de tamanho favor.

Ficou a esperar pelo tio por quase uma hora naquele belo ambiente composto de misturas agradáveis de perfumes, conversas, músicas, anúncios e outros acontecimentos. Durante o momento de espera, alguns vendedores ambulantes o interpelara. Se tivesse dinheiro suficiente até teria comprado um relógio de pulso de uma morena de cabelos longos que esbanjava simpatia, mas deveria economizar o pouco que trazia consigo. Por fim um Jeep encostou e seu tio desceu a exibir seus dentes alvos com um sorriso de satisfação ao ver seu sobrinho a esperá-lo.
- Bom dia, meu rapaz! Chegou cedo!
- É tio, foi uma longa viagem! Pensei que não chegaria mais!

– É porque você não está acostumado. Com o tempo, vai ver que não é tão longe assim. — Examinou-o de cima a baixo —Vamos! Depois que tomar um banho quente se sentirá melhor.

Eles se abraçaram carinhosamente e se dirigiram ao veículo que os esperava a uns dez metros.

Sentindo-se tentado pela ideia do banho, apressou-se para colocar a mala no carro e se acomodar na poltrona não muito macia daquele potente automóvel. Otávio deu partida e, em resposta ao pé do motorista que empurrava o acelerador, o carro arrancou afoito tomando o caminho de volta, enquanto Carter era assaltado pelos pensamentos: Como iria ser vida naquele lugar sem o amor da sua vida? Acostumara a vê-la quase todos os dias e estava preocupado com os próximos dias sem ela. Aguentaria? Teria que suportar por uns tempos. Depois tudo iria ser como sonhara para ambos.

Tais pensamentos provocavam-lhe mal-estar. Chegava até a sentir um forte aperto no peito quando seu tio tratou de fazer com que ele interrompesse aqueles pensamentos tortuosos.

– Veja Carter, onde irá trabalhar! – Ansioso para ver a reação do sobrinho, seu Otávio apontou com o dedo.

– Nossa, tio! Aquele supermercado é enorme! Será que vou conseguir me dar bem lá?

Empolgado e, ao mesmo tempo ansioso com o que estava a sua espera, continuou a olhar para aquele enorme casarão. Parecia antigo. Não se trata de um prédio bonito, mas com certeza era um dos melhores supermercados da cidade a julgar pelo movimento de clientes que começava a entrar e a sair por aquelas portas largas já nas primeiras horas do dia.

Pouco tempo depois o carro saiu da avenida e entrou numa ruazinha estreita. Seu tio reduziu a velocidade e apontou o dedo, mostrando logo à frente:

– Veja meu filho, chegamos! Nossa casa é aquela! – Indicou-lhe a direção mostrando uma casa azul a uns cem metros à direita.

Era linda: Uma das melhores daquele espaço da cidade. Na certa, seu tio era uma pessoa bem resolvida financeiramente.

– Puxa tio, o senhor deve ter um bom emprego para morar numa casa como esta! – Disse Carter ao ingressarem portão adentro.

– Sim, meu filho. Tive. Hoje sou aposentado, recebo um bom salário e não tenho do que me queixar.
– Qual era o trabalho que o senhor executava tio?

– Arquitetura. Fui funcionário do Rei Dom Duarte por muitos anos. – Então está explicado porque tem uma das casas mais belas do bairro.

– Fui eu que a planejou. Detalhe por detalhe. Foi construída utilizando materiais e mão de obra de primeira qualidade.

Por fim, Seu Otávio parou o carro, os dois desceram e, depois de abrir a porta da casa, entraram enquanto o tio seguia entusiasmado a apresentar a sua criação. Detalhe por detalhe do interior de cada peça contida naquele casarão.

De fato, ele tinha mesmo do que se orgulhar. Com dois andares bem dividido possuía no térreo uma bela varanda, uma copa-cozinha muito bem planejada com área de serviço. Para acesso ao segundo piso existia uma escada ampla. Na parte superior há sala de tevê, três quartos suítes, todos com varandas. Seus móveis também eram perfeitos para a mansão.
Mesas de mármores e sofás confortáveis entre outros.

—Nossa, tio! É enorme! Por que fez uma casa tão grande? – Girou o corpo tentando acompanhar com os olhos cada canto da sala.

—Tenho uma família numerosa. Duas filhas e três rapazes. Hoje já estão todos casados. Tenho dez netos. Quando reúnem todos, aqui vira uma festa. Eu me divirto ao ouvir os risos, gritos da criançada a correr pela casa e, no momento em que todos se reúnem em volta da mesa, a minha alegria está completa, eu me encho de orgulho! Gosto de ser avô!

—Que bom tio, gostaria de ter te conhecido há mais tempo! – Comenta com pesar!

—Não lamente, meu sobrinho! O momento certo é agora! Vamos aproveitar as oportunidades que Deus está nos concedendo. – Tocou-lhe as costas carinhosamente.

Depois de conduzi-lo ao quarto, seu Otávio recomendou-lhe descanso para se refizer da longa viagem.

A porta se fechara e a solidão, como a um veículo veloz, tratara de conduzir aquele rapaz para além das quatro paredes, transportara-o a outros momentos inesquecíveis de sua vida:

Deixara sua cidade com o intuito de lutar pelos seus sonhos. Queria vencer na vida e, para isso, teria de se formar em medicina. Seria um bom médico, salvaria vidas e seria bem recompensado pelo seu trabalho.

Quando o tio Otávio ligara para lhe dar a notícia de que havia lhe arrumado um emprego, ficara com receio de ir, mas sabia que era a chance esperada. Não tinha como recusar. Deveria deixar para trás a paixão da sua vida, o tempo passaria rapidamente. Assim esperava. Formar-se-ia em medicina e se casaria com Charlotte. Seriam felizes! Era isso! Assim aconteceria!

Decidido, arrumara suas malas e, com o coração batendo forte, fora se despedir daquela que era a razão dos seus largos sorrisos.

Quando a encontrara, estava à sua espera, assentada no banco da praça da matriz, que testemunhara muitos dos seus momentos apaixonados de tantas trocas de carícias. Estava linda! Usava uma blusa vermelha e uma saia Jeans azul-marinho. Seus cabelos soltos, jogados para frente, cobriam-lhe o busto do lado direito. Desciam em forma de cachoeira, devido aos longos cachos louros brilhantes que se moviam com a fraca brisa daquela tarde cruel. Também estava triste: não havia em seu rosto, nem sinal daqueles sorrisos de outros encontros. Seu olhar suplicava-lhe por desistência daquela maldita viagem, mas ela não pediria a ele para mudar de ideia. Afinal, era a atitude certa para o momento. Deveriam suportar o sacrifício.

Desde que lhe comunicara a decisão, ela se transformara. Não era mais nem sombra daquela garota sorridente que esbanjava felicidade. Ele também mudara. Sentia-se incomodado por um aperto constante em seu peito. Não conseguia imaginar-se longe daquela que dera um novo sentido a sua vida com tanta ternura. Como poderia suportar dias e mais dias sem sentir os seus abraços, sem lhe saborear os beijos?

Charlotte o acompanhara se aproximar com um olhar de consternação. Fixara nele e, a partir daquele momento, tudo se resumira ao que se sentia. Podia até pressupor sobre o que pensava naquele momento: Nada mais tinha importância alguma. Carter iria deixá-la e ela não faria nada para tentar mudar a situação. Confiava naquele homem. Tudo ficaria bem um dia. Um amor tão perfeito tinha que acabar bem! Que Carter estivera muito tenso naquele dia não havia dúvida, mas aproveitaria ao máximo aquele último momento junto de Charlotte antes de partir. Não perderia um segundo sequer! Inconformado com a situação, continuara se aproximando passo a passo da amada e não percebera uma pedra que lhe obstruíra a passagem. Tropeçara e caíra. Envolvido em seus pensamentos, se esquecera de olhar por onde pisara, mas em seguida, se vira ajudado ao tentar se levantar por aquelas mãos que tantas vezes ele acariciara.

– Meu amado, é assim que deve acontecer conosco! Quando um de nós tropeçar, que o outro estenda as mãos para ajudar a se pôr de pé novamente!

Carter olhou ternamente para sua querida, juntou-a em seus braços até ficarem bem unidos e sentirem a respiração um do outro. Olhara bem dentro dos olhos e pronunciara emocionado:
– Isso mesmo, meu amor! Nunca vou te deixar!
– Como eu te amo! Jamais irei te contrariar, meu amor! – Disse Charlotte ao abraçá-lo fortemente.

Em resposta, ao sentir o coração da sua amada batucar acelerado junto ao dele, beijou-a apaixonadamente e, como mágica, passou a existir naquele espaço da praça, apenas uma pessoa.

Depois de algum tempo em silêncio, ela o fitou dentro dos olhos e perguntou-lhe:

– Você tem mesmo que ir?

– Sim, eu preciso, nós precisamos. Só assim prepararemos um futuro digno para nós. Vai passar logo, meu amor!

– Que nada! Eu me acostumei tanto com você ao meu lado! Vou sentir tanto sua falta! Como vou suportar esta cidade sem você?

- Eu também vou sentir, pode apostar! Passo todo o tempo a pensar e sinto um aperto no coração.

Novamente o silêncio voltou a reinar e, novamente, os namorados mergulharam naquela gostosa sensação de estarem sintonia um ao outro. Nada mais do que dissessem teria poder para transportá-los além do que sentiam.

Durante algum tempo o silêncio reinou entre os dois, mas quando Carter olhou para os ponteiros do relógio, ambos retornaram à triste realidade:

– Minha doce amada, disse tentando se afastar, devo ir agora ou então perco o condução!

– Sabe que eu preferiria que não fosse? – Reagiu Charlotte com um olhar pesaroso.

Mesmo se sentindo horrível com a situação, Carter tentou ser forte.

– Vai ficar tudo bem, minha amada! Logo estaremos juntos e para sempre!

Novamente os dois se beijaram apaixonadamente e ele a deixava petrificada, naquela praça, a contemplá-lo se afastando pouco a pouco.

Ele tinha mesmo que ir, não poderia perder nem mais um segundo. Até mesmo o tempo estivera contra eles! Passara tão rapidamente que nem vira! Em seu íntimo, pressentia que

Charlotte experimentava naquele momento uma sensação terrível, quase insuportável. Talvez como se o coração se partisse. Com ele também acontecia a mesma coisa. Certamente, não estava sendo nada fácil para ela. Ver aquele a quem amava mais que a si - assim ele sentia - indo embora daquele jeito, mas não havia escolha! Deveria conservar a esperança, pois ele mesmo dissera que tudo ficaria bem e ela acreditara. Não tinha porque duvidar, ele a amava e isso era o bastante. ##

Carter não sabia, mas mesmo depois de sua partida, Charlotte ainda permanecia na praça. Queria chorar, mas havia um nó em sua garganta.

Depois que vira seu amado desaparecer na esquina, não sentia mais vontade de se afastar de lá. Não seria fácil conviver com sua ausência, mas o guardaria em suas lembranças. Ele sabia disso. Partilharam inúmeros momentos maravilhosos desde o dia em que se aproximaram um do outro pela primeira vez.

A mente de Carter não sossegava. Insistia em revolver episódios vividos com a amada. Quanto mais mergulhava naquelas lembranças, mais iam surgindo momentos que marcavam sua memória saudosa.

O piquenique

Era aproximadamente umas nove horas de um belo domingo de céu claro, ainda fazia pouco tempo que Charlotte se levantara da cama quando ele, Carter, viera ao seu encontro. Usava uma camisa azul-marinho e uma bermuda jeans desbotada. Não penteara os cabelos para que os belos cachos castanho-escuros dos quais ele se orgulhavam não fossem desfeitos. Parou sua moto bem próxima dela e estendeu-lhe a mão direita.
— Bom dia, minha esperança! Como foi sua noite?

— Bom dia, meu anjo! A minha noite foi maravilhosa! Dormi bem, estou bastante disposta hoje e você? — Apertara-lhe a mão enquanto sorria a exibir seus dentes alvos!

— Que bom que você está animada, pois tenho um plano para nós! — Sorria — Precisamos de um tempo só nosso! Vamos fazer um piquenique.

O que você acha da ideia?

Estava feliz a olhar para ela, enquanto aguardava a resposta.

— A ideia é excelente, mas não sei se meus pais vão concordar. Tenho que consultá-los!

— Tudo bem! Eu espero! — Encontravam-se à frente da casa de Charlotte e, como a porta estava escancarada, de onde estavam, podiam avistar os pais na cozinha, a tomar o precioso café matinal.

Depois de um breve silêncio, Charlotte virou as costas e se dirigiu à cozinha para consultar os pais. Ele, de onde estava, permanecia imóvel a contemplar a mulher que passara a ser o centro de sua existência. Como era encantadora! Agradava-lhe a visão sob qualquer ângulo. De costas caminhava com postura invejável. Era a sua modelo a desfilar só para ele.

Quanta sorte para uma pessoa só! Claro! Não podia ser diferente! Tinha mesmo que ser só para ele! — Pensara.

Olhou para o céu. Como Deus era grandioso! Mal começara a sua ação de graças, fora interrompido pelo entusiasmo de Charlotte a retornar para lhe comunicar o consentimento de seus pais. Permitiriam, mas com a condição de que seriam cuidadosos.

Em seguida, pedira a ele, Carter, para aguardar um momento que ia trocar de roupas.

Como teria que esperar Charlotte se aprontar, descera da moto e fora cumprimentar os pais dela. Como era descuidado! Com o seu encantamento por Charlotte, esquecera de cumprimentar os pais do amor de sua vida!

Eles, ao saber que o destino era o Rio Corrente, ao qual conheciam bem, seu Orlando recomendou-lhe:

— Tenham cuidado, viu! Esses rios são perigosos! Há feras que se escondem nesses lugares!

— Fiquem tranquilos! Prometo cuidar bem da filha de vocês!

— Estão falando de mim aí? Eu estou ouvindo, hein! — Charlote interferiu lá do quarto de onde trocava de roupas.

— Seus pais, estão preocupados com a nossa aventura, mas disse que cuidarei de você!

— Estou pronta!

Minutos depois, surgira sua deusa, sorridente, vestida com uma calça Jeans um pouco desbotada e uma camisa de mangas longas azul-marinho.

Ao voltar a atenção para sua amada, Carter notara que ela havia prendido seus longos cabelos em rabo-de-cavalo. – Gostava de vê-la daquele jeito. – Com um olhar a destacar evidente paixão, ficara a observar a razão de sua existência a se aproximar dos pais e beijá-los carinhosamente antes de sair.

— Não me disse para onde vamos, amor! — Comentou Charlotte enquanto a moto seguia sacudindo-os estrada à fora.

— Conheço um lugar muito bonito às margens do Rio corrente. Fica a uns vinte minutos. Você vai gostar! — Soltara uma das mãos do guidão da motocicleta e pressionara-a carinhosamente contra a mão direita de sua amada. — Trata-se de um lugar pouco frequentado, mas é muito agradável, você vai ver!

Havia ido recentemente ao rio, motivo pelo qual escolhera aquele destino, para onde levava sua amada. Ficara radiante ao constatar as belezas daquela praia de areia branca feito neve e pensara logo no prazer de desfrutar daquelas maravilhas com sua Charlotte.

A moto seguia veloz e Charlotte, com medo de ser arremessada para longe, permanecia grudada em seu companheiro e este mantinha sua atenção voltada para a trilha repleta de curvas. Em pouco tempo, chegaram e Charlotte proferiu uma exclamação cheia de entusiasmo:

— Meu Deus! Esse lugar é maravilhoso, meu amor! Você realmente, sabe o que é bom! Vamos! Quero conhecer tudo! Quero sentir os grãos de areia sob meus pés descalços! — Pegara-o pela mão e começara a conduzi-lo em direção ao rio.

Enquanto caminhavam, exploravam com olhares atentos e se deliciavam com a visão de cada detalhe daquele paraíso.

Não havia poluição alguma! Somente folhas secas caídas sobre o solo arenoso. A floresta que cobria as margens do rio proporcionava clima fresco e ar puro. Da copa das árvores, as aves lhes davam boas-vindas com suas sublimes orquestras.

Com passos lentos prosseguiam a massacrar algumas folhas que lhes atravessavam o caminho, provocando um ruído seco que podia ser ouvido ao longe. Mesmo no meio das árvores, estava limpo, pois com suas enormes copas verdes, cobriram todo o espaço acima e impediam que novos ramos pudessem surgir.

O casal romântico apreciava cada segundo naquele lugar. Seguia lentamente a caminhar de mãos dada e cada detalhe era motivo para murmúrios de admiração: desde o sussurro dos ventos, ao balançar as folhas das árvores, ao cantar das aves festivas, a se alimentar das frutinhas de árvores nativas que cresceram nas margens daquele riacho encantador.

Quando chegaram às margens do riacho se encantaram ainda mais com a transparência de suas águas claras. Dava para ver os pedregulhos coloridos situados no fundo do leito por onde as águas passavam preguiçosamente.

Também lhes era prazerosa a visão do verde daquela vegetação refletida no espelho das águas que, com certeza, se encarregava de cuidar para a pureza daquele paraíso. Durante aquele momento mágico para ambos, várias vezes pararam para trocar afetos carinhosos acompanhados das mais belas promessas.

— Carter, meu amor! Sabe que a melhor coisa que poderia ter acontecido em minha vida era ter conhecido você! Quando estou em sua companhia não sinto falta de mais nada! — Charlotte abraçara-o calorosamente.

— A mim também, minha querida! Feliz o dia em que meus pais saíram da fazenda onde morávamos e vieram para a Vila São Domingos. Cada momento com você é mágico!

Eles se beijaram e ficaram alguns segundos em silêncio a sentir o calor de seus corpos unidos. Naquele momento, ele se sentira tentado e começara a deslizar as mãos suavemente sobre o corpo de Charlotte e ela, ao perceber que a sensação ia ganhando intensidade, pressentira o perigo e tratara de quebrar a magia daquele momento que poderia levá-los a antecipar o que ainda não deveria. Com certeza não. Só depois de casados! Ou deveria? Não. Ambos não poderiam decepcionar os pais dela. Cuidaria para que aquilo não acontecesse! Era questão de honra!

—Estou com fome, amor! O que temos para comer? — Segurara-lhe as mãos e as impediram de continuar a tentá-la.

— Espertinha! — Carter encara-a com um sorriso irônico. — você tem razão. Temos que esperar o momento certo.

Naquele momento, eles se beijaram carinhosamente e ele se afastara para ir buscar a mochila que deixara sobre a moto. Correndo, foi e voltou, rapidamente, para não deixá-la só. Quando retornara, depositara sua mochila no chão e retirara, do seu interior, primeiramente, uma toalha e, a seguir, uma vasilha cheia de farofa. Depois os dois se sentaram sobre a areia e saborearam à vontade.

Alimentados, ficaram por algum tempo apreciando a gostosa sensação de ficarem deitados sobre aquela camada de areia macia. Como era gostoso um momento só deles e num ambiente tão propício! Quisera que o tempo parasse e eles para poderem ficar eternamente a sós junto à natureza, mas talvez para contrariá-los, o tempo voava! Ele olhou no relógio:

— Não é justo! Como as horas passam tão depressa! Precisamos aproveitar! Vamos amor, antes que chegue a hora de voltarmos para casa!

— Calma! Ainda temos muito tempo! Nem chegou ao meio dia! Vamos aproveitar! — Ela se levantara, e o ajudara a se pôr de pé. — Vamos dar um mergulho nessa água espelhada! Vamos! Veja como reflete o verde das folhas das árvores!

Saíra correndo, entrara no rio e Carter ficara a admirá-la. Por alguns minutos, permanecera de pé nas margens do riacho. Aquelas águas pareciam estar geladas. Charlotte percebera o seu receio e sorrindo o encarara com ternura.

– Seu medroso! Venha logo seu mole! A água não está tão fria assim! — Com as duas mãos, em forma de conchas, arremessar daquela água em sua direção e ele saíra correndo para não ser atingido.

— Só me dê um tempo para criar coragem, amor! Não vou deixar você se banhar só.

Sentara-se na areia e ficara a admirar aquela garota que o fazia sonhar acordado. Era mesmo um sortudo! Como fora capaz de conquistá-la? Às vezes chegava a imaginar que Charlotte fosse fruto de uma alucinação para satisfazer o seu ego! Só poderia ser um anjo que viera à Terra para fazê-lo feliz. Tão carinhosa! Era tudo ou muito mais do que merecia. Com certeza, era ela a responsável pelos seus largos sorrisos. Ah se tivesse o poder de fazer com que o tempo parasse!

Além de todas aquelas maravilhas, de algumas árvores, exalava o perfume agradável das flores que impregnara-lhe as narinas. De outras, o verde vivo que se refletiam no fundo do riacho completava a obra de arte.

Como ele se sentira bem! Só ele e a mulher de sua vida naquele espaço divino. Era tudo que desejava para si naquele momento.

Enquanto sua imaginação trabalhava, desviara o olhar para contemplar aquele riacho de águas transparentes, que deslizavam sobre aquele leito de areia branca como neve e pedregulhos coloridos, e percebera que algo estranho estava acontecendo. As águas que, naquele trecho do rio, eram calmas; começava a se agitar a uns cem metros de onde se encontrava Charlotte, sua amada. Atento para se inteirar do que estaria acontecendo, fixou o olhar naquele ponto onde julgava estar a origem dos movimentos que provocavam pequenas ondas na superfície das águas do riacho. O que estaria, por ventura, acontecendo? Seria um animal movendo? Não precisara esperar para obter a resposta ao que o inquietava:

_ Meu Deus! Charlotte, Charlotte, saia da água! Saia da água, meu amor, rápido!

A medida que a fera se aproximava, Carter gritava, gritava, mas Charlotte não o ouvia. Então, aos berros e, gesticulando sem parar, saiu desesperado a correr para salvar a namorada do ataque daquele bicho, que devia estar faminto, a julgar pela velocidade em que se movia sobre as águas.

Ao entrar no rio, o seu desespero fizera com que ele perdesse o equilíbrio e caísse. O impacto provocara um rebuliço naquelas águas e contribuíra para que ela se virasse para ele e percebesse que algo errado estava acontecendo. Levantou-se depressa e se deslocou a seu encontro:

_ Amor, o que está acontecendo? Por que esse desespero?

_. Saia daí rápido, tem um jacaré enorme quase chegando até você! _. Apontara com o dedo na direção de onde vinha a ameaça. _. Olha para trás, amor!

Charlotte se desesperara. Nem sequer tivera coragem de olhar para trás:

_ Oh meu Deus! Me ajuda meu amor, eu não tenho forças para sair daqui agora!

– Calma! Já estou aqui!

Depois de pegá-la pelo braço, saíra apavorado a arrastá-la para a margem.

Mal puseram os pés para fora daquelas águas, olharam para ver se ainda estavam sendo seguidos, mas a fera já ia longe. Ficara assustada com a movimentação das águas e com os gritos de desespero do casal e fugia para o seu esconderijo.

Por fim aliviados, os namorados permaneceram em silêncio, por algum tempo, sentados sobre a areia enquanto a respiração ia desacelerando pouco a pouco devido ao momento de forte adrenalina.

_. Foi por pouco! _ Dissera Carter imaginar o que seria de sua vida sem sua amada. _. Pensei que não chegaria a tempo! Ele estava vindo muito rápido, amor!

Charlotte, com uma das mãos, tapa-lhe a boca, para lhe interromper a fala.

_. Por favor, meu amor! Não pense nessas coisas! O perigo já foi! Não gosto nem de pensar no que acabamos de viver! Me dá calafrios! Vamos embora, depois desse sufoco não quero ficar aqui nem mais um minuto!

Os dois se levantaram ao mesmo tempo.

_. Eu também quero ir embora! Até agora estou trêmulo! Tive muito medo do que pudesse acontecer a você, minha metade! _ Carter a abraçara forte e sentira o seu coração a dar saltos.

A princípio, Charlotte se entregara àquele momento de intimidade. Também o apertou entre seus braços e o beijara apaixonadamente, mas se afastara em seguida para não perder o controle. Depois segurara-lhe as mãos e o fitara:
_. Vamos sair daqui meu anjo-da-guarda!

Ele lhe apertara as mãos, e depois de beijá-la, começaram a se afastar.

_. É uma pena termos que sair assim! Tudo estava tão perfeito! _ Lamentara Charlotte a olhar para trás.

_ Verdade! Estava perfeito até o aparecimento daquele gigantesco crocodilo. Passamos por um momento de pavor, mas não vai ser um crocodilo atrevido que vai apagar esse nosso momento! _ Carter soltara a mão da sua amada e a abraçara novamente enquanto se aproximavam da moto.

Ao chegaram onde haviam deixado a condução, por alguns segundos permaneceram a ouvir a algazarra dos pássaros que, eufóricos, entoavam as mais belas melodias do alto das copas daquelas árvores verdes onde saboreavam frutinhas e matavam a sede nas águas frescas do rio. Aquilo era vida de fato! Olhara para Charlotte:
— Vamos, amor!

Montados naquela moto, dois deixaram para trás aquele ambiente encantado com o propósito de que não só não contariam a ninguém o que lhes havia acontecido como também jamais voltariam ao lugar que por pouco não marcara o final de suas vidas.

Território dos Deuses

A mente de Carter não parava de fazer surgir histórias e mais histórias. Então, embalado naquele contexto, continuava viajando a bordo do trem das lembranças: Recordava perfeitamente que, naquele dia, a sala estava cheia de alunos quando ele chegara meio assustado e, para piorar a situação, aquele garoto estava com alguns minutos de atraso. Era seu primeiro dia de aula. Talvez por isso se sentisse tão embaraçado.

Ainda lhe conservava viva na memória a imagem do momento em que ele chegara, timidamente, à porta e pedira licença para entrar. Toda a sala parara para vê-lo entrar depois do consentimento do professor. Era notável o seu embaraço quando passara pela porta e fora se acomodar numa carteira próxima a dela. Certamente, notara que, disfarçadamente, ela o examinara de alto a baixo e gostara dele! Ainda era bem moço, mas já possuía uma boa estatura. Aproximadamente um metro e setenta. Era forte e musculoso e tinha um corpo atlético. Seus cabelos pretos ondulados o ajudaram a impressioná-la. Coitado! Mal se sentara e o professor Augusto pedira-lhe para se apresentar à turma.

– Meu nome é Carter! Acabei de me mudar para cá. – Disse sem conseguir disfarçar o seu nervosismo.

–Você morava onde, Carter?– O professor não lhe dava trégua.

– Na fazenda Recanto do Sol. – Satisfez a curiosidade do professor enquanto esfregava uma mão a outra.

O professor Augusto ainda queria mais. Não tivera pena do rapaz que suava frio.

– Fica longe daqui?

- Não muito. A umas duas horas de viagem. – Carter respirou fundo, tentando manter o controle.

Finalmente, o professor abriu um sorriso e mandou o novo aluno se sentar.

- Seja bem-vindo, Carter! Leve a sério o estudo e se dará bem aqui! Em seguida, o professor desviara sua atenção de Carter para se voltar aos demais alunos:

- Caros alunos, ainda não aprenderam como se comportar para recepcionar um novo colega?

Em resposta ao puxão de orelha, todos se levantaram ao mesmo tempo e num coro bem ensaiado pronunciaram:

—Seja bem-vindo, Carter! A escola também é sua!

Naquele dia, não se ouvira mais o som da sua voz. Ele se limitara a cumprir as atividades propostas e, ao final da aula, todos perceberam a satisfação do professor ao contemplar-lhe o caderno pela primeira vez:

- Muito bom! Perfeito! Continue assim que você irá longe, garoto!

Devia estar mesmo impecável para arrancar elogios logo de alguém tão exigente como o professor Augusto. Alguns colegas até o encararam rancorosos. Mal acabara de chegar! Esse cara metido a nerd não perde tempo!

Quando soara o sinal para começar o intervalo, Carter fora o último a deixar a classe. Ainda não tinha amigos na cidade. Dirigira-se à cantina e comprara um sanduiche e um refrigerante e se assentara numa cadeira mais afastada. Mattheu, um dos alunos mais comunicativos da classe, observava seus movimentos. Fizera o mesmo e se dirigira ao local onde estava Carter.

- Olá! Eu sou Mattheu! Percebi que ainda não tem amigos. Puxou conversa enquanto mantinha ambas as mãos nos bolsos da calça desbotada que estava usando.

Carter se voltara para o recém-chegado, ficara de pé e, a seguir, estendera-lhe a mão agradecido.

–

– Verdade. Eu ainda não tive tempo de conhecer ninguém por aqui. Estou me sentindo perdido! Quer se sentar?

– Calma, amigo, com a inteligência que demonstrou durante a aula, logo terá a escola inteira ao seu arredor.

– Apenas tive sorte de me dar bem até agora. – Comentou num gesto de humildade.

– Nada disso! Você é que ainda não conhece o professor Augusto. Todos os demais alunos da sala desejaram estar no seu lugar quando recebeu aqueles elogios. Ele não é de bajular alguém assim! Quanto a não conhecer ninguém, não diga mais isso. A partir de hoje pode contar comigo.

– Obrigado, amigo! Vou precisar mesmo!

Mal o novo companheiro se afastara fora cumprimentado por uma das garotas mais charmosa da cidade.

– Oi, Carter! Prazer! Eu sou a Alana! O que está achando da escola?

– Prazer, Alana a escola é linda! Bastante animada. Existem muitos alunos. O ambiente é muito bom também.

Alana abriu um belo sorriso, levou as mãos à cintura, voltou a olhar, por uma fração de segundos, para o espaço escolar e gentilmente retomou o diálogo com o novato:

– Se precisar de uma amiga para trocar ideias... quando precisar, estou por aí.

– Obrigado! É muita gentileza sua!

– Que nada, para mim será um prazer!

– Para mim também!

Antes que pudessem dizer mais alguma frase, o sinal convidava-os a voltar para a sala e, sob olhares curiosos, os dois caminharam juntos para mais algumas horas de estudo.

Com o passar dos dias, Carter se habituara a nova realidade. Fizera vários amigos e aos poucos fora conhecendo cada vez melhor cada um daqueles com os quais a amizade floreara mais rapidamente. Como Mattheu e Alana se anteciparam aos demais, a princípio, tornaram-se os mais próximos de Carter. O primeiro fora lhe bastante providencial. Possuía a habilidade de fazer amizade com facilidade. Na cidade, era estimado por quase todos. Onde estivesse ele, ali estariam vários amigos a se divertir com suas anedotas. Piadista nato, sabia muito bem como divertir quem desfrutasse de sua companhia, mas o melhor dele era um coração de ouro que trazia no peito. Desde que conversara pela primeira vez com aquele rapaz, Carter sentira confiança em suas palavras e dividira boa parte do seu tempo a trocar ideias com ele. Iam a festas juntos, conversavam sobre garotas, jogavam futebol. Até passara a frequentar a Igreja graças aos convites do amigo.

Depois dos primeiros progressos com os colegas de classe, além dos demais alunos que se aproximaram de Carter, Mattheu e Alana faziam questão de estar sempre por perto para lhe fazer companhia. E, ao perceber que o novato era bastante simpático com todos, com o passar dos dias, outros alunos daquela escola foram se juntando ao grupo. Primeiro veio o Clark, um rapaz alto bastante descontraído, depois Thomas Brow, que fora se aproximando aos poucos do grupo. Aquele era um tagarela que fazia questão de se gabar como conquistador; este não, ao contrário, permanecia calado a maioria do tempo, deixando evidente a sua timidez. Se não fosse pelo futebol, poderia até ter se aproximado do grupo, mas com certeza, teria levado muito mais tempo. Era um bom meia: driblava com facilidade e tinha uma direita potente. Junto com Mattheu e Carter impunha respeito ao time da escola.

As primeiras semanas na Vila teriam transcorrido às mil maravilhas se não tivessem acontecido alguns transtornos na vida escolar do recém-chegado. Em relação aos estudos, tudo ia além das expectativas, mas o seu desempenho impecável fora despertando inveja a alguns que não suportavam ouvir tantos elogios, pois os professores não se cansavam de citá-lo como exemplo.

—

— Se almejam o sucesso, comecem a proceder como Carter. Ele sim, sabe o que quer da vida!

Inconformados, alguns daqueles que não tinham semelhante determinação, procuravam pretexto para provocá-lo, mas ele ignorava tais atitudes, não lhes dava importância. O que queria era conquistar a amizade de todos. Por isso, retribuíra-lhes com gestos amigáveis e, gradativamente, fora alcançando seu objetivo e, não demorou muito para que se aproximassem dele e, cada vez mais, o procurassem para pedir ajuda nas atividades escolares.

Passou a se sentir habituado com as aulas daquela escola, mas um dia veio a acontecer algo que viria a ficar marcado em sua memória: Após o sinal, os alunos entraram na sala, cada qual procurara sua carteira. Em seguida, entrara um senhor baixo, de espesso bigode grisalho. Encontravase um pouco acima do peso. Usava uma camisa xadrez e uma calça social larga.

— Bom dia, turma! Meu nome é Alfonso. Acabo de ser admitido nesta escola e espero corresponder às expectativas de vocês. Sou professor de História, conclui minha licenciatura na Universidade de Porto dos Sonhos. Depois lecionei na Escola do Rei por dois anos e agora estou aqui. Sempre desejei trabalhar numa escola do interior e aqui parece ótimo.

— Seja bem-vindo, professor! — Em coro, todos o recepcionam com a frase de boas-vindas.

Vamos lá! Começaremos a nossa aula pela origem do nosso povo que, há muito tempo, habitou esse lugar denominado Território dos Deuses.

Se acompanharem minhas aulas, no decorrer deste ano, faremos descobertas incríveis. Encontraremos respostas para muitos porquês, relacionados a tantos costumes, a tantas conquistas e fracassos dos nossos ancestrais. Por isso, eu me empolgo tanto com História e, mediante a esse entusiasmo, convido os amantes dessa disciplina a manifestarem comigo um urra!

—Urraaa! - A maioria dos alunos gritaram bem animados em resposta ao convite do professor.

Agora dos que a detestam quero ouvir um ahahah! A sala ficou em silêncio.

—Muito bem! Espero que tenham sido verdadeiros. — Passa a mão nos cabelos grisalhos e retoma a conversa:
—Vamos lá então!

Por fim, guiados pelo professor Alfonso, começaram a viagem no tempo, a princípio, visitando um espaço longínquo: a origem do povo daquele território.

Segundo os estudiosos, dizia ele, há muito tempo, em um lugar desconhecido, vivia um povo de uma sabedoria incalculável. Conta-se que naquele lugar existiam pessoas desejosas por conquistar o mundo. Foi com esse propósito que investiram tempo e dinheiro na construção de um imenso navio muito bem equipado. Havia de tudo em seu interior: espaço para lazer, capela, cozinha recheada dos mais variados tipos de alimentos, escritório e outros.

Como tudo estava preparado para o início da viagem, numa bela manhã de sol bem amarelo, um grupo de sonhadores deixava para trás aquele pedaço de chão, sob olhares aflitos de filhos e mulheres que temiam o não retorno dos entes queridos. Assistiam contrariados ao afastamento daquela embarcação conduzida por um grupo de aventureiros eufóricos que, impulsionados pelos sonhos, não mediam sacrifícios no intuito de fazer com que o grande veículo das águas ganhasse velocidade o mais rápido possível. Como o vento lhes era favorável, orgulhosos, seguiam, mar adentro, cada vez mais velozes a bordos daquela nave a deslizar sobre a imensidão de águas salgadas. Não tinham medo, ao contrário, ousaram subestimar a bravura das ondas que os ameaçavam com frequência. Sacudiam energicamente a embarcação, tentando tragá-la, mas aquele povo fizera um bom trabalho.

Só depois de vários dias de viagem, sem muita novidade, é que se depararam com uma forte tempestade.

No princípio lutavam como podiam, mas o vento era tão forte que os arrastava, sem que soubessem para que direção estavam sendo levados.

Logo no início dos transtornos, a única bússola de que dispunham fora arremessada contra o assoalho da embarcação e ficara danificada.

Além daquele trágico acontecimento, encontravam-se impossibilitados de avistar o horizonte, pois o céu escurecera por completo e o vento assobiava ao passar por eles.

Desde que ouviram o estalo do mastro se partindo, o pavor passou a tomar conta daquela tripulação que tremia e rezava juntamente com um padre que seguia com eles. Tentavam resistir com todas as suas forças, mas o esforço lhes revelava em vão e eles eram conduzidos, cada vez mais, como a um graveto nas corredeiras de um riacho.

A estupenda força daqueles ventos irados os levavam rumo ao desconhecido com suas fortes sacudidas, fazendo com que algum dos tripulantes caíssem e rolassem pelo assoalho a fora. Outros vomitavam assombrados, mas o pior estava prestes a acontecer: Repentinamente, os ventos uniram suas forças para aplicar um castigo muito mais cruel aos atrevidos que ousaram invadir os espaços sagrados dos deuses daqueles mares cheios de mistério. Foi um momento de intenso pavor. Ondas gigantescas levantaram a embarcação, engoliram-na e a arrastaram tão velozmente que os pobres tripulantes que ainda permaneciam conscientes nem perceberam que estavam sendo jogados sobre umas árvores. A embarcação fora arrastada até as margens de um território desconhecido.

Pouco tempo depois, a tempestade cessou e eles se viram enroscados no meio de um matagal cheio de cipós. De onde estavam, podiam avistar as ondas ainda agitadas, mas a dar sinal de que a calmaria estava retornando àquele mundo distante.

Por algum tempo ficaram a se recuperar do sufoco que passaram e, enquanto observavam as ondas se acalmando, viram uma estranha imagem de homem de cabelos e barbas compridos a flutuar sobre as águas. Estariam eles sonhando ou aquilo seria real? Ou por acaso estariam mortos em outro mundo de seres estranhos?

Passado o susto, os tripulantes começaram a se refazer dos últimos momentos de tormenta. Por sorte ninguém chegou a se ferir gravemente. Alguns apenas saíram com alguns arranhões ou hematomas pelo corpo; outros, nem isso.

Depois de constatar os estragos ao navio, chegaram à conclusão de que estavam presos naquele lugar desconhecido e que não poderiam voltar tão cedo. Nem sequer havia como se orientar. Tudo estava danificado. Nada funcionava. A bússola? Nem tinham ideia de onde fora parar e ainda estavam presos sobre copas de árvores.

Algum tempo depois avaliaram a situação e constataram que estavam perdidos numa terra estranha. Todos, inclusive o capitão, ainda se encontravam traumatizados pelos últimos momentos de pavor, mas não demorou muito para o capitão Teófilo, reassumir o comando e ordenar que cada um pegasse os pertences que julgassem mais importantes para as próximas horas e o seguisse. Deveriam procurar um lugar seguro para abrigo antes que a noite caísse, pois poderia haver, por lá, feras perigosas. Seguiam em fila. O capitão ia abrindo uma trilha com um enorme facão e os outros o acompanhavam lentamente, devido ao estado de exaustão em que se encontravam.

Por sorte não precisaram caminhar muito para atingir o alto do um monte que ficava a uns dois quilômetros do mar. De lá, contemplaram uma visão que lhes devolveu o ânimo. Tiveram a sensação de que estavam chegando ao paraíso.

– Será que morremos? – Encantados, interrogavam uns aos outros.

O que viam era fantástico. Não muito longe, havia uma planície coberta de verde. Era um verde intenso proporcionado por uma pastagem nativa que era sacudida levemente por uma brisa suave. Cortando aquela paisagem, avistaram também uma divisória verde-escura, formada por uma mata robusta que os levava a dedução de que por lá desceria um rio.

Além da beleza visual, do alto onde estavam, ouviam o cantarolar de centenas de aves. Seria um lugar perfeito se não fosse pela situação em que eles encontravam: transmitia-lhes a paz que a terrível tempestade levara. Era, de fato, maravilhoso, mas não seria prudente perder tempo. Logo a tarde e, em seguida, a noite chegaria, trazendo a escuridão. Não poderiam se esquecer de que se encontravam num mundo desconhecido. Precisavam localizar um lugar seguro o mais rápido possível.

Obedecendo ao comando do capitão Teófilo, começaram a descer lentamente, morro a baixo, à procura de um local ideal para passar a noite. Ainda estavam no meio da descida quando, os que estavam na linha de frente, avistaram, ao longe, naquela planície, sinais de fumaça que surgiam de um lugar onde poderia haver uma depressão do solo, pois não podiam ver onde deveria haver fogo.

— Vejam! — O capitão interrompeu a caminhada e apontou com o braço estendido para a direção de onde surgia a fumaça.

A princípio, ficaram indecisos. Queriam descer até lá, mas temiam encontrar alguma tribo selvagem.

Por um curto espaço de tempo, ficaram a discutir sobre que atitude tomar. Iriam decidir em conjunto se daria meia volta e procuraria acampar o mais distante possível daquele ponto ou se desceria e seria o que Deus quisesse. Por fim, a curiosidade venceu. Tentariam naquele mesmo dia o que sucederia mais cedo ou mais tarde. Não estavam em condições de fugir daquela suposta ilha tão cedo.

Prosseguiram confiantes de poderem encontrar pessoas habitando aquele mundo perdido no meio do oceano. Se havia fumaça haveria fogo; se houvesse fogo alguém o teria provocado e esse alguém só poderia ter sido seres humanos. E se fosse um povo canibal? — pensavam alguns.

Meia hora mais tarde, quando o sol já começava a se esconder no horizonte, depararam se com mais uma visão surpreendente: Não era uma simples ilha. Havia outra planície, cuja altitude era inferior a da primeira. Era tão plana e tão extensa que a visão não podia alcançar o final. Certamente seria outro mundo.

– Que coisa mais linda! Será que estamos mesmo mortos? Ou isso é um sonho? Confesso que não estou entendendo mais nada! Era para estarmos apavorados, mas tudo isso é fantástico! – Comentou o astrólogo da expedição que, a julgar pela barba branca, deveria ter passado dos cinquenta.

Continuaram avançando em direção a origem da fumaça, cada vez mais cautelosos, e não demoram a constatar o que suspeitavam. Havia, de fato, um povo. Não estavam mesmos sós naquele mundo perdido, mas seriam bem recebidos? —Aflitos, alguns deles interrogavam a si mesmos.

Outra vez interromperam a descida para avaliar os próximos movimentos.

Existiam vários ranchos cobertos com palhas de coqueiro. Entre os casebres, algumas mulheres a usarem vestes de fibras para cobrirem as partes íntimas do corpo, carregavam sobre a cabeça, umas espécies de talhas de barro, que os recém-chegados imaginavam estarem cheias de água.

Notaram que algumas eram belas. Possuíam vasta cabeleira negra caída sobre as costas nuas a cobrir-lhes a pele avermelhada pelo excesso de exposição ao sol. De onde estavam, protegidos pela vegetação, podiam acompanhar cada movimento dos habitantes daquele lugar e avaliar a situação.

—

Outra vez, após breve discussão, determinaram que o padre Robert, o líder espiritual que acompanhava a expedição, e dois marujos iriam descer e fazer contato.

Então, minutos mais tarde, depois de breve momento de oração, deixando para trás os companheiros, o padre e dois de seus companheiros começaram a se aproximar da aldeia, com o máximo de cuidado. Desciam devagar, sempre protegidos pela vegetação, pois não queriam ser vistos antes do tempo.

No entanto, ao chegar lá embaixo, mal saíram a descoberto, se viram cercados de selvagens a lhes apontar suas lanças afiadas. Eles se mantinham a certa distância e pronunciavam algumas palavras estranhas. — Se ao menos pudéssemos saber o que estão dizendo! — Exclamou, apavorado, um dos companheiros do padre.

— Vamos tentar manter a calma! — Aconselhou o padre, ao mesmo tempo que, em silêncio, rogava a Deus pelas suas vidas.

Não demorou muito aquele momento de estudo. Depois de entenderem que os invasores não lhes ofereciam perigo, um daqueles nativos levou a mão direita à cintura, pegou um objeto estranho, levou à boca e assoprou, produzindo um forte assobio. Em seguida, foram surgindo homens, mulheres e crianças de todos os lados da aldeia. Por fim apareceu um homem forte, que parecia ser o chefe, usando vestes com cores vivas e se dirigiu ao pequeno grupo.

— Roca, oca macabe! — Pronunciou tais palavras, conservando-se fora do alcance das mãos dos estranhos.
— Não entendemos o que disse! — Gritou o padre.

O chefe da aldeia voltou-se para os demais e pronunciou outras palavras que pareciam sem sentido e dois dos guardas que os interpelaram primeiro, aproximaram-se deles e, fazendo uso de gestos, intimou-os a segui-los até uma cabana enorme localizada no centro da aldeia. Ao entrarem, ficaram boquiabertos com o que viram: De pé, com as duas mãos na cintura estava um homem branco vestido com roupas feitas de fibras vegetais. Era alto e magro, mas musculoso. Possuía cabelos loiros claros amarrados em rabo de cavalo e uma espessa barba avermelhada que lhe cobria o queixo. Usava, no pescoço, um colar feito de sementes em cores alternadas em escuro e claro. Tinha nos pés uma sandália de couro rústico. Da mesma forma que era observado de alto a baixo, fazia o mesmo, permanecendo em silêncio e tentando imaginar como aquelas pessoas teriam conseguido chegar a ilha. Por fim, estendeu-lhes a mão para cumprimentá-los: — Bankof ao dispor! Penso que temos muito a conversar, pois acredito que, assim como eu, estão cheios de interrogações.

— Tem razão, senhor Bankof! Eu sou o padre Robert. Sequer fazemos ideia de que mundo é este onde estamos. No princípio, pensamos que havíamos morrido e estávamos no paraíso.

Depois que os companheiros do padre se apresentaram, Bankof começou a narrar que quando ainda habitara na terra dos seus pais, a sua saudosa Inglaterra, sempre fora um homem sonhador, que adorava se aventurar. Seguindo esse impulso, decidira fabricar um enorme balão. Queria, de forma desafiadora, conhecer a mundo a bordo daquela invenção. No princípio, tudo correu como planejara. Por várias semanas, talvez meses, pode apreciar a vista das alturas, mas num dia, o inesperado veio a acontecer: Houve uma ventania tão forte, mas tão forte que o arrastou velozmente e o depositou sobre os galhos de uma árvore que surgira do nada. Passara por momentos terríveis! O balão rodopiava de um lado a outro e, naqueles momentos, só não fora arremessado ao mar porque havia se amarrado à estrutura do balão. Tinha consciência de que corria risco e, por isso, se preparara para evitar possíveis acidentes. Quando tudo se acalmara, ele se vira perdido e impressionado com um mundo maravilhoso. Naquele dia, depois de descer da árvore, com fome e com o corpo todo dolorido, caminhara por dois dias até ser encontrado pelo povo que naquela terra habitava.

Quando o encontraram, ficaram assustados com a sua aparição. Prostrara-se diante dele e pronunciaram palavras, que naquele momento, não pode entender. Tivera muito medo, mas depois percebera que o consideravam um deus, razão pela qual entendera que não havia justificativa para o temor. Ao contrário, fizeram de tudo para o agradar, oferecendo-lhe diversos tipos de frutas, pedras coloridas e, por fim, reuniram as mulheres mais belas da aldeia e, com gestos amigáveis, lhe disseram para escolher quantas quisesse para esposa.

No mundo de onde viera, só se permitia ter uma esposa. Adorara a ideia dos nativos e escolhera as três que mais lhe encantaram. Duas delas ainda permaneceram com ele. A outra devolvera ao chefe. Não precisava de uma terceira, bastavam-lhe os dois anjos que habitam com ele naquela choupana.

Amistosamente, sorriu e convidou-os a se sentar nuns bancos tecidos com cipós, localizados no interior da cabana . Depois de se sentarem, o homem se voltou para um local que, pelas características, deveria ser a cozinha e chamou:

— Tablita! Potira! Temos visita! Traga um chá para os convidados! Então, atendendo à solicitação do marido, surgem duas mulheres lindíssimas trazendo uma vasilha fumegante e umas canecas, ambas de barro.

— Podem deixar aí sobre a mesinha, meus amores! Agora sentem aqui comigo!

Novamente voltou o olhar para os visitantes e, enquanto acariciava as belas mulheres, que se sentaram uma de cada lado dele disse-lhes:

— Estas são minhas esposas!

Os três recém-chegados se encantaram com tanta beleza. Ao verem Potira aparecer, usando roupas sensuais, não conseguiram disfarçar tamanha admiração. Bankof parecia se divertir com a situação desconfortável dos seus convidados. A mulher era alta, morena e tinha um corpo impecável. Além desses adereços, possuía cabelos lisos, longos e mais negros que a noite, conservados bem hidratados, certamente, com algum produto da natureza. Tablita era um pouco mais baixa, mas também esbanjava beleza. Também com roupas que deixavam à mostra sua pele morena e curtida ao sol arrancou naqueles homens suspiros de admiração. Possuíam corpo definido, barriga chapada e um par de coxas torneadas a justificar a escolha daquele homem branco que tinha de fato muito bom gosto e que, além de tudo, com exceção da sua pele clara, se incorporara em um perfeito nativo.

Como era costume entre aquele povo, ambas traziam nas orelhas, brincos feitos de pedras brilhantes que contrastavam com seus dentes alvos feito algodão.

— Amigos, pela recepção que tiveram, com certeza, terão a mesma sorte que eu. Possuirão as mulheres mais belas da aldeia. Acho que, com todo respeito, seu padre, nem mesmo o senhor resistirá. — Continuou Bankof a exibir seus dentes brancos, parecendo se divertir ainda mais com o embaraço dos três recém-chegados.

Depois da longa conversa em que os três relataram, ao novo companheiro, como conseguiram chegar àquele mundo, que parecia mágico, tudo viria a acontecer realmente conforme previra o homem branco da aldeia, exceto em relação à afirmação de que nem mesmo o padre resistiria. Na verdade, aquele homem de Deus ficara abalado, mas conseguiria se manter como jurara a sua Igreja e espalhara naquele território, as sementes do cristianismo.

O tempo foi passando e com ele veio, aos aventureiros, o desejo de voltar à sua pátria, que ficara perdida além daquela imensidão de águas, ventos e tempestades. Não faziam nem ideia de como poderiam retornar, mas alguns deles estavam determinados e enfrentar novamente a fúria do mar. Outros, mais habituados com a nova vida, tinham saudades, mas não estavam dispostos a deixar para trás todo conforto que encontraram na nova terra, principalmente mulheres e filhos.

Iriam ajudar seus companheiros a consertarem a embarcação e desejariam sorte, mas só isso. Afinal eram felizes como nunca foram durante todo o tempo em que viveram na terra natal e não via razão para desafiar os mistérios daquele mar ameaçador.

Passados poucos dias a mais de um mês, o barco estava pronto para a viagem e os que pretendiam retornar, embalaram alimentos, roupas e tudo mais que achavam serem necessários para a jornada e despediram dos que vieram acompanhar a partida dos valentes dominadores dos mares. Assim diziam os nativos da ilha. Sob os olhares admirados do povo local e preocupados dos antigos companheiros de aventura, partiram numa quarta-feira ao raiar do dia. Pouco a pouco a embarcação foi desaparecendo na imensidão de águas que davam cambalhotas tentando devorá-los. Naquele momento, um dos marujos, um senhor de uns 60 anos, e de barbas espessas, que os acompanhava com os olhos cheios de lágrimas, disse emocionado:

— Algo me diz que nunca mais vamos ver nossos companheiros! — Vira as costas e começa a retornar para a aldeia a enxugar os olhos lacrimejantes.

O receio daquele senhor de idade veio a se confirmar, não daquela vez, mas alguns anos mais tarde quando aqueles homens resolveram desafiar os mares mesmo com indícios de que haveria uma tempestade iminente.

Naquele dia, alguns companheiros, tentaram desencorajá-los a enfrentar o arriscado desafio, mas sem sucesso. Na ânsia de buscar mais parentes e amigos para povoar o novo território encontrado e os terem por perto os ficaram cegos.

Em suas sucessivas viagens anteriores, ao mundo civilizado, outros já haviam desembarcado na ilha e se empenhavam para o desenvolvimento do progresso local.

Os anos foram passando e, com eles, pouco a pouco, a poeira do tempo tratou de encobrir as lembranças dos ousados aventureiros da memória dos habitantes daquele pedaço de paraíso, restando apenas as teorias usadas para explicar o desaparecimento dos homens e embarcação.

Segundo os filhos daquele mundo mágico, aqueles seres que dominavam os mares decidiram permanecer no refúgio dos deuses de onde vieram. Para os brancos aqueles pobres coitados teriam sido devorados por alguma fera dos mares ou engolidos pelas águas agitadas do desconhecido.

Apesar de não serem numerosos, a princípio, os imigrantes brancos contribuíram e muito para o crescimento e a miscigenação do povo local. E a predominância da pele morena foi diminuindo naquela aldeia, pois os homens estrangeiros construíram famílias numerosas. Todos eles ficaram com mais de uma mulher e com todas elas tiveram muitos filhos.

Quanto mais o tempo passava, mais crescia o número de habitantes naquela aldeia e surgiam novas lideranças, com ideias renovadoras, provocando divergências entre as cabeças pensantes daquela comunidade de nativos que deixara ser conduzida pelos brancos que, segundo eles, eram descendentes dos deuses.

Entre as principais lideranças daquele povo, destacou-se um garotão chamado Nicolau, pertencente à linhagem do capitão Teófilo. Segundo ele, a aldeia era muito pacata e precisava sofrer algumas mudanças compatíveis com a sua nova realidade em constantes transformações. Era tampo de melhorar os aspectos das moradias, como ouvira seu tio Teófilo dizer repetidas vezes, e ampliar seus horizontes para que a população, cada vez mais numerosa, pudesse gozar de espaços para se locomover e para o lazer, principalmente da juventude.

Por outro lado, Gedeão, filho de Bankof, discordava de tais mudanças. Tinha ideias conservadoras e se posicionava contrário ao que defendia Nicolau. Além do mais, era muito respeitado pelos mais velhos daquela aldeia. Eles não viam aquelas inovações com bons olhos. Achavam que tais mudanças só trariam desconforto ao povo. Todos já estavam acostumados e em paz. Por que criar confusão e gerar tantos transtornos? Não. Ele, Gideão, jamais iria concordar com tamanha loucura, coisa de jovem que não pensa nas consequências dos seus atos.

Como os mais influentes da aldeia ficaram divididos entre as ideias conservadoras de Gedeão e os sonhos de modernização de Nicolau, decidiram marcar uma assembleia para ouvirem os dois lados e só depois o conselho, composto pelos homens mais velhos da comunidade, decidiriam o futuro do povoado. Se permaneceria como estava ou passaria pelas transformações sonhadas pelo sobrinho de Teófilo.

De fato, houve a assembleia, mas não conseguiram chegar a um consenso e o conselho decidiu considerar ambos os posicionamentos, mas para contemplar aos dois lados, estabeleceram o seguinte: Quem concordasse com Nicolau deveria deixar a aldeia junto com seu líder e procurar um lugar ideal para construírem uma cidade do tamanho dos seus sonhos. Os outros permaneceriam na aldeia sem se sentirem ameaçados por aqueles projetos inovadores.

Assim ficou determinado e poucos dias depois, parte da aldeia, a transportar seus pertences, deixou para trás anos de história para escreverem um novo capítulo na existência do Território dos Deuses.

Com o apagador o professor Alfonso deu uma pancada sobre a mesa e fez com que alguns dos alunos dessem pulos sobre a cadeira.

— É isso, turma! Por hoje basta! Na próxima aula continuaremos falando sobre a criação de Porto dos Sonhos! Alguém tem alguma pergunta ou observação a fazer? Ainda temos alguns minutos.

— Professor, foi uma bela história! Mal posso esperar para continuarmos. — Comentou Clark empolgado.

— Isso mesmo, meu rapaz, — continuou o professor — nas próximas aulas, vai ver que tudo se explica: as características do nosso povo, os costumes, a religiosidade...

O sinal tocou, para dar por encerrado aquele dia de aula que ficaria gravado na memória daqueles jovens cheios de sonhos.

Matheu: Em busca dos sonhos

Nas costumeiras conversas entre amigos, Mattheu comentava sobre sua obsessiva paixão por uma aluna da escola. Por muitas vezes, revelara ser apaixonado por aquela garota que parecia não corresponder aos seus sentimentos. Seu nome era Olga. Ela só tinha olhos para outro rapaz filho de um rico fazendeiro local. Não falava em outra coisa a não ser em sua paixão doentia por aquele homem.

Por diversas vezes os amigos chegaram a aconselhar o colega a partir para outra. Existiam muitas belas moças na cidade. Mas ele não se conformava. Ela o enfeitiçara com aqueles olhos negros.

Era moreninha, possuía uma vasta cabeleira cuja cor negra espelhava ao longo de suas costas. Encontrava-se um pouco acima do peso, mas não o suficiente para prejudicar suas curvas perfeitas. Tratava-se de uma pequena encantadora, mas nem por isso, devia ele se submeter a tanto. Com certeza ela não o amava. Um sentimento tão forte como o dele deveria ser correspondido; não desprezado. Ela não o merecia!

Um dia, numa festa de aniversário, ao vê-la deslumbrante com um vestido cuja cor vermelha contrastava com sua pele morena, Mattheu não resistira ao desejo de conquistá-la. Pedira Carter para ir até ela e dizer-lhe que precisava lhe falar em particular. A contragosto o amigo concordara, mas imaginava no que ia dar. Aproximara dela e entendera as razões que levara o amigo àquela obsessão. Era realmente muito sexy. Aquele vestido colado a explorar suas belas curvas também desnudava-lhe os seios firmes e a barriga surpreendentemente chapada para aquela garota cheinha; suas coxas eram grossas e bem-feitas. De fato irresistível! Receoso, toca-lhe as costas:

– Olga! - Ela se virara para lhe dar atenção – Mattheu quer falar com você!
Novamente ela se voltara a Carter e pronunciara com voz áspera:

- Diz para ele vir até aqui!

- Ele quer conversar contigo em particular!

- Esse seu amigo não desiste nunca hein! Estou cansada das insistências dele. Peça para ele me deixar em paz!

Carter ficara chocado. Ele e Mattheu eram grandes amigos e comunicar o teor da conversa com Olga não seria nada fácil. Como iria dizer aquilo ao amigo? Com certeza, iria ser uma chicotada em seu orgulho. Como reagiria quando lhe desse a notícia?

Carter se preocupara com razão. Ao se inteirar do que havia acontecido, o amigo se tornara irreconhecível. Começara a beber sem parar. Exagerara tanto que caíra num profundo coma alcoólico e ficara três dias internado.

Durante aquele tempo, Carter acompanhara todo o momento de internação, preocupado com a recuperação do companheiro, permaneceu lá até vê-lo voltar a si e, com o rosto apresentando sinais de abatimento, pronunciar:

- Carter, vou ter que dar um rumo a minha vida. Chega de humilhações.

Carter moveu a cabeça verticalmente em sinal de concordância.

- Tem razão, amigo. Ela não te merece. Você é muito legal para deixar que alguém zombe dos seus sentimentos. Ainda vai surgir em seu caminho a pessoa certa para você! Tenha fé nisso! Olhe para você, não é de se jogar fora! Quantas dessas garotas da escola não gostariam de ser sua namorada? Com certeza, a maioria delas!

- Sim, eu acredito! Mas vou ter que tomar uma atitude radical.

Carter o encarou assustado:

- Cuidado hein! Não vá cometer nenhuma loucura!

- Que isso, camarada! Não pense que vou me matar por um rabode-saia! —Sorriu.

Enquanto ainda trocavam ideias, o médico apareceu sorridente:

- Até que enfim, rapaz! Você deixou preocupados os seus amigos!

Raros pacientes receberam tantas visitas.

- É doutor, esse cara aqui tem o dom de conquistar amigos. Ele é muito querido na cidade.

- Então - dirigiu-lhe o médico - Está se sentindo melhor?

- Sim, doutor. Posso te garantir que estou em condições de ir caminhando para casa.

- Isso não. Hoje ainda ficará aqui sob observação. Amanhã receberá

alta.

- Tudo bem, doutor, o senhor é quem manda.

Contente com a recuperação do amigo, Carter, voltara para casa. O pior havia passado. Deveria ajudar o colega a enfrentar de cabeça erguida os próximos dias. Logo tudo seria esquecido.

No dia seguinte, depois de executar seu trabalho na padaria de seus pais, Carter voltara ao hospital. A recepcionista veio ao seu encontro.

- Veio visitar o seu amigo?

- Sim, como ele está?

- Muito bem. Recebeu alta e foi para casa.

- Já foi? -Coçou a cabeça.

- Sim. Há uma hora mais ou menos.

- Obrigado! Vou correndo para lá. Quero saber o que anda pensando.

Deu meia volta e saiu caminhando rapidamente em direção à bicicleta que deixara encostada ao meio fio a uns vinte metros. Pouco depois estava a conversar com o amigo:

— Vejo que, ao contrário dos últimos dias, encontra-se bem mais disposto!

Mattheu parecia aprontar uma mala de viagem. Interrompeu o que estava fazendo para dar atenção ao amigo.

— Graças a Deus estou bem melhor! Nunca mais vou encher a cara por ninguém!

— Está pensando em pegar a estrada? — Quis saber Carter enquanto olhava para a mala aberta sobre a cama.

— É isso aí, Carter, depois do vexame do final de semana, preciso mudar de ares por algum tempo. Vou para Cruzeiro.

Por ser uma cidade bem maior terei mais chances de encontrar um trabalho e prosseguir meus estudos. E, afinal, não fica tão distante.

— Você está certo! Eu também estou planejando passar uns tempos fora. Preciso me formar. Charlotte merece um marido que tenha, no mínimo, um bom emprego.

— Você pensou bem no que pretende fazer? Não acho que seria boa ideia deixar Charlotte, mesmo que seja só por uns tempos. Todos podem ver quão profunda sintonia existe entre vocês dois. Se fosse você, eu não me arriscaria.

— Realmente, não vai ser fácil deixá-la, mas é uma decisão racional! - Argumentou ao mesmo tempo em que começou a coçar o couro cabeludo, evidenciando certo grau de nervosismo.

- Sei que sabe o que faz, amigo! Sempre fora uma pessoa sensata! - Tocou-lhe de leve as costas apoiando-o.

- Obrigado pela força! - Os dois se abraçaram. - Mas e você, fale-me de seus planos!

- Se tudo correr como planejo, amanhã pego o ônibus para Cruzeiro. Não tenho muito que resolver antes de me mandar daqui. Pretendo quitar umas dívidas, comprar umas roupas... A mala eu já tenho... é isso! Depois é só seguir o meu destino. — Conclui Mattheu com olhar distante a imaginar seus próximos passos no desafiante mundo desconhecido.

- Que bom! Em que vai trabalhar, Mattheu?

- Ainda não sei. Ouvi falar que estão precisando de gente para trabalhar em supermercados, lojas, oficinas...! Vou tentar a sorte.

- Tudo vai ficar bem, amigo! Você é um bom rapaz! É responsável, é um batalhador!

- Obrigado, Carter!

-Tenho que ir, Mattheu! Amanhã a gente se vê!

- Certo. Até amanhã! Vou terminar de organizar minhas coisas. O tempo não para nunca!

- Até breve, Mattheu!

-Tchau! - Voltou ao guarda-roupa e continuou a escolher algumas peças para colocar na mala. Sentia muito pelo amigo, mas no dia seguinte, eles não se veriam. Pegaria o ônibus da manhã. Não gostava de despedidas.

Depois de dobrar as roupas e colocá-las na mala, abriu uma gaveta onde guardava as papeladas, seus documentos mais importantes, e começou a selecionar o que lhe poderia ser útil quando estivesse em Cruzeiro. Primeiro identificou um currículo, depois alguns certificados... Continuava revirando a papelada da gaveta quando se surpreendeu ao ver uma foto de Olga. Aquilo tinha que estar lá justo naquela hora? Ficou a contemplar a imagem daquela que transformara sua vida numa tortura. Por milhares de vezes sonhara acordado sendo dono dos mais belos lábios, desfrutando daquele corpo mais sexy que a Vila São Domingos conhecia! Vivera a imaginá-la em seus braços! Quanta ilusão! Ela não queria saber dele! A bandida era muito interesseira e ele não tinha muito a oferecer! Mesmo que tivesse, ela teria é que gostar dele, não dos seus pertences!

Aquela imagem fotográfica exercia um forte poder sobre Mattheu. Ele, mergulhado em seus devaneios, acabou se esquecendo, de que arrumava suas coisas para a viagem. Ficou sentado sobre a cama, hipnotizado a dar vida aquela imagem. Olga desfilava sorridente pela calçada da escola juntamente com suas amigas. Passava por ele e nem fazia questão de notá-lo. Ao passo que ele a espreitava louco de paixão! Louco para ser o homem da vida daquela baixinha encantadora, mas nada do que ele tentara tinha sido suficiente para tocar-lhe o coração. Continuaria sempre insensível aos seus galanteios. Não. Aquilo ele não queria! Tal ideia fez com que seu sangue fervesse, provocando-lhe um forte sentimento de revolta que o levou a jogar a fotografia no chão. Não é justo! Eu não mereço esse desprezo! Ela não é a única mulher do planeta! Um dia ainda encontraria alguém que o amaria de verdade!

Outra vez Livre da influência exercida pela imagem daquela garota que lhe tinha tirado o sossego, o rapaz olhou para a mala quase pronta e, em seguida, para a foto jogada no chão! Depois de tudo que passara ainda perdia tempo com aquilo! Era mesmo um fraco!

O tempo voava rapidamente. Era tarde. Tinha que terminar de organizar suas coisas, mas levantou-se, pegou um isqueiro, foi até a fotografia, apanhou-a e começou a queimá-la pesaroso. A partir daquele momento, prometeu a si mesmo que aquela ingrata não exerceria mais nenhum poder sobre ele!

Já passava da uma da manhã quando Mattheu, após terminar de arrumar suas coisas na mala, pegou um velho despertador, amigo de longas datas, e acertou-o no horário em que precisaria se levantar: cinco horas da manhã. Havia planejado viajar à tarde, mas mudara de ideia. Pretendia evitar as possíveis despedidas e, saindo de manhã, chegaria mais cedo ao seu destino. Uma hora seria suficiente para que ele se arrumasse e chegasse ao ponto onde deveria pegar o ônibus. Não ficava longe. Tudo estava pronto. Poderia dormir. Ah, ainda não. Estava se esquecendo do essencial. Por um breve momento dirigiu-se a Deus e rogou-lhe por proteção e para que o conduzisse em segurança pela nova jornada.

Naquela noite, o sono de Mattheu foi povoado dos mais variados sonhos, mas o que mais mexeu com seus nervos foi algo relacionado ao seu sentimento por Olga. Caminhava por uma rua desconhecida a seguir os passos daquela garota, mas ela se distanciava pouco a pouco por mais que ele apertasse os passos para alcança-la. Às vezes ela se virava e sorria a zombar da sua tentativa desesperada, mas ele continuava firme com seu propósito quando um velho simpático e de barbas de algodão, que estava sentado na calçada, interpelou-o:
– Rapaz, ô rapaz!

Mattheu parou assustado e olhou para aquele velhinho de aspecto profético.
– É você mesmo, rapaz! Venha até aqui! Tenho algo muito importante para te revelar!

Mattheu interrompeu sua perseguição e, hesitante, aproximou-se do senhor.
– Sente-se aqui do meu lado! Raramente eu me revelo aos seres humanos, mas compadeci do seu sofrimento. Não te represento ameaça! Preciso falar-te sobre aquela moça por quem você morre de amores. O nome dela não está escrito

junto ao seu. Desista! Não demorará muito para conhecer aquela que a ti foi reservada. Ela te transformará num homem muito feliz, mas antes que isso venha a acontecer, se você se esquecer dos conselhos de seus pais, passará por momentos muito difíceis que poderão mudar o curso das coisas.

Mattheu acordou com a respiração ofegante. Estava com a boca seca e sentia necessidade de tomar um copo de água bem gelada. Olhou para o relógio preso à parede e viu que ainda marcava três horas e quinze da madrugada. Ainda daria para pegar no sono.

De manhã, Mattheu acordou assustado com o despertador, virou para o lado e se utilizou do travesseiro para tentar abafar o barulho. Não adiantava, tinha mesmo que se levantar ou então perderia o ônibus. Mesmo desejando permanecer na cama para dormir mais um pouco, reuniu forças e se sentou bocejante. Deveria ter dormido mais cedo! Em pouco tempo estava pronto. Como pesava aquela mala! Nem intencionava despedir-se de meus pais. Depois escreveria para eles. Detestava despedidas! Saiu do quarto com cuidado para não provocar ruído, mas quando chegou à cozinha:

– Pretende partir sem a minha bênção, meu filho? – Interpelou-o poupando o esforço de tentar disfarçar sua decepção à atitude do filho.

– Não queria incomodar, meu pai! Despedidas são tristes. – Justificou, constrangido, a olhar para o chão.

– Ó meu filho! Depois de tanto tempo e ainda não conhece seu pai? Eu imaginei que agiria dessa forma e fiz questão de me levantar bem cedo. Não poderia deixá-lo partir sem o meu abraço! Sabe que seu pai te ama muito, Filho?

Seu Orlando abraçou o filho carinhosamente e disse sem se desvencilhar daquele abraço que lhe significava tanto.

– Sinto em vê-lo partir, mas aprovo sua decisão! Confio em você! Tem a aminha bênção, filho! – Tocou-lhe de leve com a mão direita sobre cabeça.

– Obrigado, meu pai! Eu vou estudar e trabalhar. Serei alguém na vida! Ficarei rico!

– Já está de partida, meu filho? – Ouviram a voz de dona Hellen que saia do quarto e vinha em direção aos dois.

- A senhora também está acordada? -Bocejou enquanto questionava.

- Estou preocupada com essa sua decisão de ir morar em Cruzeiro. Lá é muito maior do que este povoado. Tem muito mais coisas boas, mas também tem muito mais armadilhas! Vai ter que ser prudente para não se meter em algum perigo! Não perca de vista o que te ensinamos!

- Fique tranquila, estou indo para estudar e trabalhar. Tenho meus sonhos, minhas ambições!

Dona Hellen parou onde estava, a uns dois metros deles, e sem dizer sequer uma palavra a mais, ficou a contemplá-los. Usava um pijama laranja e, além de estar com os cabelos emaranhados, trazia marcas no olhar que denunciavam as preocupações de uma mãe dedicada. Não dormira quase nada naquela noite. Se pudesse impediria o filho de se afastar. Sentia que ele não estava preparado para os desafios que viriam, mas tinha que confiar. Afinal, educara-o para que se tornasse um homem independente, senhor de si. Não o decepcionaria e muito menos a seu pai que insistira tanto consigo para dar um voto de confiança a Mattheu. Não, não o imploraria para desistir. Não, aquilo nunca! Por fim, respirou fundo encontrou forças para dizer:

- Meu filho, eu e seu pai damos a nossa bênção. Acreditamos em você! – Dissera depois de abraçá-lo carinhosamente.

- Agora devo ir. Chegou o momento. Sei que estão preocupados, mas vou ficar bem!

Pegou sua mala e saiu apressado. A certa distância voltou-se para os pais, acenou-lhes com a mão e dona Hellen ainda o fez ouvir:

- Não se esqueça de mandar notícias, viu!

Mattheu acenou afirmativamente com a cabeça e continuou a se distanciar. Quando chegou ao ponto de ônibus, teve a felicidade de encontrar lá, a sua espera, os seus amigos Carter e Thomas. Estavam sorrindo:

- Pensou que ia se livrar de nós, não é? Fique sabendo que de amigos de verdade não se escapa assim tão facilmente.

- Foi o que dissera a princípio Thomas Brow.

– Que bom que vocês vieram! Com certeza, sentirei muito a falta de vocês! Juntos, já aprontamos muito nessa vida! – Comentara Mattheu depois de receber os cumprimentar dos valiosos companheiros.

Alguns minutos depois da chegada ao ponto, a condução chegou e os amigos se abraçaram.

– Não temos mais tempo[1] Nem precisava dizer que vou sentir a falta de vocês, mas eu lhes digo que sentirei muita falta. Até qualquer dia desses! Fiquem sob a proteção de Deus!

O tempo de conversa entre eles durou pouco, pois ao ouvir a buzina convidando os passageiros a entrar, Matheu apertou a mão dos amigos mais uma vez e subiu os degraus que o separava das poltronas da condução.

– Vamos sentir sua falta, companheiro de futebol, de festas e de muitas aventuras! – Exclamara Matheu ao ver o amigo desaparecer no interior do ônibus.

Ainda caminhava pelo corredor a procura de uma poltrona vazia quando o coletivo começou a ganhar velocidade e Mattheu teve que se segurar firme no alto das poltronas para não ser jogado ao assoalho. Por fim, encontrou uma poltrona do lado de um velho de longas barbas brancas. A princípio, teve a impressão de já o ter visto, mas depois achou que era coisa da sua cabeça.

Sentou-se e começou a percorrer o olhar pelo interior do ônibus curioso para ver que tipos de pessoas seguiam viagem. Além do velho, cujo rosto lhe parecia familiar, havia uma loira muito atraente a cochilar sobre a poltrona do lado. Ela possuía luminosos cabelos cacheados que desciam em forma de cascata, encobrindo-lhe parte do seu belo rosto angelical. Era jovem, talvez possuísse uns 18 anos ou menos. Ficou a observá-la por alguns momentos. De súbito um inesperado solavanco fez com que a moça arregalasse os olhos e ele pudesse se encantar com o verde cintilante que surgia entre aqueles cílios longos a abrir e fechar, com frequência, porque parecia estar dominada por um sono terrível. Pelo jeito não pregara o olho durante a noite. Então se lembrou de que também não tivera uma boa noite de sono e bastou isso para começar a bocejar.

A partir daquele momento, o seu estado foi se tornando insustentável até ele perceber que não adiantava tentar resistir e, além do mais, não via nenhuma razão para querer permanecer acordado. Se estava com sono, por que não dormir?

Procurou uma posição mais confortável naquela poltrona pouco espaçosa, mas antes de cair no sono, ainda pode ver aquele velho simpático, sentado a seu lado, a observá-lo com um sorriso que o fez lembrar-se de seu pai. Por que aquele senhor parecia tão simpático? Seria por que o conhecia de algum lugar?

Aquele foi o último pensamento a passar pela sua cabeça antes de fechar os olhos e viajar pelos campos oníricos.

Cruzeiro: Uma Nova Realidade

Duas horas mais tarde, quando a condução se aproximava da cidade, Mattheu acordou ao ouvir a voz de uma senhora que anunciava empolgada a aproximação da cidade de Cruzeiro. Abriu os olhos e se encantou com a visão daquele horizonte que iria permanecer alojada em sua memória pelo resto de seus dias.

Naquele momento, o coletivo começava a ingressar por uma ponte por onde cruzaria um rio cujas belezas se apresentavam exuberantes.

Sob a luz do sol daquela manhã de céu claro, avistou as águas volumosas e transparentes a espelhar cada vez mais ao executarem belíssimas cambalhotas, devido à velocidade de suas corredeiras incessantes. Desciam apressadas e iam chocar contra às enormes lajes de pedras azuladas que em vão tentavam barrar-lhes a passagem.

Às margens do rio, havia uma praia composta por uma areia tão branca quanto um resto de neblina que fugia, contrariada, dos raios daquele sol que viera tirar-lhe o sossego. A correr e saltitar, com uma bola colorida, sobre a areia daquela praia, um grupo de jovens se divertia. Do interior do ônibus, era possível ouvir o barulho das suas algazarras animadas por gritos e sorrisos histéricos. Ficou encantado, aquele lugar era ideal para ele passar o tempo livre! Seria o seu ambiente preferido daquela cidade! A julgar pelo que via, mulheres bonitas deviam existir aos montes naquele lugar. Tão envolventes eram as novidades que Mattheu até chegou a se assustar quando percebeu que aquele velho simpático não se encontrava mais ao seu lado. Como pode? Se tivesse saído ele teria notado, pois tinha o sono leve! Como estava na poltrona do canto deveria pedir para ele se levantar. Só então poderia passar. Muito estranho! O pior era que continuava com a impressão de que o conhecia, mas não sabia de onde!

Pouco a pouco a cidade ia se mostrando. Preguiçosamente, o carro avançava pela principal rua da cidade. Quanto mais se aproxima da região central, mais aumentava o número de sobrados coloridos e Mattheu, atento, observava que no alto, nas enormes janelas, surgiam pessoas desejosas por descobrir se estaria chegando alguma novidade.

Homens, mulheres e crianças. Alguns até se empolgavam e acenavam para os passageiros que viam nas janelas da condução. Na rua, várias pessoas caminhavam pelas calçadas como formigas saindo de um formigueiro. O ônibus continuava avançando cidade adentro e Mattheu se mantinha atento, de sua poltrona, a observar os tipos de construções e os letreiros dos pontos comerciais que iam se multiplicando com a aproximação da região central da cidade.

Antes de chegar à rodoviária, encantou-se com uma enorme estátua que retratava um homem de vasta cabeleira, barbas extensas e uma vestimenta estranha que mais parecia uma enorme capa preta a encobrir, parcialmente, um o corpo musculoso. A praça não era grande, mas aparentava ser aconchegante. Possuía vários bancos, uma aérea aberta próxima a estátua que deveria ser usada para reuniões.

A arborização também fora planejada por alguém que possuía bom gosto. Um bom lugar para se sentar e descansar um pouco. Havia também uma igreja do outro lado de uma rua que marcava o limite da praça. Era simples, mas dela levantava-se uma torre não muito alta que terminava numa cruz branca.

Era a primeira vez que Mattheu se aventurava para uma cidade maior. Durante toda a sua vida, vivera ou na zona rural ou em Vila São Domingos. Estava sentindo um frio na barriga devido à expectativa do que poderia estar a sua espera, mas não admitia mais para si continuar na Vila sendo humilhado por Olga. Ele a esqueceria! Não sofreria mais por ela! Também não admitiria a mais ninguém tomar posse do seu coração daquele jeito. Curtiria sim, namoraria sim, mas ficar apaixonado, jamais! Em vez de ficar choramingando pelos cantos, iria cuidar de sua vida. Trabalharia duro, ganharia dinheiro, estudaria com afinco e construiria seu futuro. Daquela forma procederia, nascera para ser um vencedor.

Finalmente, chegaram à rodoviária. Mal o ônibus parou de se mover os passageiros já disputavam os espaços para descer, para se virem livres daquela condução que os aprisionara durante a viagem.

Mattheu, ao contrário, optou por esperar que todos descessem. Também estava cansado de ficar sentado naquela poltrona, mas estava um pouco assustado com o que haveria de se deparar nos próximos momentos da sua vida. Torcia para que houvesse algum hotel por perto! Caso contrário, teria que começar a gastar suas economias logo na chegada para contratar um taxe.

Não precisou esperar muito, em questão de alguns poucos minutos o caminho estava livre e Mattheu começou a descer. Perguntou ao motorista se sabia da existência de algum hotel por perto e ele apontou para o letreiro da fachada de um sobrado logo à frente com o seguinte enunciado: Pousada dos Sonhos.

– Logo ali, amigo! Costumo me hospedar lá. É tranquilo, um bom lugar para ficar!

– Obrigado, amigo!

A informação deixou-o um pouco mais tranquilo. Sem desgrudar de uma pequena maleta onde guardara alguns objetos pessoais, o rapaz continuou sua caminhada pelo corredor do coletivo. Depois de se ver livre do ônibus, Mattheu pegou sua mala e, antes de seguir para a pousada, ingressou no espaço interno da rodoviária. Precisava comer alguma coisa, não pretendia almoçar, pois ansiava mais por um descanso merecedor. Um lanche seria mais que suficiente para matar sua fome. Entrou. Olhou em volta e percebeu que havia algumas pessoas sentadas nuns enormes bancos rústicos de madeira. Entre elas, a conversar animadamente com um casal que certamente poderia vir a ser seus pais, identifica a presença daquela loira que viajara sentada na poltrona ao seu lado. Era realmente linda. Além do verde do olhar, possuía um corpo impecável. Estava sentada, mas era possível identificar suas curvas perfeitas. Sua pele clara refletia ainda mais a beleza estampada em seu rosto. Poderia muito bem ajudá-lo a esquecer do seu passado tortuoso, mas certamente era muita areia para seu pobre caminhãozinho.

Dirigiu-se ao balcão e pediu um salgado e um refrigerante.

Algum tempo depois, ao chegar à recepção da pousada, o atendente veio ao seu encontro:

– Boa noite, rapaz! Bartolomeu ao seu dispor! – Estende-lhe a mão para cumprimentá-lo.

Mattheu correspondeu ao cumprimento e, sem perder tempo, foi ao que lhe interessava:

– Preciso de um quarto, mas não pode ser muito caro!

– Tenho um que é perfeito para o senhor! Venha comigo!

Mattheu o acompanhou por um corredor, que continha várias portas numeradas de ambos os lados e era organizado em ordem crescente. Ao chegar à porta de número dezesseis, o homem parou e se voltou para futuro cliente:

– É este aqui! Acho que corresponde ao que me disse. – Abriu a pesada porta de madeira, entrou e Mattheu o seguiu.

O quarto era mesmo simples, uma colcha vermelha encobria um colchão não muito grosso. Próximo à cabeceira da cama, existia um espelho grande pendurado na parede. Do outro lado, um pequeno, mas suficiente guarda roupa de madeira pintado, com uma cor acobreada, aguardava o momento de ser ocupado pelos seus poucos pertences.

Em seguida, o senhor, que se conservava em silêncio para que o cliente pudesse avaliar as condições do aposento, resolveu retomar a conversa:

– É simples, mas vai te custar bem menos!

Mattheu interrompeu sua breve análise do compartimento:

– Quanto?

– Apenas 15 Dreus por semana.

– Fico com o quarto!

–Senhor, acompanhe-me! Vamos à recepção para preencher o formulário.

Depois de coletar os dados pessoais de Mattheu na recepção, o simpático senhor tratou-se de informá-lo sobre as regras do estabelecimento e a seguir desejou-lhe um bom descanso.

Aliviado por estar livre para finalmente descansar, Mattheu pegou sua mala e se dirigiu para o quarto que seria sua nova casa. Já não aguentava mais! O sono era tão intenso que chegara a pensar que adormeceria encostado no balcão, mas o senhor da pousada foi rápido e finalmente sentia-se livre para cair na cama!

Sem perder tempo, entrou no quarto, trancou a porta atrás de si, deixou sua mala num canto qualquer e se jogou sobre a convidativa cama.

A noite passou velozmente, mas Mattheu acordou sentindo-se completamente recuperado. Levantou-se disposto e dirigiu-se à cozinha onde tomou o café da manhã. Depois retornou ao quarto para organizar suas coisas.

Naquele momento, sem a presença do sono, pode notar que o seu novo lar, tinha um espaço bastante apertado para que pudesse se sentir à vontade, mas seria o suficiente para a ocasião.

O velho guarda-roupa de madeira, que ocupava uma das extremidades do reduzido aposento, iria lhe ser muito providencial, mas esperava não demorar a encontrar um lugar mais espaçoso! Aquilo mal dava para alguém se mexer!

Pensativo, começou a guardar suas roupas. Nos poucos cabides que havia, foi colocando suas melhores camisas, uma por uma. Ainda ia ter sua própria casa, suas roupas caras e tudo mais que um homem bem-sucedido merecia ter!

Começava a mergulhar em suas imaginações, mas por um minuto, a realidade, que não lhe dava trégua, bateu na porta, fazendo com que ele deixasse cair camisa e cabide sobre a cama e voltasse a explorar, o seu novo aposento. Coçou a cabeça pensativo. Precisava de um espaço maior, mas ainda sequer tinha um emprego que lhe possibilitasse não só poder alugar algo mais apropriado, mas se manter em Cruzeiro. Mal acabara de chegar, devia ter fé que tudo iria se ajeitar.

Estava um pouco confuso e sua mente oscilava sem cessar. Por quanto tempo ficaria naquele lugar? As lembranças ainda o incomodavam e isso fazia com que ficasse irritado. Até quando, questionava seu Deus, iria sofrer por quem não merecia? Não podia ficar parado a choramingar! Iria dar uma volta, precisaria encontrar um trabalho antes que seu dinheiro acabasse.

Chegou o novo dia e Mattheu levantou-se da cama onde estava sentado, pegou uma calça Jeans e uma camisa de manga longa. Aquela era quentinha, mais adequada para o friozinho que fazia lá fora. Vestiu-se e, sem se importar com as roupas que ainda continuavam jogadas sobre a cama, saiu do quarto para caminhar pela primeira vez pelas ruas de Cruzeiro.

Convicto de que o passeio iria lhe fazer bem, Mattheu passou na recepção para deixar a chave do seu quarto e Bartolomeu o cumprimentou sorridente:

– Bom dia, senhor Mattheu! Dormiu bem?

– Dormi, até demais! Ontem estava com muito sono, precisava recuperar-me da noite passada, mas agora estou disposto a dar uma volta para conhecer a cidade.

– Isso mesmo, rapaz, divirta-se!

– Obrigado! Até breve, seu Bartolomeu!

Girou o corpo, ficou de costas para o balcão da recepção e saiu caminhando lentamente. Queria se inteirar de cada um dos pontos mais importantes daquela interessante cidade, mas ansiava mais encontrar um trabalho o mais rápido possível!

Não tinha muito dinheiro e, num lugar onde só se via estranho, aquilo era questão de vida ou morte!

Continuou a caminhar pensativo até que, depois de ganhar as calçadas, começou a seguir pela mesma rua por onde o ônibus ingressara na cidade de Cruzeiro no dia anterior, queria chegar à praça onde vira a distinta estátua para examiná-la de perto, mas de repente, ficou surpreso: não pensara que seria tão perto. Mal saíra do hotel e já estava chegando. Bastou cruzar três esquinas e passar por algumas pessoas, que caminhavam rapidamente, em sentido contrário, para avistar a praça a poucos metros à sua frente. Assim que cruzasse a próxima esquina, estaria lá.

Depois de aguardar a passagem de um caminhão, que transportava uma mudança, Mattheu chegou à praça. Dirigiu-se primeiramente ao centro onde havia uma árvore bem frondosa, pois, o sol já começava a irradiar calorzinho gostoso e ele estava desejoso por sentar-se um pouco num banco de aspecto confortável sob a árvore mais bela da praça. Ótimo lugar para pensar, traçar metas para os próximos dias.

A brisa fresca daquela manhã ainda continuava a proporcionar-lhe uma doce sensação de bem-estar. Tudo iria se ajeitar! Só precisava arrumar um trabalho o mais rápido possível!

Do seu banco, Mattheu percebeu que ia aumentando, pouco a pouco, o número de pessoas a passar apressadamente para dar início a mais um dia de trabalho. Alguns dos passantes dirigiam-lhe um olá quase que automático, outros, fingiam não o ver; mas o que, de fato, chamava a atenção de Mattheu era a visão de uns canteiros repletos de flores vermelhas, amarelas e brancas sendo sacudidas pelo vento leve que as tocava suavemente e provocava um espetáculo único. Como gostava de flores!

Por pouco tempo o rapaz ficou a apreciar aquela agradável cena, pois, subitamente, suas lembranças retornaram e outra vez, se viu conduzido ao pátio da escola da Vila onde estudara.

Estava novamente naquela escola que continha boa parte da sua vida. Lá, há algum tempo, que conheceu Olga. Estava a conversar com Carter quando ouvira uma gargalhada. Curioso olhara a procura da autora da risada e avistara Olga sentada num dos bancos do jardim. Junto com ela estava . As duas conversavam animadamente. Olhara para o amigo e comentara sorridente:

— Veja Carter, que gatinhas charmosas! As duas são lindas, mas a gordinha é mais atraente!
Carter apenas olhou sem demonstrar entusiasmo.
— São bonitas mesmo, Mattheu!

Ele, Matheu, coçara a cabeça e se virara surpreso para o amigo.

— Nossa, parece que não aprovou!

— Nada disso, Mattheu. Elas são lindas, mas meu coração ainda bate forte por uma paixão de infância!

— Ah então é isso? Por um momento pensei que não gostasse de garotas!

Carter fuzilou-o com o olhar.

— Que isso, rapaz! Está me estranhando?

Brincalhão como era, Mattheu continuou a provocá-lo amigavelmente: — Esqueça! Você não leva jeito mesmo! Nem rebolar direito você consegue! E, se fosse uma bichona, quem iria encarar? Seria muito feia, terrível!

Carter dera-lhe um leve empurrão.

— Esse assunto está me enchendo o saco! Vamos falar de outra coisa!

Carter dissera pertencer a uma garota o seu coração, mas não conseguira resistir aos encantos de Charlotte. Alguém seria capaz de não cair de joelhos diante de tantos encantos? Um avião como aquele deixaria qualquer um desnorteado! Carter era um cara de sorte!

Matheu continuaria preso às lembranças talvez ainda por um bom tempo se uma voz amigável não o trouxesse de volta a realidade. — Bom dia rapaz! Se não me engano, você estava no ônibus ontem. O estranho aproximou-se do banco e Carter virou o rosto para se certificar de quem o havia cumprimentado.

— Bom dia! Eu estava mesmo, mas não me lembro de ter visto o senhor! — Observou-o de alto a baixo e notou que, além de possuir estatura mediana, aquele homem moreno era magro, tinha cabelos longos e grisalhos que, pelo visto, não eram penteados com frequência. Usava uma camisa bege e uma calça jeans azul-escuro com rasgões repletos de linhas desfiadas na altura da coxa a constatar o longo período do tempo de uso. Nos pés, usava uma sandália artesanal de couro. Enquanto se aproximava, o estranho sorria discretamente, deixando à mostra seus dentes amarelados graças ao excesso de uso de nicotina.

— É que eu estava num banco no fundo do ônibus! De lá vi quando você entrou. Parecia meio perdido, inseguro ou triste.

— Estava preocupado. De um momento para outro, havia decidido partir. Queria tentar a sorte em outro lugar, mas não sabia se encontraria trabalho. Então alguns amigos me sugeriram vir para cá. — Trabalho? Aqui não é difícil para quem é honesto e tenha coragem. Há um supermercado, o melhor da cidade. Lá estão precisando de alguém para fazer entrega. Tem que saber andar de bicicleta.

— Para mim, parece ótimo. Qual o nome? – Interrogou-o Mattheu demonstrando entusiasmo.

— Você parece mesmo decidido. Se quiser, te acompanho até lá.

— Seria ótimo, mas não quero empatar o seu tempo.

— Que isso, rapaz! Isso não me custa nada! Será um prazer! Quando quer ir?

Matheu ficou de pé.

— Pode ser agora?

— Vamos! — Estendeu a mão para Mattheu — Eu sou Potigo, moro aqui há muitos anos. Conheço muita gente dessa cidade! Se não der certo no mercado, encontraremos outro trabalho para você.

Saíram caminhando a passos largos. A cada pessoa que encontravam pelo caminho, seu Potigo cumprimentava sorridente e Mattheu, com seu olhar curioso, explorava os pontos comerciais ao longo do percurso: lojas, bares, farmácias e alguns vendedores ambulantes, que lutavam para ganhar a vida. Entre todos aqueles vendedores, mais lhe chamou a atenção um sujeito moreno, de baixa estatura, meio gordinho e de espessos bigodes que usava um velho chapéu de palha na cabeça para encobrir sua abundante cabeleira crespa. Tratava-se de um sujeito conversador que vendia remédios naturais. Segundo o senhor tagarela, seus remédios seriam capazes de fazer milagres. Se os usassem corretamente, nem mesmo as piores enfermidades resistiriam. E, além disso, fazia questão de destacar que o xarope de casca de plantas nativas da região era o suficiente para pôr fim aos mais graves resfriados. Apresentava também remédios para combater reumatismo, vermes, fraquezas e outros males. Percebendo que o novo amigo parecia interessado pela conversa do vendedor advertiu-o:

– Não caia nessa, amigo! Os remédios naturais costumam ser bons, mas não chegam a tanto.

Por fim, seu Potigo parou bruscamente e apontou para um prédio à frente:

— Olha, rapaz, o mercado é logo ali! Já vamos saber se vai conseguir o emprego!

— Estou ansioso para resolver esse problema! Se der certo, espero começar a trabalhar amanhã! –Aceleraram os passos e, com o coração aos saltos, continuaram com a expectativa de que poderiam resolver logo aquela situação.

Entraram no mercado e, seguindo os passos do novo companheiro, Mattheu chegou à uma sala onde um homem simpático, meio careca, que aparentava ter aproximadamente uns cinquenta anos, encontrava-se sentado do outro lado de uma mesa de madeira maciça a examinar alguns papéis.

— Seu Apolo, este rapaz está procurando trabalho. Como eu fiquei sabendo que o senhor precisa de empregados, trouxe-o até aqui.

Após o anúncio do motivo da visita, seu Potigo sentou-se numa cadeira, à frente da mesa, enquanto aguardava a reação do empresário que apenas respondeu ao cumprimento e continuou a examinar seus papéis. Por fim, depois de concluir a análise das duas últimas folhas que ainda restavam sobre a mesa, o Senhor Apolo ergueu a cabeça, olhou para Mattheu e o avaliou de alto a baixo.

— Estamos precisando de alguém para se encarregar das entregas de mercadorias nas casas dos clientes, mas vou avisando, rapaz, que não é moleza. O último contratado desistiu há uma semana.
Acha que pode fazer isso?

— Creio que sim, senhor! Prometo que farei o possível para não decepcionar!
Seu Apolo abriu um sorriso e encarou-o com aprovação.

— Quando poderá começar? — O senhor é quem manda.

— Pode ser amanhã?

— Pode sim. A que horas começo?

— A partir das oito.

— Tudo bem. Compareço às Sete e quarenta.

— Tudo bem? Nem vai perguntar quanto vai ser seu salário? O Senhor o interrogou intrigado.

— Não senhor! Penso que é um homem justo e não quero causar má impressão. Preciso muito do emprego! Acabei de chegar e tenho que ganhar a vida por aqui! — Justifica.

— Tudo bem! Nos primeiros meses, como experiência você receberá duzentos Dreus. Depois veremos, certo?

— Certo, senhor! — Estendeu-lhe a mão para selar o acordo — Até amanhã então!

— Até amanhã, companheiro! Acho que vai se sair muito bem!

Seu Apolo havia gostado do garoto. Parecia responsável. Era gratificante ver jovens querendo se dar bem na vida de maneira honesta. Pena que o trabalho que tinha a oferecer era por pouco tempo.

Naquele dia, Mattheu deixou a sala contente. Havia encontrado seu primeiro emprego naquele lugar. Começava a caminhar com suas próprias pernas no meio de gente estranha.

Aliviado, retomou o caminho de volta, sem nenhuma pressa, mas o sol ardente, que começava a queimar sem piedade a sua pele clara, fez com que enfiasse a mão no bolso, tirasse um lenço branco e começasse a secar o suor que escorria pelo rosto a fora. Parou por alguns segundos, olhou a sua volta e, ao ver passar um homem de meia idade com um palito na boca, lembrou-se de que ainda não havia almoçado. Aquela cena foi o suficiente para se dar conta de a fome pedia socorro. Precisava comer alguma coisa! Já passava das 12 horas!

Seguiu pacientemente pela calçada a observar novamente os letreiros dos estabelecimentos comerciais até avistar, a alguns metros à frente, o que estava procurando: Restaurante Bom gosto. Sentiu água na boca. Finalmente havia localizado o lugar onde mataria a sua fome! Consultou o bolso, tinha dinheiro, mais que o suficiente para o que pretendia naquele momento. Ainda bem que tinha encontrado trabalho.

Tivera sorte em ter encontrado um amigo de verdade naquele lugar! Havia chegado, bastou atravessar a rua, uma mulher atraente e de avental branco foi, sorridente, à porta do estabelecimento para recepcioná-lo:

— Bom dia, senhor! Sinta-se à vontade! - Esboçou um sorriso amigável.

-- Obrigado!

O espaço não era grande, mas o suficiente para acomodar a clientela que lá se encontrava. Havia umas vinte mesas que comportavam quatro pessoas e quase todas se encontravam ocupadas.

Estava um pouco quente lá dentro, mas suportável. Para combater o calor, só alguns poucos ventiladores giravam desesperados sem muito sucesso. Meio cauteloso, Mattheu foi entrando lentamente enquanto procurava um canto mais reservado. Por fim, localizou uma mesa ainda desocupada. Ficava no fundo do salão, próxima a um grupo de jovens tagarelas. Não vacilou. Dirigiu-se até lá e se sentou.

— Vai almoçar? — Tentando parecer agradável, a atendente aproximou-se conservando um sorriso nos lábios.

Mattheu levantou a cabeça e confirmou com um aceno de cabeça ao mesmo tempo em que tentou retribuir o belo sorriso da atendente. Era a mesma garota que o recepcionara na chegada.

- Por Favor, senhorita!

=- Um momento, vou trazer o cardápio!

O calor era cada vez mais intenso, alguns clientes recorriam ao suporte do cardápio para tentar se refrescar, mas a julgar pelo aroma que exalava da cozinha, em breve, eles seriam compensados.

— Aqui está, senhor! Quando decidir, é só me chamar. — Entregou-lhe uma pasta contendo as opções de pratos e seus respectivos preços. O rapaz abriu a pasta, identificou a porção mais econômica e, em seguida, entregou-a à atendente.

— Moça, já sei o que quero. Pode ser este prato feito com bifes. Bem passado, viu!

— Em quinze minutos no máximo, vai estar servido! Quer beber alguma coisa?

— Uma cerveja bem gelada, por favor!

Alguns minutos depois de ter almoçado, Mattheu caminhava de volta para o hotel. Precisaria deixar suas coisas em ordem para começar a labuta no dia seguinte. Tudo ficaria bem. O trabalho não era dos melhores, o salário mal daria para suprir suas necessidades, mas seria apenas o começo.

No dia seguinte, Mattheu foi o primeiro funcionário a se apresentar no serviço e, devido ao movimento de clientes, pedalou de um lado para outro incessantemente. Ao final da tarde, hora de encerrar o expediente, recebeu o comunicado de que o patrão desejava lhe falar. Ansioso, o rapaz entrou na sala.

— Boa tarde, Mattheu! Sente-se. Como foi seu primeiro dia de trabalho?

— Tudo bem, senhor! Não tive problemas. - Esfregou uma mão a outra.

— Dá para notar. Continuou o empresário, você tem uma boa forma física! Vai se sair bem. Hoje foi muito corrido, mas nos outros dias não vai ser tão puxado. Tenho outro funcionário encarregado de entregas que, por problemas pessoais, não compareceu. Reconheço que o serviço do seu primeiro dia não era para qualquer um, mas você deu conta do recado. Precisa de algum adiantamento de salário?

— Não senhor, obrigado!

— Todo dia, antes de sair para o almoço, passe no caixa e pegue um vale alimentação. É só isso que tinha para te dizer por hora. Tenha uma boa noite!

— Boa noite, Seu Apolo!

Os dias iam passando e Mattheu continuava a cumprir, com dedicação a sua missão. Com justiça, o senhor Apolo lhe dizia, repetidas vezes, que ele era seu funcionário predileto e o rapaz sentia que estava tendo êxito em sua caminhada distante da terra natal. Aquilo o deixava confiante.

Aos domingos, não se permitia trégua, ao contrário, devorava livros e mais livros, pois almejava conquistar um emprego que lhe possibilitasse juntar algumas economias. Precisava vencer na vida. Afinal aquela era a principal razão pela qual ele deixara para trás a sua Vila São Domingos.

Mas como ser humano que era, depois de uma semana de intensa correria, sentiu necessidade de se divertir um pouco. Lembrou-se de Valdomiro, o seu companheiro de trabalho, e resolveu convidá-lo para ir à praia que vira da janela do ônibus no dia em que chegara a Cruzeiro. Foi ao guarda roupa, pegou uma bermuda preta e uma camiseta gola polo vermelha, vestiu-as; calçou sua sandália de couro e saiu entusiasmado.

Ainda era cedo: Apenas alguns minutos depois das nove horas da manhã. O dia prometia: o céu estava claro e o sol já aquecera a terra.

Por mais estranho que parecia, ainda não tivera sequer uma conversa com o colega de trabalho. Apenas o cumprimentara e depois foram só correrias para dar conta das entregas. Julgava-o ser uma boa pessoa e, além disso, precisava conquistar amigos.

Ainda, não lhe agradava a ideia de chegar à praia sozinho. Seria muito desconfortável para um desconhecido como ele.

Continuou caminhando pensativo e em poucos minutos chegou à casa do companheiro de trabalho. Não foi difícil identificá-la, pois Bartolomeu lhe explicara com bastante precisão. Bateu palmas uma, duas e, na terceira vez, ouviu passos de alguém que se aproximava. Em seguida, a porta se abriu, com um triste rangido e fez surgir finalmente uma senhora de meia idade.

— O Valdomiro se encontra? — Indagou.

A mulher se virou e voltou casa adentro:

— Miro! Miro! Tem um rapaz querendo falar com você aqui!

Mal cessaram os gritos, o companheiro de trabalho apareceu sorrindo.

— É você?

— Sim. Vim convidá-lo para irmos à praia. Nem tivemos tempo de conversar para te perguntar se gosta desse tipo de programa.

— Quer saber, adoro aquela praia, mas faz algum tempo que eu não vou lá! Só espere um minuto e já me apronto!

— Tudo bem!

Enquanto aguardava, Matheu, curioso, percorreu os olhos pelo humilde ambiente e sua atenção foi direcionada a uma imagem que havia sobre uma velha mesa, localizada no centro da sala. Pertencia a algum santo, mas ele não conseguiu identificar.

Alguns minutos depois, os dois novos amigos chegaram à praia e Mattheu se encantou mais uma vez. Se do interior do ônibus já ficara maravilhado, imaginem estando lá. Além de poder ver aquela areia branca que se assemelhava a um enorme tapete branco com pontinhos luminosos e sentir a prazerosa massagem sob as solas dos pés descalços, contemplar as cambalhotas das águas claras do rio a executar sua melodia de alto nível era muito relaxante. Estava precisando daquilo! Ah, como estava! Com certeza, voltaria renovado.

— Estar aqui é tudo de bom! Com certeza amanhã retomaremos o nosso trabalho com novo vigor! — Comentou Mattheu a abrir os braços como que querendo abraçar todo o espaço que lhe fazia sentir tão bem.

— Verdade, Mattheu, confesso que eu também estava precisando disso! Como pude ficar tanto tempo sem vir aqui. Que bom que você teve a ideia!

— Eu sempre fui apaixonado pela natureza, amigo! Vou querer voltar aqui com frequência! Você viu aquele peixe enorme que deu uma cambalhota lá embaixo? As escamas brancas chegaram a produzir reflexos por causa dos raios do sol. — Comentou Mattheu apontando com a mão direita na direção onde vira o espetáculo.

— Dessa vez eu não vi, mas já avistei muito isso por aqui. Esse rio é fantástico, é muito rico, muitos peixes habitam em suas águas. Dizem até que houve tempo em que, neste rio, existiam tantos peixes que surgiam pescadores de todos os lados. Até parecia haver festa nas temporadas de pesca.

Mattheu permaneceu por alguns segundos em silêncio a admirar a vista impressionante. Depois retomou a conversa.

— Qual é o nome desse rio?

— Rio prata. Dizem que recebeu esse nome por causa das suas corredeiras de águas transparentes.

Por um tempo indeterminado, ficaram a admirar as belezas do lugar até ouvirem ruídos de pessoas se aproximando. Curiosos, se voltaram para a rua que dava acesso àquele maravilhoso lugar e constataram que um grupo de jovens composto por dois rapazes e quatro moças se aproximava. Uma das garotas trazia nas mãos uma bola. A julgar pelos traços semelhantes, duas das garotas deviam ser irmãs. Eram loiras, cabelos ondulados que atingia os ombros, altas e também muito elegantes. Outra delas era gordinha, morena, baixa e também era um pouco charmosa. Características que fizeram o coração de Mattheu bater acelerado. Seria Olga? Não, nem parecia tanto. Ficou triste por alguns segundos.

O breve engano comprovava que ainda não se curara. As outras duas garotas eram magras e altas. Também morenas, mas Mattheu não as achou bonitas.

Por outro lado, os dois rapazes eram desproporcionais: Um, possuía cabelos longos, era alto e forte; o outro, que usava cavanhaque, era baixo e gordinho. Ambos tagarelas e risonhos.

— Turma, quero apresentar-lhes um amigo!   —Anunciou
Valdomiro.

Os jovens se voltaram para eles, aproximaram-se dos dois e o rapaz alto e musculoso foi o primeiro a estender a mão para Mattheu que correspondeu ao cumprimento amistoso.

— Olá, eu sou Cleber! Pelo visto você é novo na cidade!

— Sim, eu sou Mattheu! Cheguei aqui no início da semana.

— Então junte-se a nós! Deve estar precisando fazer amigos. Sintase bem-vindo ao nosso meio!

Mattheu percorreu o olhar pelo grupo de recém-chegados que lhe sorriam discretamente a lhe desejar as boas-vindas.

— Estou mesmo me sentindo sozinho! Estar no meio de muita gente sem conhecer quase ninguém não é nem um pouco animador! Obrigado!

Também as garotas e o outro rapaz lhe desejaram as boas vindas e ele ficou animado com o progresso. Já não via somente pessoas sem nome. Começava se sentir incluído com a possibilidade de ter aqueles jovens como amigos. Já sabia os seus respectivos nomes. Além do Valdomiro e do Potigo, acrescentaria o Cleber, o Jorge, a Vânia a Antônia, a Marília, a Camila. Era um bom começo!

— Todos os domingos costumamos vir para cá nos divertir. Jogamos futebol tomamos banho, curtimos muito esse rio maravilhoso! Pelo visto, vocês também apreciam a natureza! — Comentou Jorge, deslizando os dedos sobre o seu cavanhaque preto.

— Tem razão, Jorge! Como agora somos quatro homens, por que não começamos a nos divertir? Vamos jogar futebol nessa areia? Dois contra dois. Vamos fazer uma disputa? — Cleber os desafia sorridente. — Eu e o Jorge contra vocês dois! Que acham da ideia? Valdomiro lançou um olhar confuso para Mattheu na esperança de ouvir dele a resposta para o desafio.
— Para mim tudo bem. Que acha, Valdomiro?
— Eu não sou bom de bola, mas se você quiser, podemos aceitar.

— Se a gente perder feio, prometem que não vão zombar de nós?
— Indagou Matheu aos novos colegas com um discreto sorriso nos lábios.

— Que isso, rapaz, apenas queremos nos divertir. Prometeremos não fazer muitos gols. Não queremos que passem vergonha na frente das garotas! — Disse Cleber a se divertir com a bola nos pés, tentando impressionar seus adversários.

— Sendo assim, desafio aceito. — Voltou-se para Valdomiro a espera da confirmação do companheiro.

— Vamos lá, parceiro! – Foi o que ouviu de Valdomiro.

Então, as garotas, que presenciaram a conversa em silêncio, entraram em cena:

— Nós cuidaremos da animação. Eu e a Vânia vamos torcer para a dupla Cleber e Jorge. A Camila e a Marília torcerão para o time do novato e Valdomiro. — Sugeriu Antônia, a mais gordinha do grupo.

— Tudo bem, nós concordamos. Afinal, não vamos perder nada com a derrota. Trata-se de apenas diversão.

— Para mim não é só isso. Não gosto de perder nunca. Mesmo quando se trata somente de diversão como agora! — Antônia tratou-se de pôr fogo na competição enquanto sorria das amigas.

Estabelecidas as normas, procuraram alguns pedaços de gravetos, fixaram-nos na areia e construíram pequenos gols, já que não haveria goleiro. Todos estavam curiosos para ver como o novato iria sobressair, pois ele não aparentava estar preocupado com a disputa. Ao contrário de seu companheiro, demonstrava estar bastante à vontade com a situação.

Tudo estava pronto, Jorge e Valdomiro tiraram a sorte para ver quem iria jogar sem camisa. O segundo saiu ganhando e escolheu permanecer de camiseta.

Antônia e Vânia tomaram posse das camisas de Cleber e Jorge e as usaram como bandeiras. Camila e Marília buscaram pequenos galhos verdes para incentivar o time para o qual torceriam.

Por fim a bola começou a rolar. Todos os quatros, descalços, corriam de um lado para outro dando o melhor de si. Não queriam fazer feio diante das meninas, que os acompanhavam com olhares atentos.

Cleber começou com a bola nos pés, Valdomiro quis pressioná-lo, mas foi driblado. Vendo-se em desvantagem, Mattheu tentou ocupar o espaço na tentativa de roubar a bola, mas o oponente passou a pelota para Jorge que, sem vacilar, empurrou-a para dentro do gol e as duas torcedoras dançaram com elegância.

—Vamos vencer! Esses dois doentes não vão dar nem arrocho!

Sem se deixar abater, Mattheu saiu com a bola, Jorge veio ao combate, mas levou uma meia lua. Cleber então procurou encurtar o espaço, mas o novato chutou a bola para o companheiro que só teve o trabalho de escorá-la para o gol enquanto Camila e Marília, as irmãs loiras, se animavam agitando os ramos e cantando animadamente:

—É gol, é gol! A vitória vai ser nossa!

O jogo continuava animado, Mattheu estava inspirado e, graças aos seus dribles envolventes e ao esforço do seu companheiro que dava tudo de si, a vitória veio. Não foi fácil, mas vencem por 7 gols contra 5 dos adversários.

Depois de muita cantarola, as meninas foram parabenizá-los.

— Vencemos! Puxa, pensei que iríamos perder feio, mas você jogou muito bem! — Sorridente Camila era só elogio ao novato.

-— Foi um bom jogo! Que bom ter encontrado vocês!

— Rapaz, você sabe muito bem o que fazer com uma bola! Estávamos redondamente enganados quando pensávamos que iríamos dar um show! Ao contrário, foi um vexame para nós! — Comentou Jorge enquanto apertava a mão do novo colega. — Parabéns!

— Obrigado, amigo! Hoje foi a nossa vez de vencer. Noutro dia pode ser diferente. Vamos todos nadar um pouco! Precisamos nos refrescar!

— Vamos! — Num coro de vozes, todos concordaram com a ideia.

— O último a entrar na água paga o lanche! — Camila anunciou e saiu em disparada.

Os outros a acompanharam sorrindo enquanto a poeira se espalhava pela praia à fora.

— Assim não vale! Eu não estava preparado! Encontrava-me sentado na areia! — Jorge Protestava ao chegar à margem do rio depois dos outros.

— Não quero saber de desculpas! Quem perdeu vai pagar o lanche, não é mesmo gente?

— É isso aí, Camila! — Todos respondem ao mesmo tempo.

Depois de algum tempo se divertindo nas frescas águas do Prata, sentiram fome e se dirigiram a uma lanchonete, localizada a uns cem metros de onde estavam. Ao chegar lá, pediram ao garçom para trazer refrigerantes e alguns salgadinhos.

Enquanto aguardavam formaram um círculo em volta de uma mesa e conversaram animadamente, mas por pouco tempo, pois cansados como estavam, desejavam mesmo, naquele momento, era chegar a casa e ficar quietos.

Após combinarem de voltar à praia no próximo final de semana, Jorge acenou para o garçom que se aproximou num segundo. Mattheu propôs pagar a conta, mas não houve acordo.

— Cabe a mim pagar as despesas! Eu perdi a competição!

Devido ao cansaço, a noite do domingo foi embora rapidamente e, na segunda de manhã, Mattheu acordou disposto para recomeçar uma nova semana de trabalho. Os dias iam passando rapidamente, Mattheu continuava aplicado no emprego e, frequentemente, arrancava elogios do patrão; mas ao receber seu primeiro ordenado, ficou triste e se convenceu de que precisava encontrar um meio de ganhar um pouco mais. Não dava para viver só com aquilo! Tinha seus sonhos! Contrariado, seguia, vagarosamente, seu caminho de volta para a pousada, mas ao avistar à praça, resolveu parar um pouco para refletir.

Naquele momento, a praça estava vazia. Havia somente um pequeno grupo de crianças tagarelas que, ora corria, ora brincava nuns balanços que lá havia. Um lugar tão tranquilo e ele não tinha tirado tempo para ir descansar a cabeça por lá.

Enquanto caminhava, observava os canteiros que lhe trazia paz, que lhe proporcionava um gostoso sentimento de harmonia. Havia flores de várias cores: brancas, vermelhas e amarelas naqueles canteiros floridos.

Por fim chegou ao centro da praça e, daquela vez, se aproximou da estátua que antes despertara sua curiosidade. De fato, ela era enorme, muito maior do que parecia quando a avistou pela primeira vez do interior do ônibus. Tinha a altura de aproximadamente a uns três metros e retratava um homem com aspectos bastante distintos dos habitantes locais. Tanto pelos cabelos longos e por uma barba enorme, quanto por sua vestimenta da qual se destacava um macacão azul, parcialmente coberto por uma enorme capa preta e umas botas marrons de cano alto, parecia ter vindo de uma região distante.

Do lado da surpreendente obra de arte, existia uma placa explicativa com uma imagem que parecia retratar a mesma figura representada pela gigantesca escultura. As diferenças eram mínimas; apenas retravam mais detalhadamente um homem que parecia regressar ao solo depois de uma longa viagem pelo ar a bordo de um enorme balão.

Quem teria sido aquele homem? Se homenagearam-no, construindo uma estátua com aquela proporção, certamente fora uma personalidade de grande importância para aquele povo.

Lá permanecera com suas interrogações por algum tempo, mas depois de se convencer de que de si mesmo não iria surgir nenhuma resposta, resolveu se sentar em seu banco preferido sob a árvore do centro da praça e, outra vez, sua atenção se prendeu às brincadeiras das crianças.

Elas sorriam, corriam, subiam nos balanços do parquinho e aquilo lhe era interessante. Aquela imagem o fez se lembrar de que também fora criança um dia e o transportou para um acontecimento que ficara marcado em sua fértil memória:

Naquela ocasião, estava em casa, com tênis e roupas novos; sua mãe encontrava-se a sua frente a abotoar sua camisa e seu pai, de pé perto da porta da frente, insistia em apressálos:

— Rápido ou vamos chegar atrasado!

O sino da igreja soltara seus brados, anunciando aos fiéis que a missa estava para começar e eles ainda estavam em casa. Então sua mãe, Dona Hellen pegara-o pelo braço e o saíra arrastando porta a fora.

–Vamos, menino, a missa já vai iniciar!

Como a Igreja ficava a poucos minutos de casa, chegaram antes do padre traçar o sinal da cruz inicial.

Foram entrando discretamente ao som do canto de entrada. A igreja estava cheia, mas ainda encontraram espaço num dos últimos bancos do lado direito.

Como sempre acontecia, naquela tarde também houve uma celebração maravilhosa.

Naquele dia, o padre Carlos fizera uma linda homilia sobre o relacionamento familiar. Ressaltara repetidas vezes que os filhos jamais deveriam se esquecer dos conselhos de seus pais que, além de agir por amor, tinham experiência de vida.

Aquilo era mesmo verdadeiro, pois seu pai sempre fora um homem exemplar. Admitia ter cometido vários erros quando era jovem e faziam o possível para evitar que o filho fizesse o mesmo.

Aquele homem era, de fato, trabalhador, honesto e justo. Tivera muita sorte de ter nascido numa família tão bem estruturada.

Sua mãe era uma mulher determinada. Nunca havia deixado de cumprir com seu dever. Com dedicação, ensinara-o como ser um homem de bem.

Fizeram a parte deles e havia chegado a sua vez. Sua cabeça insistia em mantê-lo num passado distante, mas uma voz que não lhe era estranha tratou de trazê-lo novamente para a realidade.

— Você gosta mesmo dessa sombra, hein amigo! Confesso que também aprecio este lugar.

Assustado, Mattheu voltou-se ao autor da frase e se deparou com a figura sorridente de Potigo.

— Você? Sabe que me deu um susto daqueles! Estava distraído. — estendeu-lhe a mão para cumprimentá-lo.

— Como tem passado, amigo? Desde o dia que me apresentou ao seu Apolo não o vi mais! Tenho andado um pouco ocupado nos últimos tempos e você? O que tem feito de bom?!

— Não muito. Só trabalhado e recebido muito pouco para satisfazer as minhas necessidades! – Comentou sem se preocupar em esconder sua decepção.

— No começo é assim mesmo meu amigo! Deve ter paciência! Com o tempo tudo há de se ajeitar. Você acredita em

Deus? — Apontou para a igreja localizada do outro lado da rua que limitava a extensão da praça.

— Sim. Meus pais sempre me ensinaram a buscar em Deus a saída para as dificuldades da vida. — Respondeu a olhar em direção ao alto da torre da igreja e contemplou, por alguns segundos, a cruz branca a divisar com o azul do céu limpo daquele final de tarde.

Pouco depois, a apreciar a brisa que soprava levemente, dois homens, um mais jovem e mais alto; outro mais velho e mais baixo, caminhavam vagarosamente na direção da igreja que os esperava de portas abertas.

Quando entraram o senhor olhou para as diversas imagens espalhadas em pontos estratégicos da Igreja e disse ao companheiro:

— Sempre que estiver triste, desiludido, sem saber o que fazer da vida, venha até aqui e peça um discernimento. Deus sempre nos ouve. Com o olhar fixo numa imagem de uma santa que, naquele momento, ocupava o centro das atenções dos poucos presentes na igreja.

— Meu pai dizia isso sempre que nos falava de Deus. Falava também que o amor do pai do céu é tão grande que não poupou sequer a vida do próprio filho para nós livrar do Demônio. Quando olho para aquela imagem do crucificado eu me lembro dele. – Concordou Matheu.

— É um garoto de sorte então! Tem um grande pai também na terra! — Tocou-lhe o ombro!

Os dias de Mattheu, em Cruzeiro, correram acelerados, mas ele não conseguiu progredir em conformidade com seus sonhos. Por isso, nem mesmo a base familiar, a amizade com Potigo eram suficientes para conduzi-lo por caminhos retos.

Num dos vários dias em que ele esteve na praia do Prata, conheceu três rapazes que lhe apresentaram com simpatia e, ao vê-lo solitário, convidaram-no para se juntar a eles em volta de um litro de cachaça.

— Vamos beber com a gente, cara, a vida às vezes nos é muito cruel! Nessas horas uma bebida forte nos anima para continuar vivendo!

A Tragédia

Já passava da meia noite quando Charlotte acordou assustada e olhou para Carter:

– Carter? Onde estamos? Ah, agora me lembro. Estamos fugindo! Será que vamos conseguir? – Encostou a cabeça no ombro do amado.

Ele a abraçou e apertou-a contra si:

– Vamos sim, querida! – Bocejou.

– Você precisa dormir um pouco! Eu fico de guarda, já dormi o suficiente.

– Tem razão. Depois de ficar sabendo da notícia, não pude mais dormir. Fique bem alerta. Qualquer ruído me chame.

Minutos mais tarde já estava dormindo e Charlotte deixava as mãos escorregar carinhosamente sobre os seus cabelos negros.

O silêncio da noite voltou a reinar e, como Carter, Charlotte também começou a percorrer pelas trilhas que conservara vivas em sua memória.

Mais um dia de aula chegava ao fim, mas não como das outras vezes. O professor Eustáquio terminava de corrigir algumas atividades de Matemática quando soara o escandaloso sinal.

– Bem na hora turma! Até a próxima! Agora todos para suas casas!

Como de costume, ao mesmo tempo em que aquele senhor recolhia os materiais que deixara espalhados sobre a mesa, os ruídos das pisadas dos alunos iam cessando e, pouco a pouco, a sala ficava vazia.

Ela, Charlotte, continuara em sua carteira, pois ao juntar os materiais escolares para guardar na bolsa, por descuido, deixara cair: lápis, canetas e borracha. Tudo se espalhara sobre o piso da sala. Os demais alunos ignoram o ocorrido, mas

Carter não. Levantara-se de sua carteira e, sem dizer uma única palavra, fora recolhendo todo material que se espalhara pelo chão a fora e os entregando ela.

Naquele momento, por uma fração de segundos, seus olhares se cruzaram. Charlotte constatara que algo estranho acontecera e que, a partir daquele episódio, suas aulas não mais seriam as mesmas. Aquele olhar a enfeitiçara, fizera seu coração bater acelerado. Aquele menino não era como os outros! Além de lindo, era muito prestativo e gostara dela, estava certa!

Depois daquele dia, toda vez que chegava à escola, sem se dar conta do que fazia, seus olhos o procuravam por todo canto e quando não o encontravam, sentia o coração apertar. Será que ele não viria? Apesar de não se misturar com a turma, parecia um ótimo rapaz. Educado ela sabia que era. Não tinha dúvida nenhuma depois de como se comportara perante a ela.

Com o passar do tempo, ela fora se aproximando mais e mais. Ele era bastante reservado, mas também não perdia as oportunidades de estar perto dela. Adorava sua companhia e, devido ao fato de passarem muito tempo juntos, as amigas não lhes deixavam sossegados.

– Apresenta para nós seu amigo! Ele é um gato! Não é só você que tem direito, oh! – Diziam com sorrisos provocantes.

Charlotte procurava disfarçar o ciúme, mas ela sabia muito bem como se sentia.

– Ele é apenas um amigo!

Fazia um enorme esforço para não deixar transparecer aquele sentimento que começava a lhe causar incômodo, mas pouco adiantava.

Houve até uma ocasião em que tivera que justificar a Olga quando quisera saber o porquê da sua estranheza.

– O que está acontecendo, amiga? De uns tempos para cá, tem se mantido distante de nós! Agora não se descola daquele bonitão! Por acaso está apaixonada por ele?

Charlotte arregalou os olhos. Estava tão evidente a ponto de causar suspeitas? <u>Encarou</u>-a tentando disfarçar o embaraço que sentia.

– Não, não é nada disso, Olga! Ele não tem amigos, precisa de
mim!

– Que nada, acho que está gostando dele! – Baixa o tom
de voz. – Veja quem vem lá! Demorou... Penso que ele também
gosta de você!

O coração de Charlotte acelerara como acontecia toda
vez que ele se aproximava dela. Torcera para que sua amiga se
afastasse, não queria dividir a atenção dele com ninguém. Chegara até a ficar assustada com o próprio egoísmo, mas para
sua satisfação, como que adivinhando seus pensamentos, a
amiga se afastara. Talvez por uma espécie de comunicação te-
lepática e, para alívio dela, Charlotte, Olga dissera apenas um
oi para Carter e se afastara.

–Oi Charlotte, pensei que não tivesse vindo à escola
hoje! – Carter se aproximara, caminhando lentamente, com as
mãos nos bolsos da calça.

– É que eu precisei sair. O meu caderno não tinha mais
folhas limpas para escrever. Fui comprar outro. – Estendera-
lhe a mão para receber o cumprimento.

– Senti sua falta! – Continuou Carter a fitá-la dentro dos
olhos. Com o coração aos pulos, sorrira discretamente ao aper-
tar-lhe a mão.

Pouco depois o sinal tocara avisando-lhes de que havia
chegado o momento de interromper a agradável conversa. Era
hora de voltar aos estudos. Contrariando o apelativo sinal,
continuaram ainda algum tempo a se olharem em silêncio até
que ela quebrara o silêncio:

– Temos que ir se não quisermos levar uma bronca do
professor! – Olharam para o corredor e, ao não avistarem mais
ninguém, saíram às pressas.

Quando entraram na sala, depararam-se com olhares
maliciosos dos que já se encontravam acomodados em suas
carteiras. Detestara o jeito de como Alana lançara o olhar para
Carter.

Eram amigos, mas não tão íntimos para tanto! Garota
muito atirada para seu gosto, principalmente quando se tratava de Carter! Teria que dar um jeito: colocá-la em seu devido

lugar! Não poderia admitir um assanhamento daquele! Se não tomasse alguma atitude, poderia perdê-lo. Nunca se incomodara com a popularidade dela em relação aos outros rapazes, mas só com os outros! Com uma negra bonita como Alana não se podia dar bobeira! Sabia explorar bem suas curvas com o uso de roupas coladas e, pior ainda, ficava irresistível, aos rapazes, com aquelas minissaias que não tratavam de encobrirem suas belas coxas! De fato, concorrer com aquela charmosa era algo que nenhuma das garotas da escola tinha a menor pretensão. Paquerara a maioria dos garotos mais bonitos da Vila. Com o Carter deveria ser diferente! Lutaria por ele!

O professor Otávio, que até então, se mantivera de cabeça baixa a olhar para as folhas de um caderno de anotações aberto sobre a mesa, levantara a cabeça para observá-los:
–Charlotte!

–Estou aqui, professor! – Respondera timidamente sentindo as pernas tremerem.

– Não ouviu o sinal? – Interrogara-lhe demonstrando certo grau de desaprovação.

– Sim, professor! Desculpe! Tive que ir ao banheiro! – Justificara o atraso ao mesmo tempo em que esfregara uma mão à outra, tentando disfarçar o seu nervosismo.

– Pode se sentar! – Olhou em direção a Carter – E você, também teve que ir ao banheiro?
 Toda a sala se enchera de risos irônicos.
– Nã, não professor! Fiquei esperando por Charlotte!

– Ooohhh aí tem coisa! – Novamente a sala se fizera presente naquele, para ela, Charlotte, incômodo diálogo.

Ruborizada, não tivera coragem sequer para levantar a cabeça naquele momento. Não havia dúvida, estava mesmo caidinha por aquele rapaz que chegara, num momento inesperado, e tomara conta do seu coração por completo. Não era capaz de esconder um sentimento tão forte que insistia em permanecer consigo o tempo inteiro. Estava mesmo apaixonada! Não restava dúvida.

Com o passar do tempo, a noite ia se tornando cada vez mais fria e Charlotte se aproximava da fogueira para se aquecer. O problema era que também o fogo parecia se encolher. Precisava alimentá-lo com mais lenha. Não podia deixa-lo apagar.

Levantou-se e foi apanhar alguns gravetos que Carter recolhera para serem utilizados enquanto durasse a noite.

Ao longe, Charlotte ouviu o piado de uma coruja. Olhou para seu amado que se encontrava imóvel. Coitado! Estava muito cansado! Passou toda a noite sem dormir. Não sabia como conseguira ficar tanto tempo alerta a vigiar enquanto dormia naquele sertão. Pena que o dia já se aproximava e ele teria que acordar! Afagou-lhe os cabelos carinhosamente.

O que Charlotte não podia imaginar é que até mesmo dormindo a situação do seu amado não era lá muito confortável. Seguia caminhando por uma estrada deserta juntamente com ela. Tratava-se de uma região montanhosa e ambos estavam cansados, mas queriam encontrar um local propício para recuperar as forças. De preferência deveria ser às margens de um riacho. De repente, ele ouviu um barulho assustador e sentiu seu corpo gelar: — Craaá, craaá, craaá!

— O que foi isso! Até perdi as forças! Puxa vida! Que susto!

Imóvel, ficou alguns segundos a olhar, com curiosidade, para a direção de onde viera o barulho que parecia ser de uma ave gigante e, precisou apenas de um curto espaço de tempo, para satisfazer sua curiosidade, pois novamente ouviu o canto ameaçador seguido de um barulho de asas batendo vindo a sua direção. Então pode avistar uma gigantesca ave negra que vinha, num voo rasante na direção deles.

Ameaçador, o pássaro tentou prendê-lo com suas enormes garras, mas a presa foi mais rápida. Jogou-se ao solo arento e a ave passou direto sobre ele. Charlotte, percebendo o perigo iminente, tentou correr, mas o pássaro gigante era muito mais veloz.

Naquele momento, pressentindo que quem corria perigo era sua amada, Carter gritou desesperado para que tomasse cuidado, mas o alerta não foi o suficiente para salvá-la.

De nada adiantara sua advertência, pois, em questão de segundos viu sua companheira ser levada pelas garras daquela maldita da qual não cessava aquele canto aterrador. Tentou correr atrás, mas em pouco tempo ele caiu de joelho ao ver o amor de sua vida desaparecer no horizonte, suspenso pelas garras afiadas, daquele gigante voador. Chorou, berrou, se desesperou, mas de nada valeu. De repente ouve alguém chamá-lo:

– Carter! Carter! Acorda!

Sentiu tocar-lhe as costas, mas não deu importância. Nada mais lhe interessava. Como continuaria vivendo sem sua amada? Sentiu alguém a sacudi-lo com mais força e, ao abrir os olhos, desesperado, agarrou-a ao pescoço e arrastou-a para si. Ela, sem entender o que estava se passando com o namorado, abraçou-o tentando acalmá-lo:

— O que você está sentindo? Está passando mal? Fale para mim! Não me deixe nesta angústia!

Ele apenas chorava. Não encontrava forças para dizer a razão do seu desespero. Apenas implorava:

— Charlotte! Charlotte! Não saia de perto de mim! Não quero te perder nunca! Você é minha vida!
Ela o apertou com um abraço carinhoso.

—— Calma, meu amor! Você teve um pesadelo! Eu estou aqui. Sempre estarei ao seu lado!

Só depois de se refazer do sufoco que passara foi que conseguiu contar para Charlotte o que havia se passado.

O dia amanheceu. A moto dos fugitivos se afastava, com dificuldade, do local onde passaram a noite. Devido às condições daquela estrada esburacada, a coitada ziguezagueava ao subir a serra que se elevava à frente deles. Era uma antiga. Por isso, seus perseguidores, de posse de veículos muito mais potentes, ganhavam terreno.

– Amor – Charlotte pressiona seu corpo ao de Carter ainda com mais força ao sentir que o companheiro acelerava ainda mais a coitada - acho que não conseguiremos! Eles vão nos alcançar! Estão muito próximos! Até podemos ouvir o ronco de seus motores!

– Estamos juntos, querida, vamos lutar até o último momento!

Impondo ainda mais velocidade e correndo maior risco de perder o controle do veículo, Carter acelerou ainda mais a moto que respondeu com uma arrancada e saiu sacudindo, confiante de que se livraria de seus perseguidores, mas o barulho, que vinha logo atrás, parecia cada vez mais próximo. Então Carter decidiu arriscar tudo para se ver livre daqueles que queriam sua pele a qualquer preço. Castigou ainda mais a velhinha que daquela vez saiu dando pinotes e deixando um canudo de fumaça para trás.

– Com certeza, a poeira vai ser nossa aliada. Vamos sair dessa, amor! Não podemos cair nas mãos desse bando de lobos famintos!

Carter parecia acreditar que sairia mesmo livre daquela situação desconfortável, chegou até a sentir um certo conforto com a ideia e não percebeu quão veloz estava para aquele percurso cheio de obstáculo.

Logo atrás seus implacáveis inimigos, liderados por Marcos Paulo, continuavam firmes, não lhes davam trégua.

– Temos que apanhá-los logo! – Dizia o noivo, tentando animar seu grupo, - Essa perseguição já está me enchendo o saco! Esse cara vai me pagar por tudo! Se não fosse esta maldita poeira já os teríamos apanhados, mas não perdem por esperar!

Na ânsia de pôr as mãos naquele que o fizera passar por tamanha humilhação, acelerou mais uma vez seu potente motor e foi seguido pelos companheiros.

Assustadas, as aves, que se encontravam nas proximidades, com seus gritos de alerta, alçavam voos para se distanciarem o mais rápido possível daqueles malucos ameaçadores que lhes tiravam o merecido sossego.

Um pouco à frente, feliz com a possibilidade de sair ileso daquela situação e poder passar o resto de seus dias ao lado da sua amada, desfrutando de seus carinhos, Carter seguia cada vez mais empolgado. Nem lhe passava pela cabeça a possibilidade de que poderiam ser apanhados por aquela matilha raivosa que não lhes dava trégua.

Estava muito confiante, tão confiante que não percebeu que no meio da estrada havia uma pedra. Quando viu, já era tarde demais para fazer qualquer coisa.

A moto girou no ar e os arremessou ladeira abaixo. Carter foi parar sobre uma árvore. Quando caiu em si, viu que estava todo enroscado nos galhos, suas roupas estavam rasgadas e sentiu muita dor ao longo do corpo. Que voo! Procurou mover os braços, pernas, tudo certo. A cabeça estava a ponto de estourar, mas estava vivo. Desceu da árvore e se assustou com uma enorme ave negra que passou voando bem próximo dele com um canto inconfundível.

— Meu Deus! Eu conheço essa ave! Sente gelar o estômago e seu corpo começa a tremer. A maldita do sonho! Charlotte, onde está, minha querida! A Charlotte, meu Deus! Onde será que se meteu?

Saiu correndo e avistou Charlotte caída logo abaixo.

— Amor, amor! Você está bem?

Meio zonzo, correu desesperado temendo o pior e novamente foi incomodado pelo pássaro gigante.

— Craaaaá! Craaaaaa´!

Desesperado, Carter bravejou:

— Você de novo? Meu Deus, não! Amor me responda!

Com o coração acelerado, tentou se mover com mais rapidez, mas estava sem equilíbrio. Levara alguma pancada na cabeça. Tropeçou numa pedra e caiu. Saiu rolando ladeira a baixo e foi parar junto ao corpo inconsciente de sua amada. Bateu a cabeça mais algumas vezes na descida, mas continuava consciente.

— Charlotte, meu amor! Você está muito ferida? -

Inconformado com o que havia acontecido, estendeu o braço para tocá-la e não sentiu nenhuma reação. Permanecia imóvel. Então abraçou-a, beijou-a, mas nada. Teria morrido! Isso não, não poderia!

Outra vez passou voando sobre ele a cantar, com muito mais força, a misteriosa ave e Carter, revoltado, se levantou e começou a gritar:

— Ave maldita! Você saiu do meu sonho para vir roubar a minha vida! Vai me pagar criatura das sombras! Vai me pagar nem que eu tenha que ir ao final do mundo, mas vou te encontrar! Isso não ficará assim!

A criatura bateu as asas, se afastou com seu canto macabro e Carter acompanhou-a, com o olhar, incrédulo, até vê-la desaparecer ao longe sob um melancólico céu cinzento e se esconder atrás das serras que testemunhavam aquela terrível cena.

— Maldita! Maldita! Maldita! Mil vezes maldita! Transtornado, Carter voltou novamente para sua amada, abraçou-a, chorou desesperado e, nem percebeu a aproximação dos seus perseguidores que, ao verem a cena ficaram petrificados por algum momento. Marcos Paulo foi o primeiro a se dar conta da gravidade da situação. Pôs as duas mãos sobre a cabeça.

— Meu Deus! Acho que fomos longe demais! Carter, Carter! O que aconteceu? Como está Charlotte?

Carter estava impossibilitado de apresentar alguma reação a qualquer que fosse a interpelação. Só conseguia chorar, beijar sua amada e repetir sem parar:
— Ave maldita! Ave maldita!

Fora de si, Marcos Paulo e seus companheiros foram se aproximando devagar e, a poucos metros, pararam e ficaram a contemplar o desfecho de um triste episódio no qual eles estavam envolvidos até o pescoço.

— Só queria dar uma lição em vocês! Me humilharam, me fizeram de bobo, mas nunca imaginei que pudesse terminar assim! O que poderemos fazer agora?

Paralisados, permaneciam no alto daquela serra. A contemplar, cheios de remorso, a cena que poderia ter marcado o fim de uma inesquecível história de amor.
Por fim, chegaram também ao local, o Delegado e sua comitiva.

— Suspeito que chegamos tarde demais. Parece que aconteceu o que esperávamos evitar: uma tragédia para manchar o histórico da nossa cidade, gente! Daria tudo para evitar uma coisa dessa! – Comentou o delegado enquanto tirava o boné e coçava a cabeça contrariado.

 Ao se aproximar do local e ver sua filha imóvel nos braços de
Carter, seu Orlando foi tomado por uma fúria mortal. A expressão do seu rosto se fechou, mudou completamente e, sem
perda de tempo, ele deu meia volta.
–Esse moleque vai me pagar!

Felizmente o delegado acompanhou-o para evitar que
algo pior ainda viesse a acontecer.

–O que está pensando fazer, amigo? – Pôs a mão direita
sobre seu ombro.

O velho ignorou a aproximação do delegado. Decidido,
continuou caminhando em direção ao jipe.

— Seu Orlando! Não está pensando em fazer alguma loucura, está? Você é um homem direito! Deixa que eu tomo conta
da situação. Tudo está sob o controle da lei.

Mas aquele homem não estava disposto a abrir mão da
sua vingança.

— Não adianta delegado, fique fora disso! Ninguém vai
me impedir de mandar esse cafajeste para o outro mundo! Não
vai mais fazer mal a família de ninguém!

Ao entender que não conseguiria convencer o velho a
mudar de ideia, o delegado, que o acompanhava de perto, saltou sobre ele e os dois caíram no chão e desceram rolando ladeira a baixo, mas por ser mais forte, o homem da lei levou a
melhor e, depois prender os punhos do companheiro com a al-
gema que trazia consigo, justificou:

— Desculpe, amigo! Você não me deu escolha. Depois
me agradecerá por isso! Estou executando meu trabalho. Assim não vai trazer maiores complicações ao meu trabalho!

Inconformado com a situação, Seu Orlando se sentou no
chão e questionou:

– E agora o que eu faço? Me dê uma razão para levantar
a cabeça! O que farei sem minha filha? Esse canalha é o responsável! Tem que prender esse traste!

– Não se preocupe! A justiça será feita. Vão responder
por isso, confie em mim!

Depois daquele breve e incômodo diálogo, Seu Orlando se fechou em seu mundo e nada mais disse. Com a cara amarrada, permaneceu em silêncio e passou receber atenção especial dos companheiros que temiam por uma nova recaída.

Nada mais tendo a fazer naquele lugar, o delegado, juntamente com sua equipe, tratou de providenciar para que todos pudessem pegar o caminho de volta sem perda de tempo. Carter e Charlotte necessitavam de intervenção médica com urgência.

Na volta, Carter estava fora de si. Com olhar distante, passava o tempo a repetir ave maldita, levando o delegado os demais a acreditarem que ele havia enlouquecido.

Ao chegar ao centro de saúde, os enfermeiros surgiram munidos de macas. Deveriam transportar, com todo cuidado os feridos para receberem atendimento médico.

Carter silenciara, não se ouvia mais seus protestos contra o que chamava de ave maldita. Como a moça continuava sem apresentar sequer uma reação, todos julgavam-na como morta, mas para confirmar, o médico decidiu examiná-la primeiro. Ordenou que a colocasse num leito hospitalar e, depois de aferir-lhe o pulso:

— Tudo indica que a vida desta garota deixou de existir, mas ela não parece morta. Vou tentar um último recurso para ver se ela volta.

O doutor umedeceu as mãos com um misterioso óleo e começou a massagear levemente o pescoço da paciente, depois continua a estender a suas massagens ao longo dos pulsos pernas. Continuou determinado mesmo sem notar qualquer sinal de vida. Não conseguia admitir que pudesse ser tarde demais. Aquele corpo conservava quente. Devia continuar insistindo. O tempo foi passando e nada. Cansado e já disposto desistir, resolveu examiná-la cuidadosamente, mais uma vez e, para sua surpresa, percebeu que alguma coisa mudava: Lentamente, a vida retornava. Aquele corpo inerte começou a apresentar sinal de vida. No princípio, era quase imperceptível a fraca pulsação, mas depois foi ganhando intensidade. Então, para surpresa de todos, o doutor se levantou emocionado e informou:

— Ela está viva, gente! Minha intuição estava certa! Sua pulsação está muito fraca, mas ao menos sabemos que ela vive. Sofreu uma pancada muito forte na cabeça e, infelizmente, está em coma profundo. Agora cabe a nós cuidar para preservar-lhe a vida e torcer para que seu sistema reaja favoravelmente.

–Doutor, o rapaz também está inconsciente, perdeu os sentidos! – Anunciou uma enfermeira que ficara incumbida de acalmá-lo.

– Vamos examiná-lo!

O doutor examinou-o atentamente por um longo período de tempo.

– O estado do rapaz parece não ser tão crítico como da moça, mas também requer cuidados especiais. Sofreu uma forte pancada na cabeça. Vamos entrar com a medicação e mantê-lo sedado até que seu quadro melhore!

A Fronteira do Adeus

Como num sonho, naquele justo momento, Carter se via caminhando pelas ruas semidesérticas de um pequeno povoado. Aquele lugar não lhe era estranho. Ao contrário, era lhe bastante familiar. Enquanto caminhava por aquelas ruas vazias, continuava tentando encontrar explicação para o que sentia por aquele pedaço de chão. Tinha a impressão de que estava muito ligado à sua infância. Com olhares e memória atentos, continuou a passos lentos na esperança de encontrar alguém que lhe pudesse ajudar a se lembrar, mas ao interrogar as pessoas sobre a possibilidade de se lembrarem do seus pais, só se deparava com negativas. "Não, eu não me lembro de ninguém com esse nome!"

Continuava seguindo em frente, mesmo sem entender por que aquele arraial parecia conter parte da sua vida, até avistar uma trilha que chegava ao povoado. Assim que a avistou sentiu, ser transportado para um tempo distante. Era do seu tempo de infância. Através daquela viagem imaginária, se via chegando à pequena cidade cujo nome era São Tiago. Caminhava por aquela trilha juntamente com seu pai que ainda era bem jovem. Pelo que aparentava, certamente, tinha lá os seus quarenta anos. Com passo acelerado, o pai, que não era alto, seguia firme a carregar um saco nas costas para transportar as mercadorias que comprava na vila. Usava chapéu de lã para se proteger do sol que castigava na volta para casa. Carter sofria para acompanhá-lo, mas a certeza de que, quando chegassem, saborearia alguma coisa gostosa, servia-lhe de incentivo.

Não demorou muito para entrar por aquelas ruas empoeiradas, repletas de gente a contar histórias. Seu pai à frente e ele a segui-lo assustado por ver tantos estranhos com aspectos esquisitos a olhar para eles. Será que são maus? Mantinha-se bem perto do seu pai, pois tinha muito medo!

Por muitas vezes havia percorrido aquele caminho e aquelas ruas a acompanhar seu pai. Chegava a sua casa, cansado, mas gostava daqueles passeios cheios de aventuras e novidades.

Carter estava triste. Caminhava há algum tempo sem encontrar ninguém que conhecesse seus pais naquele lugar, mas continuaria tentando. Teria que encontrar alguém conhecido. Se fosse necessário revirar aquele povoado para encontrar alguém que se lembrasse de seus velhos, assim faria. Com aquele propósito, continuava a visitar as casas e estabelecimentos comerciais, mas o máximo que conseguia era a compaixão de alguns. Estava muito cansado. Sentia dores por todo o corpo, mas o pior incômodo era em sua cabeça que latejava sem parar. "Não me lembro de sentir uma dor de cabeça tão intensa!". O dia estava findando. Não demoraria muito para que acendessem as luzes. Precisaria encontrar um lugar para passar a noite, mas antes, continuaria sua pesquisa por mais umas duas casas. Desestimulado, seguiu em frente e, surpreendentemente, ao interpelar um velhinho de cabelos alvos como algodão, o que já não acreditava mais encontrar aconteceu:

— Meu filho, já ouvi falar do seu pai. Até cheguei a conhecer um irmão dele que morou aqui por algum tempo. Segundo me disse o irmão, ele costumava vir aqui para fazer suas comprinhas. Vinha montado num cavalo branco acompanhado de um garotinho. Eu não sei mais nada sobre ele, mas ao final dessa rua, vai encontrar a Dona Filó. Ela conhece a, praticamente, tudo desse lugar, principalmente sobre o povo daquele tempo. Com certeza, se lembrará do seu pai. Vá até lá, rapaz! Ela dificilmente, sai de casa.

Carter agradeceu ao velho e saiu confiante. Finalmente descobriria alguém que se lembraria de seu pai. Alguém que lhe pudesse oferecer hospedagem naquela noite que chegava apressada.

Seguiu caminhando a observar que as casas não eram mais como as de seu tempo de infância. Possuíam aspectos mais modernos. Todos de alvenaria, com telhados novos, as ruas eram conservadas limpas, mas ao contrário daquele outro tempo, não havia quase ninguém a conversar pelas calçadas. Não mais existia aquele clima alegre de outros tempos, mas continuava atrativa. Por fim, chegou à casa da misteriosa velhinha. Era bem modesta: Talvez a única que conservava traços de um passado distante. À frente, um pequeno canteiro de flores, habitados por uma variedade de borboletas coloridas, tratava de tornar aquele casebre convidativo. "A mulher tem bom gosto! Ela gosta de flores! Que belo cenário: cuida das flores e ganha, como recompensa, dezenas de borboletas! Esperta essa senhora! Adoro esses elegantes insetos! "

Aproximou-se da velha porta de madeira, castigada pelo tempo e bateu com certo receio. Depois de ouvir um fraco quem é a madeira rangeu ao ser aberta e a seguir surgiu a figura de uma senhora que aparentava uns setenta anos. Usava um vestido longo, de um tecido estranho que parecia ser de outra época. A cor era cinza. Ela o examinou de cima a baixo e, com um sorriso familiar, convidou-o a entrar. Ao segui-la, seu olhar atento não deixou de notar que ela possuía uma vasta cabeleira parcialmente grisalha que era conservada presa num coque.
Depois de caminhar por um corredor chegaram a cozinha.

– Sempre tive o costume de receber as visitas na cozinha. Quer um copo de água? Deve estar com sede.
– Aceito sim, senhora!

– Filó! Todos aqui me conhecem por Filó! — sorriu — Sente-se e fique à vontade! Sei por que veio me procurar! Veio ao lugar certo, mas se quer mesmo satisfazer sua curiosidade, terá que confiar em mim. –Eu confio. A senhora causou-me uma boa impressão! – Comentou enquanto examinava o ambiente: Era uma cozinha pequena: a sua frente, havia uma prateleira de madeira e, sobre as tábuas, existiam umas latas pequenas cheias de folhas e raízes secas. Aquela velha devia ser curandeira! Seria ela confiável?

– Meu filho, não convém perder mais tempo. Posso te ajudar, mas terá que tomar um chá que te ajudará a entender. – Deixou as mãos escorregar sobre um avental vermelho que acabara de amarrar à cintura.

– Por que tenho que tomar um chá que não conheço? Não basta me dizer o que quero saber?

– Entendo seu temor, mas por que você acha que ninguém soube te dar a informação que procura? Não parece tão simples? Eu te digo que não! Então, vai querer a resposta ou vai desistir? Encara-o com um sorriso irônico nos lábios marcados pela ação do tempo.

Carter sentiu um frio na barriga, mas não lhe permitiu acovardar.

Gostava de desafio. Seria o que Deus quisesse!

– Não. Não sou do tipo que desiste! Traga-me esse chá!

Dona Filó sorriu e Carter sentiu seu coração bater feito um tambor ao ouvir o ruído de uma porta se abrir as suas costas. –Entre, menino. Sua procura está próxima ao desfecho.

Mesmo receoso, Carter não vacilou, entrou num pequeno cubículo e viu surgir a sua frente a imagem de Dona Filó. Ela não estava lá fora? – Poupe-me de suas perguntas, menino! Sei tudo o que se passa nessa sua cabeça de garoto! A seguir, ela pegou uma caneca fumegante:

–Tome!

Carter pegou a caneca e sentiu que possuía um aroma muito agradável. Receoso, bebeu todo o líquido de um só gole e, se viu tomado por um calor estranho que espalhou por todo o corpo. Em seguida, sua visão foi ficando embaçada e, em poucos segundos, só sobrou o vulto do que seria Dona Filó. Outra vez seu corpo ficou todo arrepiado ao ouvir uma longa gargalhada que julgou não ser da velha, mas de um homem. Então o mais assombroso aconteceu: O que parecia ser uma névoa foi se desfazendo e, no mesmo instante, a imagem daquela senhora foi se transformando em outra pessoa. Primeiro os cabelos, que encurtaram e ficaram mais alvos; depois o rosto assumiu traços masculinos e, por último, veio o toque final e, a sua frente, não se encontrava mais a dona Filó, mas um velho conhecido.

– O senhor! Meu Deus, o que aconteceu? Como veio parar aqui? E a senhora que estava a minha frente?

– Fique calmo, rapaz, vou esclarecer tudo. Até mesmo te darei as respostas que esperava de Dona Filó. – Elevou as mãos a altura do rosto e, com seus longos dedos brancos começou a puxar suavemente os fios de sua longa barba.

– Não sei se é maior a minha curiosidade ou os meus medos. Por que tanto mistério? Não aprecio esses showzinhos baratos!

O velho enrugou a fronte e o encarou com seriedade.

– Rapaz, você é muito ousado! Veja lá como se dirige ao Senhor Destino! Vou fingir que não ouvi essa provocação! – Continuou o velho – Dona Filó não existe. É apenas uma das formas de que disponibilizo para me manifestar aos humanos.

– Mas... como executa esses truques?

– Menino atrevido! Acha que um humano qualquer pode entender todos os segredos do Senhor Destino? – Coçou a cabeça como que a consultar seu mundo obscuro e continuou. – Mas admiro sua ousadia. Por isso, vou satisfazer parte da sua curiosidade. – Por alguns segundos, desviou o olhar para o horizonte e permaneceu em silêncio. – Tenho poderes para assumir a forma que quiser, posso me deslocar no tempo, posso interferir no presente e futuro. Por isso, cuidado com as palavras!

Cabe a mim, governar a vida de cada ser humano que habita essa Terra. Isso de acordo com as escolhas de cada um.

– Puxa! Tem mesmo um poder imenso! Deve ser por isso que, às vezes, aparecem videntes que demonstram saber tudo a nosso respeito! É o Senhor executando sua missão?

– Exatamente, meu rapaz! Agora conseguiu entender com quem está falando! Digo-te mais: Eu não tenho o hábito de me revelar. Você é um privilegiado, mas se recordar de algo sobre mim, não saia por aí a comentar com seus amigos, pois acharão que perdera os sentidos! Agora, vamos ao que interessa! O que de fato procura, encontrará ao seguir! – Outra porta foi aberta e o velho apontou na direção da passagem. — Vá!

Sem se preocupar como que pudesse encontrar pela frente, Carter se dirigiu a passagem e se deparou com uma escadaria que parecia dar acesso a um porão. Foi descendo, devagar e atento, pois não sabia o que encontraria pela frente.

Em poucos segundos venceu aquele túnel e se surpreendeu ao ver uma paisagem que parecia ser um mundo paralelo: A sua frente estava uma cidade não muito comum. Parecia querer se esconder sob um lençol branco de neblina que cobria o horizonte, proporcionando-lhe um aspecto misterioso.

Achou estranho que todas as construções, que podia avistar, haviam sido feitas com madeira. Casas, escadarias passarelas pequenas torres, tudo.

O verde também era algo que prevalecia naquele lugar. Havia uma grande variedade de plantas e algumas delas estavam repletas de flores coloridas.

Dentre os poucos ruídos naquele lugar estranho, o barulho de pessoas que, entendia estarem trabalhando era evidente. Também era possível ouvir, ao longe, alguns tímidos cantos de aves.

Depois de estudar o ambiente, tentar entender o que se passava naquele lugar assustador, Carter começou a caminhar pelo que seriam as ruas de uma cidade muito antiga. Guardava em si um ar de mistério que o intrigava. Por que passarelas, suspensas, feitas de madeira roliça e não ruas comuns? Cada vez mais curioso, foi se adentrando por aquelas passarelas.

Com olhares atentos, notou que as madeiras usadas nas casas estavam gastas pelos anos e que os telhados haviam perdido as cores originais, prenunciando um longo período de existência. Estava certo, era uma cidade bem antiga.

Depois lhe chamava a atenção as pessoas que encontravam ao longo do caminho. Ignoravam a sua presença. Uns caminhavam de um lado a outro, outros executavam algum tipo de trabalho simples como cuidar de canteiros de plantas, lavar paredes ou outras atividades semelhantes. Quem seriam? O que estariam fazendo naquele lugar sinistro? Será que falariam a mesma língua que ele? Sentia vontade de interpelá-los, mas alguma força misteriosa o impedia de ir em frente.

Eram muitas interrogações a martelar sua cabeça. Quanto mais avançava mais curioso ficava. Encontraria naquele lugar alguém normal? Sem saber por que lá se encontrava, continuava a trocar passos; ora temeroso, ora movido pelo impulso da descoberta de algo surpreendente. Sentindo atraído por aquele mundo continuava num ritmo constante até que:

– Craaá, craaá!

Carter sentiu o corpo gelar, ficou trêmulo e percebeu que suas forças estavam indo embora. Mal se refizera do susto, novamente ouviu o canto aterrador. Só que daquela vez mais próximo dele e, por esse motivo, muito mais forte e, com tamanha intensidade, que chegou a provocar eco no horizonte.

– Craaá, craaá, craaá!

– Nossa! Que bicho aterrador! Meu Deus, ela traz uma pessoa em suas garras! É uma criança! Uma pobre criança!

Ficou imóvel a observar a gigantesca ave se afastar e, de súbito, sua mente foi tomada por uma forte lembrança que o fez gritar desesperado:

– Ave maldita! Foi você, bicho das sombras! Foi você que roubou minha amada! Vai me pagar caro! Ela era minha vida, viu! Vai ter que me mostrar para onde a levou!

Como resposta ao insulto, o pássaro gigante emitiu uma forte gargalhada e, lentamente, foi se afastando com a criança presa às garras.

Carter não desistiu. Saiu correndo a perseguir a ave que parecia desejar facilitar-lhe o trabalho. Ela não se preocupa em ganhar distância do seu perseguidor. Ao contrário, voava lentamente e o rapaz continuava determinado a acompanhar sua trajetória.

Naquela perseguição, saía de uma trilha, entrava em outra e se deparava com olhares silenciosos que o acompanhavam naquela correria desesperada. Por fim, chegou a um jardim e se deparou com uma moça loira que se ocupava de regrar as plantas. Ela se encontrava de costas para ele, mas sentiu que aquela figura lhe era familiar. Teve a impressão de que conhecia aquela moça de algum lugar! Não sabia de onde, mas ela não lhe era estranha. Ofegante, foi se aproximando e a interpelou-a:

– Olá! Estou precisando de ajuda! Será que você poderia me fornecer algumas respostas?

A mulher loira se virou e um sorriso amigável surgiu em seus lábios deixando o rapaz atordoado:

–Meu bom Deus! É você, meu amor? O que faz aqui nesse mundo obscuro? Foi a maldita ave que a aprisionou aqui? Tenho sofrido tanto sem você!

Ela, sem entender a tantas perguntas, ficou a contemplá-lo, por algum tempo, enquanto tentava trazer à tona alguma lembrança.

– Não sei do que está falando. Confesso que me parece familiar, mas te garanto que nunca fui seu amor. Você está enganado comigo!

Terminou a frase e voltou a regrar as flores do jardim, enquanto Carter, por sua vez, permaneceu imóvel a olhar para aquela a quem julgava ser o amor de sua vida e, por não admitir estar enganado, resolveu insistir mais uma vez:

– Não! Eu não estou enganado! É você mesma! Não sei o que te fizeram, mas a gente se ama! Por muitas vezes disse-me que seria minha para sempre!

Inconformado, pôs as mãos sobre a cabeça, sentiu suas forças indo embora e o seu coração bater acelerado. Aproximou-se da garota e tocou-lhe com receio. Ela, ao sentir o contato, reagiu de forma surpreendente. Deu um pulo para frente e se virou para o rapaz que observava receoso.

– Quem é você? Assim que me tocou, tive uma sensação estranha, semelhante a um suave choque elétrico!

– Tente se lembrar! Você me pertence! Sei que me ama! Vamos dar uma volta! Sei que logo te farei se lembrar.

Compassiva, deixou o regrador no chão, secou as mãos em seu avental azul escuro que tratava de cobrir o vestido amarelo que ela usava e o seguiu.

– Tudo bem! Vou dar uma volta com você, mas tem que me prometer que depois me deixará em paz!

–Tá bom, amor!

Naquele momento, a expressão do rosto da garota se fechou e ela o encarou intrigada.

- Amor! Que isso, rapaz! Já disse que não tenho nada a ver com você!

Num misto de vergonha e decepção, Carter fixou o olhar no chão.

— Desculpe, Charlotte! Foi por força do hábito! Outra vez ela o fuzilou com um olhar confuso.

— Você não desiste mesmo hein! Está mesmo convicto de que eu seja mesmo essa pessoa a que afirma ser sua namorada! — Por um minuto, ficou a meditar sobre o que se passava até que, de súbito, quebrou o silêncio ao retomar a conversa num tom alterado:

— Como conseguiu descobrir meu nome? Quem te disse que me chamo Charlotte?

— Ninguém me disse. Se, de fato, se chama Charlotte, isso indica que estou certo. Charlotte foi o amor de minha vida! A gente ia se casar, depois não me lembro por que ela desapareceu.

— Por favor, me fale dessa moça!

Carter começou:

— Ela era muito bela. Assim como você. Conhecemos numa escola quando eu me mudei para o povoado de nome Vila São domingos. No princípio, eu me sentia perdido naquela escola até aparecer alguns amigos e conhecer o amor da minha vida. Depois que a conheci, não nos separávamos mais. Onde um estivesse, ali também se encontraria o outro. Na cidade, todos admiravam a intensidade do nosso amor. Carter continuava a relatar seus momentos com Charlotte e esta começava a se sentir envolvida por aquela história tão intensa. No princípio, apenas se sentia envolvida por aquela narrativa encantadora. Depois, insistia em considerar que seu envolvimento se devia ao fato de ser uma garota romântica. Nada do que parecia ser. Não era nada, mesmo que começasse a se identificar com tudo aquilo. Tentava combater a ideia de que tivesse algo de concreto, relacionado a sua pessoa, naquela história. Mas, lá no fundo, sabia que não era tão simples. O que acabara de ouvir a tocava profundamente.

Então, depois do longo relato, Carter interrompeu a narrativa e, aproveitando o momento em que Charlotte parecia mergulhar num mundo desconhecido, aproximou-se dela e a beijou apaixonadamente. Naquele momento, como que por mágica, uma espécie de véu foi tirada de seu rosto e ela se surpreendeu com o que se passava.

– Carter! É você, meu amor! Parece que acabo de acordar de um sonho! Foi terrível! Eu me encontrava só num mundo desconhecido!

No mesmo instante, no humilde hospital de Vila São Domingos:

– Vejam, Charlotte está reagindo! Parece que vai voltar do coma!

Ela sussurra algo ininteligível e todos os presentes ficam admirados com a reação da paciente, pois pensavam ser impossível a sua recuperação, mas o que não podiam saber é que, em um mundo místico, a vítima daquele terrível acidente se encontrava nos braços de seu amado e que, com um beijo de Carter, ela apresentou uma breve reação sobre o leito hospitalar onde se encontrava seu corpo. No mesmo instante, uma doutora que cuidava de Carter percebia que também o seu paciente começava a reagir favoravelmente. Engraçado, até no estado em que se encontram os dois reagiam de forma semelhante!

No mesmo instante em que, no hospital, os dois sobreviventes do terrível acidente recebiam os devidos cuidados; naquele mundo desconhecido, suas almas caminhavam de mãos dadas. Não tinham a mínima ideia do que estariam fazendo naquele lugar onde o silêncio reinava e nem sabiam como sair de lá, mas estavam felizes com o reencontro. Caminhavam a esmo até que foram interpelados pelo Senhor Destino:

– Meus filhos, vejo que existe algo muito forte entre vocês, mas está se aproximando o momento da separação. Só permiti até aqui porque jamais havia testemunhado um amor tão intenso entre um homem e uma mulher. — Voltou sua atenção para o rapaz. — Carter, você não pode mais permanecer aqui! Tem que retornar! Sua missão ainda não terminou! Charlotte, por sua vez, ficará por aqui. Ela já cumpriu a missão, portanto, não mais voltará! Permanecerá aqui por alguns dias, depois partirá para a cidade da luz. – Estendeu o braço direito apontando um clarão ao longe.

Muito abatido, a princípio, Carter não expressou nenhuma reação, mas depois de apertar fortemente a mão de sua amada, protestou:

– Isso nunca! Se eu tiver que voltar, ela vai comigo; caso contrário, eu também fico por aqui! Não vou permitir que me tire a razão da minha existência novamente! Jamais!

Em resposta, o velho, que se conservara a uma certa distância do casal, aproximou-se e, com segurança, retomou a palavra:

– Deixe de ser ingênuo, meu rapaz! Sabe que não adianta desafiar o Senhor Destino! O que foi determinado, determinado está. Não convém protestar!

Com notável abatimento, Carter dirigiu primeiramente o olhar ao Senhor que se mantinha impassível e depois se voltou para sua amada que também não expressou qualquer reação diante dos fatos. Sem entender, o porquê de tudo o que se passava, colocou as duas mãos sobre a cabeça e ficou de cócoras a olhar para o chão e, transtornado como estava, não foi capaz de perceber que um velho conhecido se aproximava silenciosamente. Só veio a se dar conta quando o gigante pássaro negro pousava a sua frente.

– Você de novo? Nem pense em tocar em minha amada! Não posso viver sem ela!

A ave sinistra pareceu ignorar os apelos do pobre moço. Apenas elevou suas asas como que intencionando alçar voo e, naquele instante, sua imagem foi ficando torcida e perdendo a intensidade até se transformar apenas num vulto escuro. Depois, aquele vulto, foi engolido por uma névoa branca que surgira do nada e assumia o formato de uma enorme bola. Em seguida, a névoa foi se desfazendo e deixando a mostra aquele vulto que, por sua vez, ia se materializando novamente e, o que se tratava de uma ave, passava a ser uma senhora de longos cabelos negros que quase chegavam aos pés. Ela usava um vestido da cor da noite que também descia aos tornozelos e, apesar de aparentar muitos anos de existência, conservava uma postura firme. Atônito, o rapaz presenciou ao acontecimento sem proferir uma só palavra. A velha foi a primeira a quebrar o silêncio: –Por que me olha desse jeito, rapaz? Não vou te fazer nenhum mal! –Como fez isso? Para onde foi o pássaro? Pensei que quem executava truque era apenas esse velho que se autodenomina de o Senhor Destino!

– Garoto, eu e o Senhor Destino não possuímos corpo material como vocês e todos os animais da Terra. Apenas nos materializamos em algo conhecido por vocês para executar a nossa missão. Infelizmente, todos do seu mundo me julgam de maneira equivocada. Não sou má como pensam. Apenas executo o meu trabalho e, às muitas vezes também sofro ao ver o que passam ao perderem um ente querido. Sei que o amor de vocês é muito intenso, mas o Senhor Destino já tratou de determinar o final deste capítulo.

A senhora se volta para o velho que permanecia em silêncio: – Destino, não há como rever essa sua intervenção? Esse casal de namorados testemunha um amor como, raras vezes pude ver! Permita-me recolher também mais essa vida!

Por alguns segundos, o Velho ficou a observá-los. Depois, pareceu ter se transportado para um mundo distante. Lá naquela espécie de refúgio, ficou a alisar os fios de sua longa barba. Depois, parecendo ter saído daquele transe, finalmente, começou a justificar a sua decisão:

– Sinto muito, meu rapaz, mas o que a Senhora me pede não pode acontecer. O futuro ainda te reserva muitas aventuras. Sei que o amor que sente por essa moça é muito intenso, mas ela não pode mais voltar. Vai permanecer por aqui por mais algum tempo, até estar pura o bastante para ir para sua morada definitiva na Cidade da Luz. O velho levanta o braço e aponta novamente, ao longe, para aquele forte clarão de luz azulada.

Carter fica em silêncio, não expressa nenhuma reação. Está mais preocupado com o que se passa com sua amada. De alguma forma, ela tinha se distanciado dele. Não conseguia entender por que. Mesmo estando ao alcance de suas mãos, ele não a podia mais tocá-la. Até parecia que estava protegida por uma redoma invisível. Não mais conseguia perceber o que se passava ao seu arredor. Parecia estar se afastando dele!

– Isso nunca, vovô! Não saio desse lugar se ela não vier junto. – Retruca Carter como que voltando de uma longa viagem.

O velho de barbas longas o encarou com uma expressão séria e o repreendeu novamente:

– Ainda não tem ideia do que eu seja, menino atrevido! Não adianta confrontar-me! Eu é que determino o que acontece aos humanos. Admito que em alguns raros casos, fui obrigado a voltar atrás, quando familiares, fiéis ao meu superior, recorreram ao criador e ele me ordenou devolver a vida ao morto, mas te garanto que isso não acontecerá desta vez. Ainda tem uma bela história pela frente. Sua missão, em seu mundo, não chegou ao fim.

Carter meneou a cabeça em negativa:

– Sem chance, eu me recuso a viver se minha amada não estiver comigo!

Nisso voltou a entrar em cena a Senhora que acompanhava o embate entre um ser mortal e um imortal.

– Perdoe-me a interferência, Senhor Destino, mas a história desse rapaz é muito comovente! Acho que vale a pena modificar o seu futuro!

Chateado, o velho coça a cabeça e se volta para a ceifadora de vidas: – Estranha-me muito essa sua postura! Logo a senhora que é temida por todos os seres terrestres! É a senhora que tem a missão de pôr fim a trajetória de todo vivente! Deveria ter um coração de pedra, mas, no entanto, seu coração é de manteiga pura! Quanta ironia! Eu, ao contrário, não me esmoreço aos caprichos humanos. Sei o que lhes é mais favorável. Minha missão é contribuir para o melhor! Detesto ser contrariado! Portanto, não me peça para voltar atrás! E a senhora também trate de refletir sobre sua postura, pois quem vem para cá, como esta moça, não deve voltar! Ela tem uma alma pura!

Em silêncio, a Senhora Morte fica por alguns segundos a avaliar as últimas palavras do Destino. Depois, por entender que a melhor atitude seria se ocupar daquilo que lhe dizia respeito, dirigiu um olhar pesaroso para o rapaz e como mágica, sua imagem se desfez antes de uma brisa leve começar a assoprar. Naquele momento, a imagem de Charlotte também havia desaparecido. Talvez teria sido levada pela senhora que partira. Então, o Destino aproximou-se de Carter, tocou-lhe a fronte.

Ao mesmo tempo que, naquele mundo obscuro, a história de Carter e Charlotte chegava ao desfecho, no leito do hospital de Vila são Domingos a situação entre os dois era inversa: Enquanto aquele recuperava os sentidos, esta dava seu último suspiro e deixava de dez o mundo dos vivos.

Carter: De volta ao Mundo Real

– Vejam, gente, o rapaz está recobrando os sentidos! – Anunciou uma doutora que se mantivera atenta a todos as reações do paciente. – Com a moça a situação complicou. Não apresenta nenhum sinal de vida! Acho que partiu para a viagem sem volta! Pobre rapaz! – Comentou outra enfermeira de plantão!

A seguir, houve um murmúrio geral:

– Pobre rapaz!

A doutora que se incumbira de acompanhar sua recuperação fez um desabafo:

– Como gostaria de encontrar um amor assim!

– Que isso, mulher! Não acredito que num momento desse você ainda tem a ousadia para sonhar! – Tem razão, senhora, pensei alto!

Envergonhada, pegou o telefone e ligou para comunicar ao padre Carlos e aquela estranha caminhou na direção de uma poltrona onde se encontravam os pais de Carter. Em seguida, ao perceber que o paciente se movia, a doutora tratou de quebrar o silêncio:

– Animem, o rapaz voltou, está consciente!

Em resposta a tão esperada notícia, o casal se levantou movidos pela ânsia de ver o filho reagindo.

Aproximaram-se do leito e ficaram como que hipnotizados diante do que viram. Carter abrira os olhos e se sentia confortado com a presença dos pais.

– Pai, mãe, o que estão fazendo aqui? Afinal, o que todos estamos fazendo aqui?

Quando o Senhor Pedro Afonso ia responder, o médico interveio:

– Senhores, eu sei o que se passa com cada um de vocês, mas agora deixem o rapaz descansar. O horário de visita acabou. Prometo que os mantenho informados sobre o quadro do paciente.

Em silêncio todos se retiram da sala e o médico se aproxima do paciente.

– Bem-vindo ao mundo dos vivos, rapaz! Você esteve inconsciente por umas doze horas. Parece bem, mas deverá permanecer sob cuidados médicos por algum tempo. O acidente que sofreu foi muito grave. Temos que cuidar para que saia daqui totalmente recuperado. Carter nada disse. Apenas ficou a observar aquele homem baixo e gordinho que lhe dirigia a palavra. Ainda estava meio aéreo. Não tinha muita consciência do que de fato acontecera, mas sentia dores por todo o corpo. Sentiu que estava em boas mãos quando o doutor se aproximou dele, verificou sua pulsação e, ao sair do quarto, deixou-o aos cuidados de uma simpática doutora.

Dois dias após o triste acidente, o cemitério local estava cheio de gente. O enterro estava preste a acontecer. O caixão havia sido deixado próximo à cova onde iria ser depositado o corpo de Charlotte. Do lado do caixão se encontravam seu Orlando, com olhar fixo na abertura daquele veículo que seria o último meio de transporte de sua amada filha. Maldito caixão! Porque estava levando a quem ele amava tanto? Por quê? Não conseguia entender tanta crueldade! Naquele orifício, estava à mostra somente seu belo rosto pálido que jamais sorriria para ele e que o olharia com carinho! Aquilo não poderia estar acontecendo! Não com ele! Mas infelizmente, era verdade! Já o havia beliscado algumas vezes para constatar. Deveria se conformar com tamanha crueldade e carregar consigo apenas as lembranças pelo resto de seus dias?

Ao lado do pai e companheiro de muito anos, estava Dona Ester. Também contemplava pela última vez o rosto da filha, da sua única filha! Com frequência soltava um triste suspiro. Por que fora consentir com as ideias absurdas de seu marido? Sua filha não era um objeto de propriedade deles. Ela tinha seus sonhos. Interrompê-los deu no que deu! O que faria no mundo sem ouvir sua voz, sem vê-la sorridente a revelar-lhe os seus mais inocentes sonhos? Com certeza, jamais se acostumaria com aquela ausência que lhe feria a alma!

Do lado oposto da cova, se encontrava o padre. Seu abatimento era evidente. Acompanhara aquela bela a trajetória daquele casal de namorados. Jamais tinha presenciado a um amor tão intenso. Estimava muito aquela que jazia no caixão bem a sua frente, mas no momento, o incomodava mais a situação de Carter. Pobre rapaz! Tão sonhador, responsável e amigo! Teriam formado um belo casal cristão! Construiria, certamente, uma família temente a Deus! Por que fora interrompido um sonho tão bonito? Perdoe-me Senhor! Sei que tem propósito para tudo! Começava um novo tempo de batalha. Teria que rezar muito por Carter! Sua vida se transformara num inferno deum momento para outro! Na cidade ouvira a triste notícia de que ele perdera a lucidez. Não falava coisa com coisa. Passava o tempo a repetir uma estranha frase: "Ave maldita! Ave maldita! " O que estaria ele dizendo com essa estranha frase!? Por que ave maldita? Seria fruto de alucinação ou, por ventura, teria mesmo se enlouquecido? De fato, foi muito forte tudo o que lhe aconteceu nos últimos momentos! Primeiro a notícia do maldito casamento que lhe roubaria a mulher de sua vida. Depois a perseguição e, por último, o trágico acidente que levou sua amada. Ainda bem que não se encontra aqui para esse terrível adeus! Que destino, meu Deus! Levanta os olhos para o céu, depois examina os presentes. Todos de cabeça baixa. Olha para seu relógio de pulso e começa a abrir caminho entre a multidão que observa, introspectiva, a cada movimento daquele homem de preto. Líder religioso a quem demonstravam muita consideração e respeito. Não queria perder um minuto sequer dos últimos acontecimentos daquela triste cerimônia fúnebre. Com passos compassados, contornou a cova que o separava do caixão. Precisava pôr um fim logo naquele momento de tanta aflição!

Também se encontrava entre a multidão um grande amigo de Carter: Thomas Brow. Ele se encontrava um pouco afastado, se mantivera imóvel desde que começara a aglomeração de pessoas naquele lugar e não pronunciara sequer uma palavra. Estava triste, muito triste. Considerava Carter como

seu melhor amigo. Podia muito bem imaginar a dor que o ator-
mentava. Estivera no hospital e ficara ainda mais angustiado.
Poderia até ter permanecido mais tempo com ele no hospital,
mas ver o sofrimento do amigo era demais para ele. Não, não
poderia suportar aquilo! Estava mergulhado naquele momento
de reflexão quando a voz do reverendo o traz de volta para a
realidade: – Atenção, irmãos! Não adianta prolongarmos mais
esse momento de extrema angústia! Vamos entregar a alma da
nossa querida irmã ao nosso bom Deus! Em nome do Pai, do
Filho e do Espírito Santo!
– Amém! –Todos respondem.

O reverendo abriu uma pequena maleta que trazia em
sua mão esquerda, pegou a Bíblia sagrada, abriu-a no livro de
João e começou em voz alta:
– Que o Senhor esteja convosco!
– Ele está no meio de nós!
– Evangelho de Jesus Cristo, segundo João:

Ninguém pode vir a mim, se o meu pai que me enviou o
não trouxer; e eu o ressuscitarei no último dia. (João, 6;44);

Quem come a minha carne e bebe o meu sangue tem a
vida eterna, e eu o ressuscitarei no último dia. (João 6;54).

Vejam, bem irmãos, Escolhi para esse momento, dois
versículos em que o próprio Jesus nos promete a salvação: "
Eu o ressuscitarei no último dia! "

Como podem ver, irmãos, ele jamais nos abandonará.
Para termos a certeza de que estaremos com ele depois que
partirmos dessa vida, devemos buscar, em seus ensinamentos,
o como proceder neste mundo. Se o ignorarmos, poderemos
ser ignorados também. Assim ele diz numa outra passagem do
Evangelho. Com essa postura, Jesus não está sendo vingativo,
mas ao contrário, por nos amar muito é que ele respeita a
nossa decisão. Mesmo com o coração partido permite que es-
colhamos o inferno. Portanto, meus irmãos, enquanto vivemos
nesse mundo, temos a liberdade para escolhermos para onde
queremos ir, mas que tenhamos cuidado; se perdermos o céu,
iremos sofrer no fogo eterno.

Quanto a esta nossa irmã, não tenho dúvida de que está junto do pai. Ela sempre buscou, na eucaristia, se alimentar da carne de Jesus; não se cansava de vir a Igreja procurar o alimento sagrado. Ainda, ela viveu na prática, o que se espera de cada um de nós: Sempre rodeada de amigos, conservava um coração bondoso e, amou de maneira tão profunda um pobre rapaz. Foi por esse amor que ela deu a própria vida. Que a tenhamos como exemplo: Que jamais nos deixemos conduzir pelo ódio! Isso só nos faz mal. A maioria das doenças provém desse sentimento tão prejudicial. Por isso quero fazer um apelo aos pais de Charlotte: Para que vossa filha possa partir em paz, a partir de agora, saiam desse momento triste, dispostos a fazer o exercício do perdão. Eu lhes garanto que conseguirão com a graça de Deus! Que todos saiamos daqui com esse propósito. Jesus morreu perdoando para nos ensinar.

Lembrem-se da palavra de hoje: quando você decide ir à Jesus, o próprio pai se encarregará de conduzi-lo!

Agora sugiro a todos que, enquanto o caixão é descido na cova repitam em coro: "Charlotte, vá em paz para a glória que o pai te preparou!
"

A seguir, o reverendo fechou o Livro Sagrado e, com um sinal com a mão direita, ordenou o início do enterro. O caixão foi suspenso e, utilizando-se de cordas foi sendo descido na cova enquanto a multidão repetia:

– Charlotte, vá em paz para a glória que o pai te preparou!

Pouco a pouco, as pessoas foram se afastando ao som da triste melodia proporcionada pelo ruído da terra que era arrastada e caía sobre o caixão.

Naquele terrível momento, D. Ester, que parecia estar firme diante da situação, desaba e, os que se encontravam nas proximidades, se aglomeraram em volta da mãe que se mantinha imóvel no solo. Vendo o que se passava, uma enfermeira, que acompanhava a família, começou a bradar energicamente:

– Afastem-se todos! A senhora precisa de ar! Deixem com a gente agora! Sei que estão preocupados, mas não vão ajudar ficando por perto! Podem ir para casa!

Não foi preciso passar muito tempo para que, novamente, o cemitério ficasse completamente vazio, como ocorria nos dias comuns. Outra vez a cidade dos mortos voltou a silenciar para que seus habitantes pudessem voltar ao sossego do último sono.

Uma Doutora Muito Especial

No leito hospitalar, alheio a tudo aquilo que se passava no interior do cemitério, Carter vivenciava, em seus devaneios, algumas cenas confusas que traduziam o momento conturbado em que vivia. O velho de barbas brancas viera visitá-lo em seus sonhos. Sorridente, insistia em dizer-lhe que a vida ainda não acabara, que ainda lhe reservava muitas alegrias. Exortava-o para que não desistisse, pois o que era para ser de Carter estava por vir. Em outra situação, o rapaz se via numa batalha contra aquela ave que para ele era sua maior inimiga.
– Ave maldita! Fique longe de mim! Você destruiu minha vida ao levar minha garota. Continuava a gritar incessantemente e recebia, como resposta, apenas aquele crá, crá, crá assustador, mas para seu alívio, não demorou para aquela sinistra ave bater suas negras asas e dar o fora quando apareceu aquele velho misterioso a enxotá-la de forma veemente:
–Deixe o rapaz em paz! Não percebe que ele já sofreu o bastante? Suma daqui agora e não apareça mais. Xô! Xô! – Agita os braços como se pretendesse alçar voo em perseguição aquele enorme pássaro negro que se afastava pouco a pouco e ia desaparecendo no horizonte juntamente com seus fortes brados. Lentamente, como o amanhecer expulsa as trevas, todas aquelas imagens que o visitara naquele momento de devaneios, foram se desfazendo e, quando desapareceram por completo, Carter acordou alterado. Que sonho! Parecia real! Seria tudo aquilo uma visão para preveni-lo de algo? Ainda encontrava meditando sobre o que acontecera, em seus sonhos, quando a porta do quarto se abriu para dar passagem à doutora que ficara encarregada de seus cuidados.
– Bom dia, Carter! Vejo que está acordado! Como se sente? – Aproximou-se do paciente, tocou-o e se surpreendeu com o que constatara.– Nossa, Carter! O que está acontecendo? Seu coração está a mil! Vou chamar o médico! – Fique calma, foi só um pesadelo!

Cautelosamente, a doutora sentou-se na cama para oferecer-lhe alguns comprimidos que o médico receitara.

– Moço, com esses medicamentos, você voltará a dormir. Isso será necessário para que recobre as forças. Com o acidente, você sofreu algumas lesões internas, por isso, necessita de repouso.

– Tudo bem, doutora! Estou em suas mãos! Para ser sincero, acho mesmo melhor estar dormindo! Assim não fico revivendo aquela maldita tragédia. – Sem apresentar qualquer sinal de entusiasmo, estende a mão direita para apanhar os medicamentos que a jovem doutora lhe oferecia.

Catherine era o nome daquela doutora que aparentava total dedicação ao seu ofício. Sempre pontual, habituara-se a chegar ao trabalho sempre com antecedência e se dedicava ao máximo para que os pacientes fossem tratados o melhor possível. Com Carter não se comportara de maneira diferente, ao contrário, dedicara-se ao máximo, pois aquela tragédia fora muito cruel com aquele rapaz. Fato que a tocou profundamente. Precisava ajudá-lo a superar-se daquele gigantesco trauma, que lhe tirara a vontade de viver. Acreditava em Deus e entendia que, para uma história tão triste, haveria propósitos. Se aquele moço estava em suas mãos, certamente, era porque caberia a ela ajudá-lo a vencer aquele terrível sofrimento que o atingira com tamanha crueldade. Um moço jovem e tão bonito e com o coração tão estraçalhado!

Além da admirável dedicação, aquela doce doutora não era de se jogar fora. Aparentava uns vinte e cinco anos e trazia no rosto um sorriso angelical. Seu jeito calmo de se dirigir a alguém sempre com um sorriso nos lábios era muito cativante. Difícil não se sentir atraído por ela. Se não fosse pelo estado crítico do momento, com certeza, Carter teria sido tocado por tantos encantos. Quanto mais se convivia com aquela moça, mais ela se tornava bela. Assim comentavam as pessoas que, dela, tinham o privilégio de se aproximar. Tratava-se de uma garota sonhadora que não se contentava com uma vida fútil. A cada amanhecer, procurava sorrir e acreditar que um novo dia, cheio de oportunidades para ser cada vez mais feliz, iniciava.

Não duvidava de que era mais um presente de Deus em sua vida. Talvez fosse tudo isso a explicação para tanto empenho pela arte de viver e executar suas atividades do dia-a-dia com invejável dedicação. Romântica incorrigível, sonhava com o dia em que conheceria o homem de sua vida, mas jamais agira com precipitação. Preferia esperar pelo momento e pessoa certos. Por várias vezes recebera proposta de namoro e, em muitas dessas, até fora incentivada por amigos e parentes que achavam ser o partido ideal, mas ela dissera não. Preferia esperar por aquele que Deus escolhesse e tinha a convicção de que tal homem ainda chegaria. Queria alguém que fizesse seu coração palpitar e, com nenhum dos candidatos, isso não acontecera. Ao receber Carter naquele estado, encheu-se de compaixão e, ao se inteirar de sua história, ficara ainda mais comovida. Era um rapaz muito vistoso! Dono de um olhar capaz de fazer qualquer mulher tremer nas bases. Sentira atraída por ele, mas não tinha certeza do porquê daquela reação. Poderia ter se confundido com o sentimento de compaixão, pois ele estava em suas mãos e precisaria muito de sua ajuda para vencer as dores que lhe estraçalhavam o coração. Recuperar-se de tamanho estrago levaria tempo e, apesar de tudo, continuava com a impressão de que aquele não era ainda o homem que sonhara para si. O homem certo para ela não deveria estar apaixonado por outra. Isso nunca, mesmo que essa outra estivesse morta. Tinha que ser só dela. Era egoísta, em se tratando desse assunto, mas quem é perfeito em tudo? Quem seria capaz de viver feliz com alguém que fosse loucamente apaixonado por outra pessoa mesmo que essa pessoa não estivesse mais entre os vivos? Seus sonhos de amor eram ambiciosos, sabia disso, mas acreditava ser possível. Por que não esperaria por aquilo que sonhava, se acreditava num Deus que tudo pode e se esperava constituir uma família segundo os projetos dele? Assim pensava.

Thomas Brow: Um Amor para toda a Vida

Na Vila São Domingos, começava um novo dia de céu claro. O sol soltava seus raios amarelados desejando bom dia aos que saíam cedo para começar mais uma jornada de trabalho. Naquela manhã que prometia aos habitantes da vila mais uma chance para batalhar pelos sonhos, quem passasse pela rua Larry Willians poderia avistar um homem de aproximadamente trinta e cinco anos sentado em uma cadeira de balanço a contemplar o horizonte. Não conseguira retomar sua rotina de trabalho, pois a situação de Carter não saía da cabeça. Há um bom tempo estava lá, imóvel, como uma estátua decorativa. Era evidente o seu abatimento, não conseguia se conformar com o triste destino do seu melhor amigo. Era um amor muito intenso para ter um fim como aquele. Daquele momento em diante, o que seria da vida do seu companheiro de aventuras? Conseguiria superar tão grande perda? Havia tido a sorte de encontrar alguém que, certamente, o completaria pelo resto de seus dias, mas o Destino tinha que intervir, tinha que lhe trazer a ruína! Não, não deixaria que seu amigo perdesse a vontade de viver. Iria ajudá-lo a se recompor. Quantas vezes sentira inveja de tão belo sentimento! Julgava ser seu amigo um sortudo. Coitado! Não queria estar em sua pele, mas o que adiantava? Era seu melhor amigo e o sofrimento dele também seria seu. Não havia sido nada fácil acompanhar à cerimônia fúnebre da sua amada, mas pior ainda, seria o reencontro com o seu velho companheiro. Eram bons amigos. Queria poder ajudá-lo a se reerguer, mas como? Não tinha nem ideia do como proceder, a situação era muito complicada, mas não ficaria mais ali parado como a uma múmia sem vida. Iria visitá-lo no hospital, sua presença, certamente já seria uma forma de demonstrar-lhe o seu apoio. Afinal, eram amigos e aquela era ocasião para se provar uma amizade verdadeira. Respirou fundo, tentando se convencer de que era hora de agir, levantou-se da cadeira, decidido, vestiu uma camisa azul-marinho, aproximou-se do espelho e, depois de pentear os cabelos, seguiu o caminho rumo ao hospital.

Depois de percorrer uns duzentos metros, chegou finalmente ao seu objetivo. Entrou pela porta, ainda ofegante, e dirigiu-se à recepção.

–Bom dia senhorita, gostaria de ver como anda o Carter.

A moça da recepção, uma simpática morena, gordinha, de cabelos ondulados, esboçou lhe um amigável sorriso. –Siga-me, senhor!

— Thomas, Thomas Brow!

Seguiram caminhando por um corredor e, depois de ultrapassarem uma porta de madeira, ingressaram num quarto não muito espaçoso onde, deitado em uma cama, encontrava-se Carter. Ele se encontrava imóvel, parecia dormir serenamente.

— Como ele está? — Quis saber Thomas Brow.

Antes de responder, a moça que ele julgara secretária, encarou-o um pouco intrigada:

— Você é parente?

Thomas Brow percebeu a preocupação da moça e tratou de tranquiliza-la:

— Não, mas pode ficar tranquila, somos como irmãos.

Novamente a garota fitou-o, mas com um discreto sorriso:

Que bom que ele tem um amigo assim. Vai mesmo precisar de amigos sinceros. Sua perda foi muito drástica, coitado! Parece que aquela moça era sua vida.

— Se era, nunca pensei que o amor ideal existisse de fato, mas vi neles a constatação de que isso é possível. — Comentou Thomas sem desviar a atenção do amigo que permanecia imóvel naquela cama. Naquele momento, passos ressoaram às suas costas.

— Imagino que você seja Thomas Brow. — Mediante confirmação com um gesto de cabeça, a recém-chegada continuou — Carter teve alguns devaneios e chamou por você algumas vezes, mas está reagindo bem aos medicamentos.

Thomas Brow, novamente, desviou o olhar para o amigo que se encontrava estendido naquela cama simples cujos lençóis eram claros como a neve.

— Que bom, espero que ele se recupere o mais rápido possível!

– Acredito que sim! – Esboçou lhe um sorriso demonstrando cumplicidade. — Pode ficar tranquilo! Eu sou a doutora responsável e, se depender de mim, logo ele estará caminhando por aí novamente. — Estendeu-lhe a mão — Desculpe, eu sou ! Thomas aceita sorridente ao cumprimento.

— Como já sabe, sou Thomas Brow! É um prazer conhece-la. Parece-me muito dedicada ao trabalho.

Ela, por alguns segundos, baixa a cabeça e, a olhar para o chão, comenta.

— Para mim, isso aqui é muito mais que uma profissão. As pessoas que vêm aqui necessitam de cuidados especiais e isso tem que ser feito com carinho. Muitos precisam de muito mais que cura física e Deus espera isso de nós.

Thomas fica a observá-la com admiração. Quanta perfeição em uma mulher! Era muito mais que um simples ser humano!

— Pelo visto, você frequenta alguma igreja. Ela sorri.

—Sou Católica desde pequenina quando meus pais me levavam a Igreja e me ensinavam a amar o próximo e a buscar a Deus a cada dia sem desanimar.

— Você é daqui da vila, ?

— Sim, há uns dez anos trabalho neste hospital, mas não sou muito de ir a festas, só a Igreja aos domingos de manhã. Com um sorriso de admiração, Thomas Brow continuou:

—Está explicado então.

Ela novamente fica intrigada:

— Explicado o quê?

— Porque não nos conhecemos antes. Também vou a Igreja, mas sempre à noite. - Desviou sua atenção para o paciente e mudou de assunto: — Há muito tempo que se conhecem?

— Não muito, há uns cinco anos. Nossa amizade começou na escola e, com o passar do tempo, passamos a compartilhar muitas coisas: jogo de futebol, festas, trabalhos escolares e outros. Até desabafo sobre garotas. Por isso sei o quanto seu amor por Charlotte é intenso, coitado! Era o tipo de amor com o qual sempre sonhei.

Cada vez mais envolvida com aquela conversa, parece mergulhar no mundo interior daquele rapaz. Parecia um pouco desiludido ao falar de relacionamento amoroso.

— Nunca se casou?

Ele respondeu secamente:

— Não. — Respondeu secamente.

Naquele dia, Thomas não pôde conversar com o amigo, pois os medicamentos cuidariam de mantê-lo num sono profundo por um bom tempo. Triste e, ao mesmo tempo, aliviado, decidiu voltar para casa. Se a doutora garantira que estava bem, não havia porque preocupar ainda mais. Afinal ganhara tempo para se preparar para o triste momento. Precisaria ser forte para encorajar o amigo.

Enquanto caminhava rumo a sua casa, Thomas ia refletindo sobre o que havia sido a sua vida. Sempre fora um cara sonhador. Desde pequeno, ajudava seus pais. No princípio, trabalhara nas lavouras das quais tiravam o sustento da família. Sua irmã, dois anos mais velha ajudava a mãe nos afazeres domésticos. Tivera uma infância feliz, pois gostava de levar a vida em contato com as florestas, rios e montanhas. Como apreciava acompanhar seu pai nas pescadas ou quando iam colher frutos de plantas nativas naqueles lugares que lhe transmitiam tanta paz. Jamais imaginara que um dia iria deixar tudo aquilo para trás. Era muito novo para entender. Neste mundo, tudo passa como uma nuvem no céu e há momentos em que temos que seguir em frente, deixar para trás aquilo que não podemos levar conosco. Assim é a vida.

Naquele momento podia entender por que seu pai abrira mão daquela vida simples de que tanto gostava. Pensara no futuro dele e de sua irmã. Recordava nitidamente o momento em que ele chamou sua mãe de lado e disse:

— Carolle, temos uma vida tranquila aqui, mas devemos garantir o futuro de nossos filhos. Eles já estão grandinhos, precisam ir à escola. Não vou deixar que cresçam assim como eu que mal sabe assinar o nome.

Carolle estava próxima à janela e conservou-se em silêncio por alguns segundos enquanto contemplava, pesarosa, aquela bela paisagem por onde caminhara tantas vezes a gritar com as vacas leiteiras para conduzi-las ao curral. A grama estava bem verde e, naquela planície, havia algumas árvores enormes que vira crescer por todos aqueles anos em que lá vivera. A sua vaca de estimação pastava a uns cinquenta metros da casa. Era branca com manhas escuras ao longo da região lombar. Dava um balde cheinho de leite saboroso! Pôde até ver o chacoalhar do rabo para afugentar os mosquitos que a incomodava. Era uma pena deixar tudo aquilo onde vira as crianças a correr no quintal por tantas vezes, mas sabia que seu marido estava certo: seus filhos precisavam mesmo ir à escola. Voltou-se ao companheiro de tantas batalhas:

— Concordo marido, mas como vamos fazer? Não podemos deixar nossas coisas para trás! Tudo que temos está aqui!

Ele entendia bem o que aquela decisão significaria para sua esposa, pois também estava com uma dor no coração só de pensar em desfazer daquele paraíso. Será que se arrependeriam? Não podia pensar muito para não correr o risco de mudar de ideia, pois havia refletido tanto nos últimos dias e só conseguiu revelar para sua companheira quando estava convicto do que deveria ser feito. Tratava-se de uma decisão racional, não podia ceder ao sentimentalismo naquela hora. Abraçou-a carinhosamente, tentando disfarçar o próprio abatimento.

— Querida, já tenho tudo planejado: Venderemos nosso sítio e tudo o que não pudermos levar; mudaremos para a Vila São Domingos e lá montaremos uma casa de comércio. Teremos que nos adaptar a um novo estilo de vida. Para o sítio já tenho até o comprador. Só depende da sua aprovação, minha amada esposa.

Carolle respirou fundo e, depois de um breve silêncio, observou deixando transparecer certo grau de preocupação:

— E se não der certo e ficarmos sem nada? Essa terra tem sido o nosso ganha pão por todos esses anos! — Afastou-se do marido e voltou a contemplar da janela aquele amado pedaço de chão.

John Wilson nada disse. Sentou-se num banco de madeira que ele mesmo havia construído há alguns anos e ficou a observar aquela que tinha sido sua fiel companheira desde o dia em que a levara para morar consigo naquele belo sítio. Era uma mulher de fibra a quem ele aprendera a valorizar. No início de suas vidas tiveram alguns desentendimentos, mas com o passar do tempo foram aprendendo a exercitar a arte do perdão e raramente acontecia alguma discussão entre eles, pois descobrira que era melhor, para ambos, trocar as desgastantes brigas pelo diálogo racional.

Não era mais aquela jovem que conhecera há vinte e cinco anos, aquela morena de pele lisa e de olhares espertos e cheios de vida, mas ainda conservava os traços que fazia dela uma mulher bonita. Seus olhos eram negros, o nariz não era fino nem largo; era proporcional aquele rosto, que continha lábios carnudos e que tinha muito a ver com uma nativa. Os cabelos negros brilhantes desciam como a um véu ao longo de suas costas e, parte deles, ela os conservava aparados acima dos olhos para não lhe dificultar a visão. Não era alta, media apenas um metro e sessenta e possuía seios pequenos e durinhos, apesar de não ser mais uma garota. A cintura fina, os quadris largos e as coxas grossas completavam o corpo daquela mulher que o amarrara por todos aqueles anos e, se dependesse de si, continuaria amarrado a ela pelo resto de seus dias.

Era difícil se separar daquele pedaço de chão, mas iriam para a cidade, era preciso. Há momentos em que um homem deve deixar o apego às coisas materiais de lado em benefício dos seus. Sentiu falta do toque carinhoso da sua mulher, levantou-se e foi ao seu encontro.

— Carolle, não fica assim não! Imagino que sabe o quanto isso está me custando!

Ela virou-se para ele e tentou esboçar um sorriso que mais pareceu uma careta.

— Tudo bem, meu homem, estamos nessa junto! Afinal, nesse mundo, nem tudo são flores!

Naquele exato momento, ouviram o barulho provocado por um bando de paturis tagarelas que passou voando. Os dois se aproximaram da janela par observá-los.

— Veja, também estão de mudanças assim como nós. Até eles sabem quando chega o momento de mudar de ares.

Carolle se manteve em silêncio, mas sua reação demonstrou que estava de acordo: Abraçou o marido, carinhosamente e, em resposta, John Wilson deixou a mão direita deslizar suavemente sobre seus cabelos macios. Por um bom tempo, ficaram colados, um no outro, imóveis, feito duas estátuas a olhar por aquela janela. Tudo ficaria bem, sua casa de comércio iria dar certo e ganhariam a vida também na cidade. Era um homem inteligente, saberia se virar. Não tinha leitura de livros é claro, mas sabia ler a vida.

Poucos dias depois tudo aconteceu como John Wilson planejara. Eles mudaram para a Vila São Domingos E Thomas, já um garotão, começou a frequentar as aulas juntamente com Elizabeth, sua irmã. No início das aulas, Thomas Brow ficou constrangido por ser mais velho que os demais alunos da sua classe. Ele se sentia meio perdido, mas mesmo assim, seu rendimento era surpreendente, motivo suficiente para proporcionar alegria aos seus pais que sonhavam com o sucesso escolar dos filhos. Tinha valido a pena mudar para a cidade! O tempo foi passando e a vida daquela família foi entrando nos eixos novamente. Como previra seu John Wilson, ele tinha inteligência o bastante para fazer seu novo negócio prosperar. Montara um mercado e, com o apoio da esposa Carolle e filhos, foi pouco a pouco ampliando seu estoque e conquistando novos clientes. Não demorou muito para que se tornassem uma família influente na vila.

Thomas continuava muito aplicado nos estudos até o dia em que um acontecimento veio a interferir em seu progresso.

Depois de chegar da escola, encontrou sua mãe a passar roupas.

— O que aconteceu, minha mãe, o dia de passar roupas
não é na terça-feira?
Dona Carolle levantou a cabeça, sorridente:

— Seu espertinho! O que pensa ter acontecido? Por acaso
eu não poderia mudar o dia de passar as roupas?

Ele continuou a observá-la com um olhar de quem não
estava convencido. Algo de anormal estava acontecendo.

— Sei disso, mãe, mas algo me diz que não é simples-
mente o fato de querer mudar o dia de passar as roupas.

Carolle interrompe o que estava fazendo, deposita o
ferro de passar num canto da mesa e passa as mãos sobre a
cabeça:

— Está ficando muito esperto, garoto! — Abre uma das
gavetas do seu velho guarda-roupas de madeira e pega um envelope. — Veja você mesmo.

Sem perda de tempo, Thomas pega o envelope, abre-o e
encontra um convite para uma festa de casamento:
" Para Seu John Wilson e família"

— Mãe, é do casamento da Estefani! Ela vai se casar com
aquele fazendeiro barbudo que vem aqui fazer compras todo
mês.
— Sim, Thomas, o nome dele é Luky.
Thomas percorre os olhos pelo cartão de convite:
— Verdade, mãe, o nome dele está aqui.

Estefani era uma boa moça. Fora uma das primeiras pessoas com quem Carolle fizera amizade na Vila São Domingos.
Com frequência ela ia visitar a família de Carolle e passava um
bom tempo jogando conversa fora. Comparecer àquele casamento seria uma honra para eles, não só pela amizade, mas
também porque o comércio agradeceria, pois seria de fundamental importância para os negócios a participação da vida da
comunidade.

O local da festa não ficava longe, bastavam apenas uns
quinze minutos de caminhada.

Assim que chegaram, depois de receberem as boas-vindas, John Wilson e sua família foram conduzidos a uma mesa situada a poucos passos do altar e Thomas Brow sentara-se numa das cadeiras que lhe permitia ter uma visão geral do ambiente.

No centro do salão, havia uma passarela preparada com um longo tapete vermelho que formava um corredor entre duas fileiras de vasos de barro cheios de rosas vermelhas. Nas paredes, várias imagens pintadas retratavam casais que em ouras ocasiões haviam se casado naquele local. À frente, existia uma espécie de altar formado por uma mesa enfeitada com papéis coloridos e, de frente para o público, havia uma cadeira reservada ao celebrante. Do outro lado da mesa, duas cadeiras macias foram colocadas para os noivos.

Havia muita gente e Thomas Brow passou a observar o vai e vem dos presentes. Moça bonita era o que não faltava. Entre tantas, uma morena esbelta foi a que mais lhe chamara a atenção. Tinha os cabelos castanhos e cheios de caracóis.

Da mesma forma que ele se sentira atraído por aquela moça, o mesmo parecia ter acontecido em relação a ela por ele. Com frequência, eles se flagravam a olhar um para o outro e seu coração batucava acelerado.

Aquela garota havia gostado dele. Era linda e gostara dele! Nunca havia passado por uma situação semelhante, por isso se sentia embaraçado. Como desejava se aproximar dela e dizer um olá, mas só em pensar em tal situação, sentia as pernas perderem as forças e um frio constrangedor tomava posse de sua barriga. Por que ele era daquele jeito? Por que não reagia como os outros rapazes que se aproximavam das garotas e conversavam sem embaraço? Tinha que reagir, mas o que faria para se livrar daquele incômodo mal-estar? Se desse bobeira, outro poderia ser mais rápido que ele e a tomar para si. Tais pensamentos o impulsionaram a sair da sua cômoda cadeira e caminhar no meio daquele povo. Fizera questão de passar tão próximo daquela morena charmosa que até chegara a roçar o corpo no dela, mas outra vez sentira o coração disparar. A timidez era muito forte para ele ousar algo mais. Ao contrário do que desejava, sentiu necessidade fugir do meio daquelas pessoas, de caminhar um pouco mais para se refizer do embaraço. Precisava sair do salão de festa, mas seus pensamentos não lhe deixavam sossegar. Como havia gostado de sentir o contato. Teria ela também gostado? E se ele estivesse enganado? Saiu do salão de festas e, ao ver um esquecido e velho banco de madeira logo à frente, numa espécie de jardim, resolveu se sentar um pouco para refletir.

Estava chateado consigo mesmo, não aceitava aquela atitude covarde, mas não encontrava força ou coragem suficiente para ir à luta. Por que ele era daquele jeito? Será que nunca iria ter coragem suficiente para conquistar uma namorada? Precisava de ajuda, aquela situação tinha que mudar!

Enquanto estava mergulhado em seus pensamentos, nem percebera alguém a se aproximar. Viera em sua direção e se sentara a seu lado.

— Oi!

Ouvira aquela voz de mulher e percebera que ela se encontrava sentada no mesmo banco. Estremecera por completo. O coração parecia querer sair pela boca só de pensar quem poderia estar ao seu lado. Fizera um enorme esforço para responder ao cumprimento:

— Oi!

— Parece triste!

Criou coragem e levantou a cabeça para constatar o que já imaginava. Era ela, a moça que o deixara naquele estado. Com extremo esforço, respondeu:

— Não, Só estava pensando.

Depois de alguns minutos sem que ele nada dissesse, ela quebrou o silêncio:

— Desculpe, acho que estou te incomodando! - Depois de alguns segundos de silêncio entre os dois,

levantou-se sem que Thomas Brow dissesse algo mais de convincente para impedir. Ele quis muito ter dito tantas coisas, falar do que estava sentindo por ela, mas não sabia como. Sentiu-se impotente, tão desconcertado com aquela situação que o máximo que conseguiu pronunciar foi:

— Você não está incomodando, pode ficar se quiser.

A moça olhou para ele com um sorriso meio sem graça:

— Vou voltar para o salão. Devem estar procurando por mim, mas antes deixa eu me apresentar. Estendeu-lhe a mão:

— Eu sou Jacira.

Thomas segurou-lhe a mão macia que ela havia estendido a ele. — Eu sou Thomas, Thomas Brow!

— Você está trêmulo! Acho que não está bem.

Ele sentiu certo pavor por ela ter percebido seu estado e desejou que ela fosse logo embora.

— Eu estou bem. Sou assim mesmo.

— Não sei não, vou deixar você só. Acho que minha presença não é muito agradável.

Virou-lhe as costas e foi se afastando enquanto ele ficou a observá-la inconformado. Queria tanto falar-lhe coisas bonitas, revelar o quanto desejava que ela permanecesse naquele banco com ele até o final da festa, mas o que fizera? Ficara bobo, nada dissera para demonstrar o quanto a queria! Era mesmo um atrapalhado, tivera a chance de conquista-la e jogara fora. Precisava encontrar um jeito de vencer aquela timidez. Caso contrário, jamais seria feliz.

Naquela noite, Thomas não teve coragem de voltar para o salão. Contrariado consigo mesmo, continuou só, sentado naquele banco e, enquanto o tempo passava, ficou ouvindo o barulho, que vinha das canções, das conversas animadas e das gargalhadas daqueles mais desinibidos até a festa acabar.

Já passava da meia noite quando voltaram para casa. Seus pais quiseram saber por que o filho não participara da festa e ele disse que não estava se sentindo bem no meio daquele povo todo.

No dia seguinte, Thomas Brow não pensava em outra coisa a não ser no seu embaraço na festa e lamentava consigo mesmo pela chance perdida, mas como a vida segue sempre para frente, continuou seus estudos e conseguiu um emprego de entregador de pães. O tempo foi passando e, com ele, as lembranças daquele infeliz episódio foram se distanciando gradativamente, com o passar dos dias, deixando de lhe causar tanto incômodo.

Perdido nos pensamentos, Thomas Brow acabou se esquecendo de que era um dia de trabalho. Não era mais um garoto vendedor de pães, mas o responsável - junto com o pai – pelas vendas do mercado. Olhou no relógio.

— Meu Deus! Já passou do horário de abrir! Logo hoje que meu pai não está!

O resto do dia passou sem nenhum transtorno e as atividades relacionadas ao mercado foram desenvolvidas como de costume.

Depois de uma noite repleta dos mais belos sonhos, Thomas Brow acordou entusiasmado. Levantou-se da cama decidido a voltar ao hospital para visitar o amigo. A doutora — E que doutora! — Garantira que ele iria estar melhor e que, no dia seguinte, poderiam conversar. Olhou no relógio, companheiro inseparável, apenas cinco da manhã, tempo suficiente para fazer a barba e se aprontar, pois além de ir ver como estava Carter, certamente encontraria aquela deusa. No dia anterior, tivera uma boa conversa com ela. era de fato uma mulher adorável. Precisava estar bem apresentável! Por acaso estaria apaixonado? Seria ela aquilo tudo ou era carência? Há muito tempo estava só, mas em sua cabeça permanecia vivo o sonho de algum dia encontrar uma mulher que viesse a gostar de sua companhia e que estivesse disposta a segurar-lhe a mão ao longo da vida.

Depois de tomar banho, fazer a barba, vestir-se com uma calça Jens e uma camiseta polo azul marinho, Thomas Brow saiu de casa. Já passava das sete da manhã, acreditava que já seria hora de visita no hospital. Estava confiante de poder conversar com o amigo. Saber o que estaria pensando da vida depois do trágico acidente. Como sentia falta das suas conversas! Mal podia esperar para comunicar-lhe sobre o que se passava consigo. Precisava saber o que ele teria a lhe dizer. Ninguém melhor que Carter para tratar de tão precioso assunto. Porém, subitamente, sua consciência lhe advertiu: Coitado, não podia lhe falar sobre os seus sentimentos, não no momento em que ele estivesse arrasado! Apesar das desilusões com a vida, Carter era um rapaz cheio de fibra. — Assim acreditava. Rezava para que sua força interior desse um jeito de trazê-lo de volta, restaurasse sua determinação e ânimo para continuar vivendo. Dele, Thomas Brow, o amigo poderia contar com o apoio necessário para superar a perda da mulher amada.

Eram tantos os pensamentos a povoar sua cabeça que Thomas Brow sentia-se flutuar enquanto se aproximava do hospital. Quando chegou, seu coração batucou acelerado ao ver que, toda de branco, a doutora Catherine vinha ao seu encontro. Puxa vida, como estava linda. Os cabelos, parcialmente presos, a deslizar sobre suas costas, cintilavam. Usava batom vermelho a evidenciar seus belos e fartos lábios carnudos. Parecia mais encantadora que no dia anterior. — Engoliu saliva — Aproximou-se dela e estendeu-lhe a mão para cumprimentá-la:

— Bom dia, doutora Catherine!

Ela, com seu jeito elegante, apertou-lhe a mão suavemente.

— Bom dia, Senhor Thomas Brow!

Thomas Brow sentiu um frio na barriga, mas fazendo um esforço estupendo, decidiu ir em frente.

- Apesar de ainda não nos conhecermos tão bem, que acha de deixarmos as cerimônias de lado? Você é bem jovem. - Comentou Thomas um pouco embaraçado com a situação. continuava sorridente - Para mim tudo bem!

Depois de alguns segundos de silêncio, ela retomou a conversa: - Então a partir de agora, vou te chamar de Thomas Brow. Não vejo necessidade de continuar a me referir a você com o termo senhor.

Thomas assentiu com a cabeça em sinal de aprovação.

- E eu, de minha parte, deixarei de usar o termo doutora. A partir de agora, será por mim chamada apenas de Catherine, certo?

Outra vez suas mãos se encontraram e selaram o acordo.

Catherine respirou fundo e, depois de olhar em direção ao quarto onde estava Carter, comentou:

– Vamos ver como anda seu amigo? Dessa vez ele se encontra acordado e parece mais lúcido. Até tem perguntado por você.

– Tem razão! Vamos sim. Afinal, foi para isso que eu vim!

Saíram caminhando por aquele corredor, cujas paredes, apesar de limpas, careciam de pintura nova. Calmamente, foram caminhando. Cruzaram duas portas de cada lado e, na terceira do lado esquerdo, entraram.

– Agora ele está aqui. – Disse enquanto examinava, com o olhar, o interior do apartamento. – O espaço é melhor, e o leito proporciona maior conforto.

Thomas também percorreu com os olhos atentos o interior do quarto.

– Tem razão. Parece bem mais agradável!

Carter permanecia deitado, imóvel e voltado para a parede; encontrava-se com as mãos sob o travesseiro, onde mantinha a cabeça apoiada. Ao reconhecer a voz do amigo virou-se instantaneamente.

– É você, amigão! Chega caladinho e não me diz nada!

Thomas sorri, coça a cabeça meio atrapalhado.

– Relaxa Thomas, estou brincado! Sei que você é um amigo de verdade! Sabia que não me abandonaria aqui nessas condições. – Piscou para Catherine. – A doutora não tem dó dos pacientes: é uma injeção atrás da outra!

Thomas aproximou-se da cama e sentou perto do amigo.

– Jamais abandonaria um amigo como você! Somos parceiros pro que der e vier! Fala-me: Como você está se sentindo?

Mesmo transparecendo profundo abatimento, Thomas procurou passar a imagem de que estava bem. Até forçou um sorriso, mas sua resistência não era tão forte como queria demonstrar.

– Comigo não precisa esconder sua fragilidade, amigo! Sei o quanto Charlotte representava para você! – Tocou-lhe, suavemente, os cabelos em sinal solidariedade.

Diante das últimas palavras do amigo, Carter deixou cair a máscara: –Não está nada fácil, amigo! Parece que morri por dentro! Ela era minha vida! Agora estou perdido! O que vou fazer dos meus dias? Já não tenho mais sonhos, ela os levou consigo!

Thomas Brow sentiu um forte impacto naquelas palavras. Fez um esforço sobre-humano para não chorar na frente do amigo. Gostava muito dele para vê-lo naquele lastimoso estado. O que poderia fazer para aliviar aquele peso que ele sentia? O que poderia fazer para devolver-lhe a vontade de viver? Confuso, tocou-lhe no ombro: — Sei o que está passando, amigo! Consigo me colocar em seu lugar e posso sentir parte da sua dor. O que posso te garantir é que estamos juntos nesta batalha e que pode contar com este amigo que se encontra a seu lado! Carter tentou sorrir:

— Como alguém que ama tanto uma mulher pode superar uma perda como essa?

Sensibilizada com a conversa dos dois amigos, Catherine se aproximou um pouco mais.

— Carter, posso ver o quanto está abatido, mas um dia de cada vez, por favor! Não vamos intensificar ainda mais o sofrimento! Pensar no como será o futuro é sofrer por antecipação. Creio eu que o que já está tendo que suportar é mais que suficiente. Procure acreditar que Deus pode cuidar de tudo isso.

— Deus! Não posso esperar nada de um Deus que permite tamanha tragédia. O nosso amor era do tamanho do infinito! Por que ele a levou? Com certeza, se existe um Deus, ele está pouco se lixando pelo que estou sofrendo!
Thomas interfere:

— Catherine tem razão, companheiro! O amanhã não se pode ver, é incerto!

Thomas mal acabara de concluir a frase quando uma enfermeira se aproxima:

— Doutora, chegou um paciente que carece do seu atendimento! colocou as mãos na cintura e justificou e se desculpou:

— O dever me chama! Gostaria de poder ajudá-lo de uma maneira mais efetiva, Carter, mas tenho que admitir que não posso fazer muito! Vai depender da sua força interior para seguir em frente! Vejo que tem um amigo de verdade para ajudá-lo a encontrá-la!

Virou as costas e saiu com passos rápidos logo atrás da enfermeira.

Mal elas se afastaram, Carter se voltou para Thomas Brow:

— Thomas, tem algum lance acontecendo entre você e a doutora ou estou enganado?

O sorriso do amigo diante da pergunta foi o suficiente para Carter concluir que realmente estava rolando uma química entre os dois. Isso é muito bom, amigo! Sempre desejei que encontrasse alguém como eu. — Deu uma pausa e olhou para baixo, demonstrando que a possibilidade de o amigo ter encontrado uma pessoa que o fizesse suspirar tinha feito com que ele, Carter, por alguns segundos, acabasse se esquecendo do seu terrível tormento. Percebendo o que se passava, Thomas intervém:

— Que destino, amigo! Acredito estar preste a conquistar uma mulher que parece ser minha cara metade justamente quando você perde o amor da sua vida!

Novamente, Carter pareceu se livrar do terrível sentimento que o consumia.

—A doutora parece ser uma mulher maravilhosa! Ela é linda! Thomas assentiu com a cabeça:

— Também acho. Na verdade, estou encantado, mas acho que é muita areia para o meu caminhãozinho. Eu, um fracassado no casamento, trocado por outro, seria muita sorte, meu velho!

Carter toca-lhe o ombro:

—Que isso, camarada! Ela é que tem muita sorte! Eu te conheço a um bom tempo! Sei o valoroso homem que é! A mulher que outrora foi sua esposa é que não te merecia!

Ainda conversavam sobre a admirável doutora quando notaram a aproximação de uma enfermeira baixa e gordinha, usando um jaleco branco e uma saia bege, vestimenta igual a de outra enfermeira que antes aparecera.

– Bom dia rapazes! Sei que o assunto de vocês está bom, mas preciso interrompê-los. É bom ver Carter conversando assim. Ele tem estado tão abatido que até dá pena!
Thomas se levantou da beirada da cama.

– Tem razão, a situação dele não é nada fácil! Eu sou testemunha do amor mais profundo que alguém poderia ter!

Depois que a enfermeira entrou com os medicamentos, Carter adormeceu profundamente, induzido pelos medicamentos e Thomas voltou caminhando lentamente para casa. Por que a vida tinha que ser tão cruel? Por que as pessoas deveriam morrer? Por quê? Estava feliz com a recuperação do amigo, mas não se conformava com as determinações do Destino. O amigo havia encontrado a companheira ideal, o sonho de qualquer homem, mas num maldito acidente, tinha-a perdido para sempre. E ele, Thomas, até chegara a se casar, mas no que resultou? Fracassara. Com certeza cometera erros, mas não merecia ser trocado. Ele a amava, mas ela zombara dos seus sentimentos! Sofrera, mas o que passara não podia ser comparado ao que vivia seu amigo. O Destino parecia gostar de brincar com os sentimentos das pessoas e, talvez por ironia, viera a colocar em seu caminho uma mulher maravilhosa justamente na ocasião em seu amigo vivia seu maior tormento. Por quê? Estaria ele, Thomas, sonhando ou aquela deusa era real e gostava mesmo dele? Seu amigo percebera que havia algo acontecendo. Se estivesse mesmo certo sobre aquela mulher, realizaria seu maior sonho. Apagaria do seu passado tortuoso todas as lembranças amargas e viveria para Catherine. Tentaria fazer dela a mulher mais feliz da Terra. Seria capaz? Teria que ser! Isso se o intrometido Destino permitisse!

Naquele mesmo dia, chegou a sua casa, conversou com os pais sobre o estado do amigo e assumiu os trabalhos no mercado. Estava com sono, muito sono e, devido ao fraco movimento de clientes naquele final de dia, veio a cochila com a cabeça apoiada no balcão.
– Olá!

Acordou assustado e seu coração bateu tão forte que chegou a pensar que sairia do peito. Catherine, em pessoa, estava a sua frente a esboçar aquele belo sorriso que tinha o poder de abalar suas estruturas.

– Desculpe Thomas! Parece que te assustei. Não tive essa intenção, perdoe-me! – Permaneceu imóvel a sua frente meio sem graça.

– Que isso meu amor! – Ficou vermelho– Desculpe foi sem querer, Catherine! E, quanto a você, não precisa se desculpar, na verdade, eu é que não deveria dormir no trabalho!

Estendeu-lhe a mão. – Como você está? E meu amigo, traz notícia boa?

Catherine deu um passo à frente, segurou-lhe a mão e sentiu um forte desejo de ser envolvida pelo abraço daquele homem que, nos últimos dias, vinha ocupando o centro de seus pensamentos. Ele, por sua vez, estremeceu ao sentir-se tocado pela mão macia e quente de Catherine.

– Estou bem! Seu amigo também tem se recuperado fisicamente, mas precisa muito de você para superar emocionalmente daquela terrível tragédia.

– E, se não bastasse – Comentou Thomas, franzindo as sobrancelhas – depois que vencer essa batalha, ainda terá que enfrentar a justiça. Que Deus o ajude para que não seja condenado pela morte da mulher amada! Que batalha!

Entre eles fez-se um breve silêncio e Catherine desviou os olhos para uma das prateleiras do mercado, tentando disfarçar o que sentia por aquele homem que se encontrava bem a sua frente. Era muito charmoso e, para complicar-lhe a situação, aquela camisa xadrez em azul e preto contribuía para deixá-lo ainda mais atraente. Suspirou fundo e voltando a encará-lo, retomou a conversa:

– Thomas Brow, Além de trazer a notícia, vim também para fazer umas compras para casa. Estou precisando de frutas, carne, tempero, material para limpeza...

Ela pegou um carrinho, ele a acompanhou por entre as prateleiras e, sem que a moça percebesse, Thomas Brow a apreciava. Aquela a visão que o impulsionava a sonhar acordado era muito mais do que imaginara para si. Cada vez que a via, parecia mais bela. Naquele dia, usava um vestido preto e justo que contribuía para realçar ainda mais as belas curvas daquela mulher e, nem mesmo os quilinhos acima do peso eram capazes de prejudicar sua elegância natural; ao contrário, cooperavam para acentuar-lhe ainda mais a sensualidade. Seus cabelos desciam em forma de cachoeira ondulante com seus caracóis a iluminar o ambiente não muito claro daquele recinto. Eram longos, quase alcançavam o bumbum que, sem dúvida, fazia as concorrentes morrerem de inveja e Thomas ficar cheio de ciúmes só em pensar que muitos outros homens a desejaria. Muita areia! Desistiria de sonhar? Nunca! Moveria o mundo para que ela fosse sua! Só sua!

Catherine permaneceu por pouco tempo no mercado dos pais de Thomas, mas foi o suficiente para deixar o rapaz atordoado por insistentes imagens daquela que, nos últimos dias, vinha sendo o centro de seus pensamentos. Não conseguia desvencilhar-se da visão que tivera daqueles lábios enegrecidos por um batom brilhante que, na ocasião, ela usava. Eram muito tentadores! Sabia muito bem se produzir. Desde os sapatos pretos de saltos medianos ao esmalte que combinava com o negro do vestido justo a realçar-lhe sensualidade, tudo contribuíra ainda mais para a sua obsessão por ela. Estava, de fato apaixonado, mas sentia medo, medo de não conseguir conquistá-la. No entanto, de que adiantaria se si transformara num carro desgovernado? Perdera, completamente, o freio do seu coração em plena descida.

Atrás do balcão, Thomas Brow permanecia imóvel a recordar o momento em que Catherine concluíra suas compras e caminhara elegantemente rumo à porta de saída. Ele seguia a seu lado enquanto o coração batia acelerado. Precisava tentar algo, era a oportunidade. Uma vez um amigo lhe dissera que, em se tratando de mulher, se não se aproveitam as oportunidades no momento certo, a conquista se torna muito mais difícil depois. Tinha que tentar, mas como se o nervosismo não o deixava pensar? O coração parecia querer sair pela boca! A batalha consigo mesmo era terrível. Antes de entrar no veículo a sua frente, Catherine se voltou para ele com um sorriso envolvente.

– Foi bom te ver!

Thomas, sentindo um fogo abrasador a queimar por dentro, correspondeu-lhe com um sorriso tímido.

– Para mim também, aliás, sempre é bom te ver! – Comentou fazendo um esforço sobre-humano para encará-la nos olhos ao mesmo tempo que sentia o coração a batucar por dentro. – Verdade? – Por alguns segundos ficou em silêncio sem saber o que dizer. Desviou o olhar para a calçada, do outro lado da rua, tentando disfarçar o embaraço que sentia. Gostava daquele homem, aquilo não podia negar, mas será que daria certo? Suspirou fundo, voltou-se para ele e estendeu-lhe a mão com expressão séria:

–Pretende visitar o seu amigo antes que receba alta?

Trêmulo, Thomas Brow segurou-lhe as mãos macias.

— Sim! — Fez-se um breve silêncio, mas suas mãos continuaram ligadas. Depois, olhou-a nos olhos. Era notável a tensão nervosa que ele sentia, mas era naquela hora ou nunca. Precisava aproveitar a ocasião, mesmo que ela viesse a lhe dizer não. Apertou-lhe a mão suada:

— Que acha de sairmos para jantar num dia desses?

Como era desconcertante o que sentia naquele momento! Parecia um adolescente com seus quase quarenta anos. Aquela ansiedade poderia pôr tudo a perder!

— Por que não? — A moça sorriu. — Acho uma boa ideia Senhor Thomas Brow!

Thomas não sabia se ficava feliz ou preocupado. Ela aceitara o convite, mas usara aquela expressão que estabelecia um distanciamento entre eles. "Senhor Thomas Brow! " Juntou coragem para prosseguir:

— Que acha de sábado? — Soltou-lhe a mão e saiu lentamente a empurrar o carrinho de compras. Ele a acompanhou.

— Certo, então ficamos combinados. Ela se virou para ele.

— Sim.

Por fim, depois de haver guardado as sacolas de compras no portamalas do carro, despediram. entrou no veículo, ligou o motor e saiu lentamente.

Thomas Brow ficou de pé em frente ao mercado a contemplar aquele sedan prata se afastando lentamente e levando consigo aquela, que nos últimos dias, havia se transformado em seus sonhos, suas melhores expectativas de futuro. Que pena! Por que não a conhecera antes? Tinha que ter sido ela! Estava certo: era sua cara metade e ele não a deixaria escapar! Ainda seria feliz no amor! Realizaria seus sonhos!

Depois de alguns minutos Catherine, chegou a sua casa, deixou o carro na garagem, abriu a porta e atirou-se no sofá da sala. Estava cansada, mas feliz e sabia muito bem o motivo: Thomas Brow. Com certeza ele estava gostando dela. Pudera perceber pelo jeito que ele a olhava. Quando ele a convidara para sair sentira medo, será que deveria se deixar levar? Como saberia se não se arriscasse? Ele a queria e ela seria dele. Tinha tudo a ver com o que pedira, em oração por tantas vezes. Finalmente encontrara o homem de sua vida. Que bom que a convidara para sair! Deus a ouvira e colocara em seu caminho aquele homem maravilhoso! Iria conhece-lo melhor. Entrou no seu quarto e se livrou do vestido, que lhe apertava a cintura. Queria ficar elegante, mas aquela roupa estava lhe tirando o fôlego. Sentou-se na cama vendo o guarda-roupa que se encontrava com as portas escancaradas. Precisava de uma roupa nova. Naquele jantar teria que estar linda, linda para Thomas Brow!

A semana passou e finalmente o sábado chegou cheio de promessas. Desde o dia da visita de Catherine, Thomas não mais a vira, nem mesmo quando fora visitar Carter. Estava ansioso, bastante ansioso. Aquele seria o encontro de sua vida, a chance de que precisava para dar um colorido a seu mundo preto e branco da até então. A companheira tão incômoda, a inseparável solidão, finalmente o deixaria. Seus dias de deserto se transformariam em jardins floridos. Era tarde, o dia estava indo embora e, com a aproximação do momento de poder rever Catherine, Thomas Brow ficava cada vez mais tenso.

Que roupas usaria? Com aquela ideia na cabeça, levantou-se da cama, onde se sentara há alguns minutos e foi verificar as opções que havia a sua disposição no seu velho guardaroupa de madeira. Abriu uma das portas que respondeu com um triste rangido e, depois de alguns instantes de indecisão, suspirou aliviado:

– Tenho esta camisa branca que só usei numa ocasião há um bom tempo! Essa vai cair bem com minha calça nova! Branco com bege combina.

Resolvido o impasse da escolha da roupa, foi se banhar. Não poderia se atrasar.

Ao contrário de Thomas Brow, a doutora vivia um drama. Estava se sentindo atormentada por sua incapacidade de definir como se vestiria. Queria estar linda para aquele encontro.

Envolvida naquela situação, ela não se deu conta de que o tempo passara e apavorou-se ao ouvir o toque da campainha. Olhou, impulsivamente, para o relógio de parede, localizado um pouco acima do espelho para ajudá-la a se situar no tempo enquanto estivesse se aprontando. Adorava ficar em frente ao espelho, pois se achava bonita. Não sou de jogar fora! Ao contrário, sou uma princesa e um dia ainda encontrarei, o meu príncipe encantado. Será que é Thomas? Viajava em seus pensamentos quando a campainha voltou a tocar e seu coração disparou.

– Meu Deus, é ele! Como pude me distrair por tanto tempo? – Deu uma última olhada no espelho, ajeitou os cabelos e se dirigiu à porta. – Quem é?

– Sou eu, Thomas Brow! – Catherine abriu a porta e se deparou com aquele homem que a cumprimentou sorridente:
– Bom dia senhorita!
Ela saudou-o com um beijo no rosto.
– Nossa, como você está elegante!

Ele, tentando se livrar da incômoda ansiedade, tocou de leve no rosto daquele que havia se tornado a razão de seus sonhos.
– Você é que é linda! Linda não, encantadora!

Que nada, como pode ver, ainda nem me aprontei! – Gesticula para mostrar que ainda se encontrava com a roupa de trabalho – Fique à vontade enquanto ponho um vestido. Prometo não demorar muito! – Fique tranquila, sorriu, eu sei que as mulheres levam mais tempo para se aprontar! Está tudo bem! Eu é que fiz questão de ser pontual, mas não tenho pressa.

Catherine voltou para o quarto e Thomas Brow sentou-se no sofá da sala. Que sorte era a dele! Por que não a conhecera antes? Há pouco dias estava desiludido, mas as coisas haviam mudado de um momento para outro! Estava feliz, muito feliz! Ainda se encontrava em seu mundo interior quando a porta do quarto se abriu e ele a avistou aparecer esplêndida a esboçar lhe um luminoso sorriso.

– Como estou? – Girou-se na ponta dos pés. – Estou apresentável para te acompanhar ao jantar?

Thomas a princípio, não teve palavras. Suspirou fundo buscando inspiração. Parecia até lhe faltar o ar. Como estava linda. Linda e para ele. Radiante, com aqueles cabelos encaracolados e luminosos a molejar, mesmo aos mínimos movimentos. Bem a sua frente estava aquela estrela, a mulher que, ultimamente, não saia de seus pensamentos. Ambos se fitavam sorridentes e ele, pôde observar, de perto, aqueles cabelos sedosos que pareciam ter luz própria. Continham um tom louro escuro a combinar a combinar perfeitamente com seus olhos verdes. Escolhera bem aquele conjunto composto por um blazer verde escuro e uma saia preta. Seu corpo possuía belas curvas. Ela era um anjo que Deus havia colocado em seu caminho! Será que ele merecia tanto?

– O que foi Thomas Brow? O gato comeu sua língua? Se não gostou da minha roupa pode dizer! Sei que gordinhas como eu não ficam bem com determinados tipos de roupas.

– Nada disso, querida. você está vislumbrante, impecável!
Catherine enrubesceu, deu um passo atrás.

– Assim você me deixa sem graça! – mais uma vez Girou o corpo sobre a ponta dos pés. – Estou mesmo de acordo?

Com um sorriso de satisfação, ele moveu a cabeça em sinal de aprovação.

– Claro, minha deusa! Você está, de fato, encantadora!

Recuperada a confiança, mediante aos elogios recebidos, a doutora voltou a se aproximar de Thomas Brow, segurou-lhe a mão direita. Em resposta, ele apertou a mão da moça carinhosamente e a arrastou para si. Quando seus corpos se tocaram ele pôde sentir que não era somente seu coração que batucava feito um tambor; o dela também estava acelerado.

– Devemos ir se ainda pretendemos jantar! – Advertiu-lhe a moça, enquanto se desvencilhava. A tentação era assustadora, mas não iria perder o controle. Não naquele momento. Ainda era muito cedo para avançarem e estragarem tudo.

– Tem razão! – Concordou Thomas Brow enquanto a observava.

Também estava com a respiração ofegante como ele.

– Vamos!

Catherine estendeu-lhe a mão. Os dois caminharam em direção ao carro e pouco tempo depois, pararam em frente à fachada daquele ambiente tão apreciado pelos moradores da Vila São Domingos. Ele desceu e deu a volta para abrir a porta do veículo para sua querida enquanto ela o admirava com satisfação. Depois, ele lhe estendeu a mão:

– Vamos princesa!

Ela sorriu e ele, vivendo o seu mais ousado sonho, a ajudou sair do carro. De mãos dadas, seguiram determinados rumo à porta que dava aceso ao salão. Thomas elevou os olhos e pronunciou em voz alta:

– Churrascaria Bom sabor!

Catherine ofereceu-lhe o braço:

– Eu sou uma dama, você cavalheiro!

Ele sorriu, soltou-lhe a mão e, de braços dados, prosseguiram. Com a aproximação, podiam ouvir, cada vez mais nítido, o som de uma música suave e apreciar o aroma agradável de comida que lhes vinha ao encontro.

Ao chegarem na entrada do salão, perceberam que quase não havia lugares vazios para eles. Procuraram, com olhares aflitos, por uma mesa mais afastada do centro, mas todas estavam ocupadas. Apenas numa, localizada bem no fundo e, do lado direito havia apenas um velho de cabelos e barba longos e brancos que estava atento ao movimento deles. Por fim, notaram que aquele senhor acenava com uma das mãos para que se aproximassem. Catherine cutucou de leve nas costelas de Thomas:

– Vamos dividir aquela mesa lá do fundo com aquele senhor de cabelos brancos! Ele acenou para que nos aproximássemos.

Não muito satisfeito com a ideia, Thomas Brow argumentou:

– Não seria melhor procurarmos uma mesa só para nós?

A moça se voltou para ele carinhosamente.

– Também acho, mas quero ficar num lugar mais afastado.

Prosseguiram caminhando lentamente através de um dos corredores formados por mesas onde as pessoas conversavam animadamente. Ao chegarem ao local onde o velho estava assentado, Thomas ficou intrigado: Aquele velho transmitia, apenas com o olhar, um ar de mistério. Devia ser muito sábio e carregar milhões de histórias. Sobre os longos cabelos brancos e reluzentes, havia uma boina cinza também envelhecida certamente pelo longo tempo de uso. Conservava sua barba branca, sem fazer talvez por anos, amarrada por uma xuxinha sob o queixo fino e marcado pelos longos anos de experiência.

– Não vão me desejar boa noite? – Interpelou-os o velho de cabelos longos, a encará-los com um olhar penetrante e a sorrir-lhes, deixando à mostra seus dentes brancos e impecáveis a contrastar com a lógica do tempo, deixando-os admirados. – Parecem confusos. Sei do que estão precisando. Entendo como são essas coisas. Podem se sentar e ficarem à vontade! Vou deixá-los a sós! se apressou a contestar:

– Não precisa sair senhor, podemos dividir a nessa! Caso contrário, nós procuramos outro lugar. O senhor estava aqui primeiro, não é justo!

O bondoso velho voltou a sorrir.

– Deixe de ser boba menina! Eu quero fazer isso! É importante ficar a sós no primeiro encontro! – Levantou-se da cadeira e saiu.

O casal ficou intrigado. Aparenta velho, mas se movia como a um jovem! Como poderia saber que era o primeiro encontro?

Intrigados, ambos se fitaram por alguns segundos.

– Quer ouvir uma história interessante? – Thomas a interrogou. Ela sorriu.

– Claro.

Thomas começou a narrar enquanto massageava lhe suavemente a mão direita;

–Um dia um amigo me contou que aconteceu com ele um fato misterioso quando estava apaixonado por uma garota que não correspondia aos seus sentimentos. Foi um sonho, mas muito real segundo ele:

Quando dormia, teve um sonho no qual um velho com características semelhantes a este de hoje, apareceu e revelou-lhe que sua garota não era aquela, mas ainda estava por vir. Aconselhou-o na ocasião, a seguir em frente e aguardar que tudo ficaria bem.

Quando nos aproximamos da mesa e vi, de perto, aquele senhor, me veio a memória essa história que te contei.

– Muito estranho! – Comentou Catherine. – assim você me deixa assustada!

Thomas pressionou-lhe a mão enquanto fixou o olhar nos da companheira. O seu pensamento mais íntimo levava-o a sentir um frio na barriga e o coração a bater acelerado. A possibilidade de poder tocar aqueles lábios tentadores, cobertos de um batom que possuía a escuridão da noite e poder sentir aquela boca sensual unida a sua tinha o poder de sacudi-lo por dentro. Será que também não estava vivendo apenas um sonho e aquele velho fazia parte do mundo onírico?

– Desculpe querida! Não foi essa minha intenção!

Catherine nada respondeu. Também se encontrava mergulhada em seu mundo imaginário. Tinha a impressão de que aquele velho misterioso trazia naqueles olhos algo de sobrenatural. Quem seria? Por que ela tinha aquela sensação a seu respeito? Por acaso não estaria fantasiando pelo fato de ele possuir traços característicos aos místicos das histórias de ficção?

– O que foi, Catherine! – Sacudiu-lhe de leve a mão sobre a qual mantinha a sua. – Está preocupada com alguma coisa?

Como se estivesse sido despertada de um profundo sonho, ela reage assustada.

– Oh Thomas Brow! Desculpe minha distração! Fiquei um pouco impressionada com aquele simpático senhor e a história que me contou fez com que eu mergulhasse num mundo imaginário.

Thomas sorriu:

– Olha que vou ficar com ciúmes, hein?

Ela o encarou com um olhar de promessa e sorriu:

– Seu bobo! Sabe ao que estou me referindo!

Naquele momento um rapaz moreno e alto, trajando calça social preta, camisa branca e usando gravata borboleta, como os demais funcionários daquele estabelecimento, aproximou-se da mesa dos enamorados:

– Boa noite! Sintam-se à vontade! – Deixou uma comanda sobre a mesa. – Quando decidirem, é só chamar que estamos à disposição! – Em seguida, ele virou as costas ao casal e se afastou.

Ainda continuava com a imagem daquele velho de aspectos estranhos na cabeça. Mal o garçom se afastou, ela tratou-se de fazer correr os olhos em direção ao local onde o senhor havia se sentado depois de deixá-los a sós. Desejava observá-lo melhor, pois tinha a impressão de que ele usava uma calça de algodão não muito comum para a época. Recordava que a cor era escura, mas que cor era mesmo? Sua atenção priorizara aqueles longos cabelos cor de prata e aquela barba estranha que não se atentara à roupa que usava. Localizou a mesa onde ele se sentara, mas se estranhou ainda mais ao constatar que estava vazia. Que fim teria levado aquele homem?

–Brow, você viu o velho sair? Ele não se encontra mais no re-
cinto.
Será que desistiu de jantar?
Thomas Brow olhou para a direção indicada;
    – Estanho, eu estou de frente para a mesa onde ele se
sentara e não vi nenhum movimento que me pudesse indicar
que estivesse indo embora, mas também não sei se teria visto
algo mais, neste salão. Só tenho olhos para você, meu sonho! –
Thomas deixou que sua mão deslizasse sobre o sobre o braço
de Catherine.
Ela, com um sorriso de satisfação:
– Alguém já te disse que é um perfeito galanteador?
Thomas ficou vermelho.
– Nada disso, querida! Sei que sou é muito desajeitado.
Depois de alguns minutos, a moça quebrou o silêncio:
– Thomas, acho que devemos ir!
    Ambos consultaram um relógio que havia sido fixado
próximo à porta de entrada e constataram que já passava das
vinte e uma horas.
– Tem razão, querida, a maioria das pessoas já se mandou! Vamos!
    Com exceção do misterioso episódio, tudo transcorreu
dentro da normalidade. O jantar estava delicioso e aquele momento compartilhado foi gratificante para ambos. Afinal sen-
tiam-se mutuamente atraídos e o mais importante era estarem
juntos.
    Quando chegaram a frente ao portão da casa de Cathe-
rine, ela ameaçou sair para abrir a passagem que dava acesso
à garagem, mas Thomas Brow segurou-a pelo braço. A doutora
se voltou para ele um pouco temerosa: Apesar de muito amável, aquele homem tinha um ar de mistério. Ou era apenas timidez?
    – Querida, adorei o jantar, mas muito mais a sua compa-
nhia! Espero que aconteça mais vezes!
    Por alguns segundos, ela o fitou com olhar de promessa
e sorriu, mostrando seus dentes alvos como a neve.

– Se depender de mim, vai acontecer, querido! Também adorei a sua companhia!

Temeroso, ele aproximou-se de Catherine, mais do que já estava.

– Você está linda! Muito linda! Sei que já disse isso, mas... – O coração batia acelerado. Catherine, desviou os olhos para baixo. Thomas, trêmulo, segurou-lhe o queixo, levantou-o e aplicou um beijo apaixonado na boca de Catherine. Ela, que estava ansiosa por aquele momento, correspondeu e seus lábios se uniram, lá mesmo, no interior do carro. Tudo lhes parecia conspirar favoravelmente naquela inesquecível noite de lua clara e céu repleto de estrelas brilhantes.

Minutos depois, enquanto se despediam, Catherine comentou:

– Esta noite foi maravilhosa, Thomas Brow! Posso te dizer com toda certeza que há muito não me sentia tão feliz! Obrigada! – Mal terminara a frase, seus lábios uniram novamente antes de se afastarem.

O Julgamento

Desde o trágico acontecimento, que arrasou a vida de Carter, as autoridades se moviam no intuito de pôr um ponto final logo naquele caso. Afinal a vida continuava e a cidade precisava seguir em frente com seus projetos. Com certeza aquela trágica história de amor ficaria para sempre na memória do povo da vila. Não havia como apagar seu cruel desfecho, mas teriam que continuar vivendo e, para isso deveria concluir nos trabalhos da justiça. Nesse sentido, o juiz de Porto dos Sonhos, para agilizarem o processo, enviara um comunicado. Neste alegava não poder presidir o julgamento, mas deixara ao xerife da Vila São Domingos a incumbência de nomear alguém de prestigio na cidade para assumir a função. Só exigira que o escolhido fosse ter com ele uma semana antes do julgamento para receber as devidas orientações para que tudo fosse resolvido dentro da legalidade.

Ao saber da novidade, o prefeito começou a usar sua influência para favorecer ao filho do fazendeiro e ao pai de Charlotte que desejavam pena máxima ao réu. Não poderia sair ileso de jeito nenhum. O que fizera era muito grave. Com aquele propósito viajou para Cruzeiro. Precisava contratar o maior advogado que conhecia. Com aquele profissional no caso seria fácil conseguir a condenação máxima e ao rapaz intrometido que iria apodrecer na cadeia. Dinheiro não seria problema. Dispunha de muito. Caso fosse necessário, Joseph Williams não economizaria. Seu filho teria que ser vingado.

Desde que acontecera aquela triste tragédia, Marcos Paulo desapareceu da cidade. Quando saía fazenda do pai, ia para a cidade de Porto dos Sonhos. Defrontar com as pessoas da vila havia se tornado uma tarefa bastante incômoda para ele, pois a consciência lhe acusava de ser o principal responsável pela tragédia e entendia que era inadmissível assumir a culpa. Não por que não era homem o suficiente, mas por que ainda desejava ver Carter pagar caro pela ousadia, pela humilhação que o fizera passar. Se dependesse dele, aquele cretino

iria apodrecer na cadeia. O vexame que fizera sua família passar não poderia ficar impune. Donde já se viu roubar uma noiva quando tudo estava preparado para a cerimônia?
Naquele momento desejara que a terra o engolisse. O intrometido pagaria! Ah se pagaria!

Os dias passavam rapidamente e, com eles, os impactos do triste acontecimento pareciam estar deixando de ser tão frequente nas lembranças da comunidade, mas com a iminência do julgamento que se aproximava, voltaram a ser o principal assunto presente nas conversas que agitavam as rodas de amigos pelos diversos ambientes daquele povoado. As opiniões eram divididas: alguns acreditavam na absolvição de Carter; outros, temiam pela sua condenação, devido à influência que o fazendeiro poderia exercer sobre a decisão do júri. Muitos consideravam tal possibilidade, mas achavam inadmissível. Carter já estava pagando um preço muito alto. Não poderiam condená-lo por ter cometido um único crime: O de testemunhar o amor mais puro que se poderia acontecer entre um casal de namorado. Ele não era criminoso como tentariam provar. Todos, que com ele tinham intimidade, defendiam sua postura de homem bom e correto. Quase um mês depois do acidente que interrompera a mais bela história de amor já vista na Vila São domingos, Carter aguardava o início do julgamento. Ainda se encontrava em estado de choque. Tinha noção da gravidade da situação em que se encontrava, mas não se importava com o que pudesse vir lhe acontecer. Mesmo com a aproximação de amigos que tentavam aproximar, Carter se mantinha distante. Conservava-se em silêncio, a maior parte do tempo, alheio a tudo e a todos. Sabia que seu julgamento começaria a qualquer momento, mas não se importava mais nem mesmo se iria continuar vivendo. Nada do que viesse a acontecer tinha mais importância. Que importava viver se não teria mais sua amada a segurar sua mão, a lhe cobrir de carinhos? Nada do que fizesse traria de volta aquela que fizera seu coração bater mais forte e fora a razão dos seus largos sorrisos. Encontrava-se naquele ambiente onde outros passaram pela mesma situação e foram condenados ou não. Não sabia qual seria o seu destino, mas o que aquilo lhe importava?

O julgamento estava preste a começar. Tudo pronto. O juiz, um homem de uns sessenta anos, ocupava o centro das atenções. A sua capa preta parecia prenunciar o triste desfecho daquele terrível acidente que tratara de destruir um amor que parecia ser infinito. Estava sério. Certamente preocupado, pois não seria um julgamento como outro qualquer. Todo o povoado comentava a trágica história do réu, que estava sofrendo muito, mas havia exigências que lhe pesavam nos ombros. Receberia um bom dinheiro. Colocaria sua vida em ordem, mas e sua consciência? Estava muito preocupado, mas como voltar atrás? Não se considerava um homem honesto, ao contrário, não se orgulhava do tipo de vida que levava, mas daquela vez, mesmo com a possibilidade receber uma boa soma em dinheiro, sentia incomodado. Conhecia a história do rapaz. Pela primeira vez atuaria como juiz e, pelo jeito, esperava não repetir. Aquilo não o estava agradando.

O atual homem da lei aparentava ser bem mais jovem do que os anos vividos sobre a terra poderia comprovar. Seus cabelos grisalhos eram longos e conservava um espeço bigode preto. Raramente levantava a cabeça para examinar as pessoas presentes. Todos os habitantes do povoado o conheciam. Sabiam que era amigo da família do fazendeiro. Na certa, sua decisão sofreria influência e o destino daquele rapaz estaria traçado. Apodreceria na cadeia. Coitado! Não merecia tamanha crueldade!

Com discrição, num canto do salão, encontrava-se um jovem, elegantemente vestido com um blazer azul-escuro e uma calça preta, ajustada à cintura por umas pregas bem definidas. Ao longo das pernas, até chegar aos pés, a calça era larga. O encarregado da defesa possuía cabelos pretos e os conservavam bem curtos. Gravatas para ele, era algo desnecessário além de causar certo incômodo. Razão mais que suficiente para dispensá-la naquele tenso momento. Acabara de se formar em advocacia e atuaria pela primeira vez. Encontrava-se bastante concentrado. Precisava desempenhar bem o seu papel, pois daquela atuação poderia resultar o seu futuro promissor. De maneira alguma, iria deixar escapar aquela chance de se firmar como a um bom profissional. Por mais que se esforçava para demonstrar seguro, era perceptível a sua apreensão. O seu grau de ansiedade parecia ganhar força com o passar dos minutos e, consequente aproximação do momento de entrar em cena. Estava difícil de controlar. Seu corpo tremia e um desconfortante frio na barriga tratava de dificultar ainda mais a situação.

Do lado oposto, à esquerda do Meritíssimo, encontrava-se o acusador. Com ele, a situação era inversa. Estava sereno e parecia muito seguro de si. Com certeza, não mediria esforços para atingir o seu propósito que era a condenação do réu. Com frequência dirigia o olhar para o acusado e parecia revirar o mundo interior daquele pobre coitado como uma fera a aguardar o momento certo para atacar a pobre presa que não apresentava nenhuma reação de defesa. Experiente no assunto, não esperava dificuldade para conseguir o que propusera Joseph Williams: a condenação do réu. Havia colhido informações sobre seu oponente. Era um novato inexperiente. Não seria difícil vencer aquela batalha desigual.

O recinto estava lotado de pessoas que formavam uma plateia dividida. Uma parte, formada pelos familiares e amigos de Marcos Paulo, que esperavam a condenação do réu. A outra parte, bem mais numerosa, representava os interesses do restante da população, que deseja a absolvição de Carter por entender que ele era vítima de tudo o que lhe acontecera nos últimos dias e não merecia maior sofrimento. Há um bom tempo a população daquela modesta vila estava a postos na expectativa do início do julgamento. Os presentes estavam impacientes com tanta demora, mas alguns fatores levaram-nos ao entendimento de que finalmente tudo estava pronto para dar início ao acontecimento que, certamente, teria como desfecho uma grande injustiça. Carter seria condenado. Só Deus teria o poder para mudar-lhe a sorte. Como num passe de mágica, o som das conversas cessou quando o Meritíssimo bateu o pesado martelo sobre a mesma e exigiu silêncio. Todos ficaram atentos ao segundo passo. Como resposta ao comando do juiz, as autoridades encarregadas de fazer acontecer àquele triste episódio corrigiram a postura. O escrivão abriu uma das gavetas da mesa sobre a qual seria escrito o desenrolar do destino de um pobre rapaz que cometera um único crime: o de amar, como nunca, uma garota que fora alvo dos interesses de um rapaz influente na cidade.

De fato, como tudo se encontrava em ordem, uma campainha atrevida tocou provocando susto nos presentes e, partir daquele momento, todos ficaram petrificados, com olhares fixos para não perderem nenhum detalhe. Pela última vez, antes do início dos trabalhos, primeiro o meritíssimo lançou um olhar perspicaz ao longo do salão, depois para o júri e, em seguida, convocou o promotor para fazer uso da tribuna.

Aos olhos daquela plateia, cada vez mais ansiosa, o acusador primeiro fez questão de ajeitar cuidadosamente a gravata e corrigir a posição do impecável paletó preto que quase lhe atingia os joelhos. Depois se levantou e pôs-se em ação, com uma voz firme e áspera, como fizera por dezenas de ocasiões semelhantes:

— Boa tarde, às autoridades presentes!

Senhores jurados, peço-vos encarecidamente que acompanhem, atentamente, à sequência dos fatos que vos apresentarei a partir deste momento. Espero que estejam cientes de que o meu propósito é contribuir para que a justiça seja feita e que vocês possam entender, perfeitamente, a necessidade de fazer valer a justiça.

Vejam bem, senhores, a pobre vítima era uma moça de família, cheia de sonhos, respeitada neste povoado onde vivera com dignidade até ter a infelicidade de conhecer esse rapaz. Imaginem a intensidade do sofrimento dos pais que perderam a maior riqueza das suas vidas. São trabalhadores, que muito tem contribuído para o desenvolvimento dessa vila. E como pais autênticos, não mediram esforços no sentido de educar a filha para que fosse uma moça de respeito na comunidade e teriam conseguido se não tivesse acontecido à intervenção desse moço. O sonho dessa família era ver sua filha bem casada, mas devido a irresponsabilidade de um inconsequente, pôs fim não só em seus sonhos; foi muito além disso: tirou-lhe à própria vida. Arrastou-a para a morte. Se não fosse a interferência de um criminoso sem escrúpulos, a pobre moça estaria em sua casa dividindo seus dias com um homem de bem que só queria amá-la e dar-lhe uma vida decente.

Além de tudo isso, senhores, imaginem o estrago feito na vida do noivo e seus familiares. Imaginem senhores, se não fosse o bastante suportar o sequestro da própria noiva, no dia do casamento, teve ainda que encontrar forças para resistir à visão do amor da sua vida num caixão. Isso não é demais? Coloquem-se no lugar dessa família! Gastaram, espalharam convites pela comunidade, a igreja estava lotada, tudo estava preparado para aquela que seria a maior festa da Vila São Domingos. Teria sido a realização do sonho dessa família, mas não. Tinha que aparecer um irresponsável para estragar tudo. E como estragou! Foi muito além do imaginário, levou a pobre moça para a morte. Isso não é gravíssimo, senhores? Raptar uma moça inocente e sair por aí, numa moto velha e desgovernada por uma trilha cheia de buracos e pedras ao longo do caminho? Certamente ele pretendia por fim à própria vida e levar a noiva junto. Apelo novamente para que imaginem o estado em que se encontram os pais da pobre vítima. Quanto sofrimento causado por alguém que só pensou em si. Induziu a pobre coitada para leva-la à morte. E agora, como será a vida dessa gente daqui para frente? Depois de perderem a própria filha?

Pois então, senhores jurados, creio não precisar me alongar mais. Entendo ter apresentado elementos mais que suficientes para que decretem, sem dificuldade, pena máxima ao réu por todos os estragos causados. Um homem que, por seus próprios caprichos, é capaz de fazer o que fez a uma pobre inocente a quem dizia amar, o que não faria àqueles por quem não tivesse afeição? Portanto, uma pessoa assim não pode estar em convívio com a comunidade, pois é uma ameaça a todos. É só o que tenho a dizer, Meritíssimo!

O promotor de justiça concluiu sua fala, lentamente, virou as costas ao público e voltou a se sentar em sua cadeira ao lado do juiz. Estava confiante no êxito da sua atuação.

No salão, os presentes reagiram com um pequeno rebuliço que logo foi controlado pelo martelo do juiz que deu continuidade ao julgamento.

– Agora, dando continuidade ao julgamento, concedo a palavra à defesa!

Aos olhos curiosos da plateia aflita, o novato se levantou, tentando sem sucesso, demonstrar uma calma aparente, mas sentia faltar-lhe forças nas pernas e um incômodo frio na barriga. Apesar do nervosismo, iria conseguir. Afinal, não era aquele o seu sonho? Não foi para advogar que estudara por tanto tempo? A situação não era das melhores, mas conseguiria. Havia se preparado o suficiente para aquela atuação mostraria aquela comunidade quem era Glauber Franco. Retirou um caderno de anotações de uma pasta preta, colocou-o sobre o púlpito e deu início a defesa.

–Senhores jurados, sem ter a pretensão de minimizar a gravidade dos acontecimentos, estou confiante de, não só, provar aos senhores a inocência do meu cliente, como também esclarecer aos presentes que esse rapaz é a principal vítima de todo esse emaranhado de acontecimentos. Compreendo, perfeitamente, o transtorno provocado na vida do noivo e seus familiares, mas peço para que atentem o meu raciocínio: Como é de conhecimento de toda a comunidade desse discreto povoado, entre meu cliente e a falecida aconteceu uma das mais belas histórias de amor de que se tem conhecimento qualquer um de nós. Assim que, juntamente com seus pais, se mudou de um sítio situado ao pé da serra e passou frequentar a escola de nossa Vila São domingos, esse rapaz conheceu uma moça, e ambos se apaixonaram. Com o passar do tempo, foram testemunhando, aos amigos e comunidade, a existência de um amor de verdade. A maior parte do tempo livre dos dois gastavam a caminhar, pelas ruas da cidade, de mãos dadas até que, num determinado momento, aquele rapaz resolveu se mudar para Porto dos Sonhos. Os pais de sua amada exigiam dele alguma segurança financeira para a filha. Ele era pobre, só restava-lhe estudar para não correr o risco de perdê-la. A muito custo, viajou e tudo estava indo bem até receber a notícia de que sua amada iria se casar com outro mesmo amando-o loucamente ao meu cliente por não resistir às pressões dos pais que não admitiam deixar escapar um bom partido como aquele. Diante de tal situação, como reagiria qualquer um de nós, senhores? Se deparássemos com a notícia de que perderíamos o amor de nossa vida se não agíssemos o mais rápido possível? O que faríamos senhores? Não tenho dúvida de que nossa atitude seria a mesma do meu cliente. Também entendo que se ele tivesse conhecimento do iria acontecer a sua amada, jamais a teria raptado. Pude ouvir isso da sua própria boca. Quem aqui poderia negar a premissa de que ele é um bom rapaz? Nasceu e foi criado numa família que o educou segundo os valores cristãos. Considerem também, senhores, a dor que estão sentindo neste momento, os pais desse pobre rapaz! Não é fácil para presenciar acontecimentos tão cruéis. Pensem também, senhores, acidentes acontecem com qualquer pessoa. O mínimo que poderíamos fazer nesse momento era respeitar o sofrimento desse jovem! Com esse apelo, encerro a minha defesa, Meritíssimo.

Novamente, começaram os murmúrios entre a plateia aflita e o juiz tratou de fazer voltar a normalidade comais uma batida do seu poderoso martelo.

– Senhoras E Senhores, interrompemos a cessão por alguns minutos para que o júri chegue a um veredito.

Aproximadamente uns dez minutos depois, o homem de preto bateu seu temível martelo sobre a mesa e proclamou aos presentes: – Senhoras e senhores, vamos à sentença: Entendo que o que motivou o réu a agir conforme se comprovaram os fatos não foi causar a morte de ninguém. Muito menos da pessoa a quem ele dizia amar. Também creio que ele não desejava provocar sofrimento a outrem. O que o impulsionou a raptar a moça, que iria se casar com outro, foi o forte sentimento por ela.

Se levarmos em consideração tudo o que envolve esse trágico acontecimento, seremos obrigados a admitir que o noivo e os pais da noiva também não estão isentos de culpa. A pobre moça foi pressionada a tomar a decisão de se casar. Todos aqui sabem que não era isso que ela desejava, mas independente de toda justificativa apresentada, o júri entendeu que o réu tem que responder pelos seus atos. O que ele fez foi muito grave: raptar uma noiva, fugir por uma estrada abandonada a expor a si, a pobre moça e a todos os que tiveram que os perseguir a sérios riscos de vida. Foi por isso que deu no que deu. Por todos esses fatos apresentados, apesar da constatação de que ele teve motivos para tentar impedir o casamento, não há como absolver o réu. Ele deve pagar pelo que fez. Afinal, com a vida não se brinca! Mas por outro lado, como poderia esse julgamento decretar pena máxima a um pobre rapaz que agiu impulsionado por um amor tão bonito? Ele não tinha maldade no coração, apenas queria preservar o amor que existia entre os dois. Como condená-lo, senhores e senhora, sabendo que qualquer um de nós poderia ter agido da mesma forma se estivéssemos em seu lugar? São por todas essas reflexões, senhores jurados, que me sinto obrigado a contrariá-los. Não decreto a pena máxima, mas um ano de reclusão. - Outra vez o juiz bateu o seu cruel martelo sobre a mesa e olhou para a plateia silenciosa – Cumpra-se!

Mattheu: Caminhos tortuosos

O tempo corria e, com ele, Mattheu lutava arduamente para se estabelecer em Cruzeiro. A vida não lhe apresentava fácil nem um pouco. Empenhava para conseguir o reconhecimento do patrão de que merecia um salário um pouco mais digno, mas nada disso acontecia e, nos momentos de folga, seu envolvimento com os novos amigos foi se intensificando e, sem se dar conta, foi mergulhando cada vez mais na bebida e se transformando num autêntico beberrão. Às vezes quando chegava ao hotel, mal conseguia se manter de pé e, a frequência com que aquela triste situação se repetia, fez com que seu Bartolomeu começasse a se sentir incomodado. Queria chamar-lhe a atenção, mas temia pela reação do rapaz. Parecia ser um bom moço, mas não o conhecia o suficiente. Por que motivo estaria se tornando um alcoólatra? Aquela preocupação não o deixava sossegar. Do jeito que as coisas iam caminhando, chegaria o momento de ter que o pedir para sair. Hospedar um dependente alcoólatra comprometeria a imagem daquele hotel que era simples, mas possuíam boas recomendações. No trabalho, o desempenho de Mattheu também já não era o mesmo. Uma das suas principais qualidades, que era a pontualidade, foi deixando de ser característica daquele moço que antes chegava cheio de energia. Cada dia aparecia mais introspectivo, mas mesmo assim ainda cumpria com o seu dever.

Como as companhias podem influenciar a maioria das pessoas, com Mattheu não vinha sendo diferente. Pouco a pouco ia crescendo dentro dele o sentimento de revolta contra tudo e contra todos. Por que para uns a vida era tão promissora e para outros, como ele, ela se apresentava tão cruel? Essa era a recompensa de quem procurava viver honestamente? Seus pais levavam uma vida tão correta e o que tinham conseguido com tanto esforço? Não saíam da igreja, eram um valioso exemplo - todos diziam - e daí? Não, nada daquilo tinha importância! Precisava ganhar dinheiro, muito dinheiro! Tinha que rever seu modo de vida se quisesse ser alguém. Não havia outra saída. Houve um momento em que seu Apolo, preocupado com sua mudança de humor, quis falar com ele, mas o rapaz disse que não era nada grave e que apenas estava preocupado com sua família.

Os dias foram passando e, num dia, ao final do expediente, quando Mattheu encostou a bicicleta cargueira, sua ferramenta de trabalho, ouviu alguém chamá-lo e constatou que era o patrão: – Mattheu, venha ao meu escritório! Preciso falar com você! A princípio Mattheu ficou preocupado, mas depois imaginou que poderia ser um aumento de salário. Na certa seu Apolo reconhecera seus esforços apesar de não apresentar mais tão empolgado como no início!

Pensativo, dirigiu-se lentamente à sala do chefe. O que poderia ser? Raramente seu Apolo chamava algum funcionário para conversar e, pelo que vira a saber, daqueles momentos, quase sempre, a conversa não havia sido boa para o funcionário: Quando não era demissão, o empregado recebia algum tipo de advertência. O que será que sucederia a ele? Iria chamar sua atenção pelos dias que chegara atrasado?
Receoso, deu três tímidas batidas na porta.
– Pode entrar Mattheu.

Lentamente, o rapaz entrou na sala e, ao se aproximar da mesa onde se encontrava seu patrão, este levantou os olhos para ele e acenou com uma das mãos. – Sente-se aí Mattheu!

Mattheu sentou-se com o coração aos pulos. Seu Apolo encarou-o, com expressão fechada, por alguns segundos, depois começou a dizer compassadamente:

– O que te vou comunicar não é animador. Por isso, vamos direto ao assunto. Você tem me surpreendido, tem executado seu trabalho de forma invejável, mas lembra-se de que antes de te contratar falei de um funcionário que se encontrava afastado do trabalho? – Mattheu moveu a cabeça num gesto afirmativo – Pois é, amigo, ele pediu para voltar. Confesso: é com muito pesar que te informo que não precisarei mais dos seus serviços. A partir de hoje está livre para procurar outro emprego. Amanhã venha aqui para fazermos o acerto de contas. Os dois homens apertaram as mãos e, abatido, Aquele rapaz sonhador saiu da sala de cabeça baixa.

Naquele dia Mattheu foi direto para o hotel, pegou a chave, entrou no quarto e não saiu mais. Bartolomeu estranhou a atitude do rapaz que parecera mais abatido. O que lhe teria acontecido? Mesmo com suas bebedeiras não o via tão acabrunhado como daquela vez! Parecia que o mundo havia caído sobre sua cabeça! Desejou conversar com o rapaz, mas optou por não o incomodar, pois demostrara querer ficar só.

No dia seguinte, quando acordou sentiu uma incômoda indisposição. Preferiria permanecer eternamente deitado naquela cama, mas sabia que deveria agir, a vida não lhe dava escolha. O que faria? Voltar para a Vila São domingos seria admitir o seu fracasso. Não, isso nunca! Mas então o que faria? Coçou a cabeça e levantou-se da cama decidido a ir para o acerto com o dono do supermercado.

Um pouco mais tarde, depois de conceder a Mattheu tudo o que lhe cabia, Seu Apolo ainda lhe deu uma gratificação. Pegou um envelope marrom e entregou-o:

– Isso é pelo seu empenho! Você mereceu! Pena que tenha se comportado de maneira tão diferente nos últimos dias! Olha, você não me pediu um conselho, mas como amigo, ou talvez como a um pai, atrevo-me a dá-lo assim mesmo: Cuidado com as más companhias! Você é um bom rapaz! Durante esses dias, conquistou minha simpatia! Quem sabe, numa outra oportunidade, volte a trabalhar aqui novamente. Vá com Deus!

Depois de aceitar o aperto de mão de seu Apolo, Mattheu saiu rapidamente da sala, como se estivesse querendo se ver livre logo daquele lugar e, ao ganhar a rua, teve uma visão que o fez esquecer-se da sua triste realidade: do outro lado da rua avistou uma loira esbelta e encantadora a caminhar como se estivesse numa passarela. – Meu Deus, é aquela do ônibus! Parece ainda mais bela hoje! Só pode ser um anjo!

Parou na calçada e ficou a observá-la se afastar. Então, naquele momento, lembrou-se do dia em que, por causa de uma garota, deixara para traz A Vila São Domingos. Outra garota era a responsável pela enrascada em que se encontrava!

Ficou surpreso por constatar que a lembrança não mais lhe causava mais o desconforto de antes. Não sentia mais o coração apertado dentro do peito como geralmente lhe acontecia. Estava curado daquele sentimento nocivo, mas a vida não lhe poupara de outra também cruel enrascada. Encontrava-se numa situação complicadíssima. Por que tudo tinha que ser tão difícil para ele? Para as outras pessoas a realidade não era tão cruel! Será que o Deus que seus pais tanto amavam e obedeciam, de fato existia? Tinha se esforçado para seguir o exemplo deles, mas o que ganhara com aquilo? Certamente um chute no traseiro! Não, não valia a pena. Se Deus de fato existisse, não gostava dele!

Muito abatido, como no dia anterior, Mattheu voltou para o seu quarto, trancou a porta atrás de si para só voltar a aparecer no dia seguinte.

Era bem cedo quando se levantou. O horizonte ainda não havia sido visitado pelos primeiros raios de sol. Ao contrário, nem mesmo claridade havia o suficiente para expulsar, de vez a escuridão. Também naquela noite não havia dormido bem, pois estava muito preocupado com o que faria nos próximos dias. A espera pelo novo dia custara uma eternidade, mas não sabia o que fazer. Não tinha ideia de por onde começaria, estaria ele perdido nos labirintos da vida?

Ao se aproximar do balcão da recepção, percebeu que Bartolomeu não se encontrava. Em seu lugar estava uma garota de uns dezessete anos. Uma morena que possuía vasta cabeleira preta e sedosa que fora conservada parcialmente presa a uma fita vermelha e jogada sobre as costas nuas. Quando depositou a chave do quarto sobre o balcão, o barulho fez com que ela se virasse. Sorria a lhe demonstrar simpatia.

– Bom dia, cavalheiro! Dormiu bem? Ele correspondeu ao sorriso da moça.

– Razoável.

– Acho que deve estar se perguntando o que eu estou fazendo aqui. De fato, não costumo ficar na recepção, mas o Bartolomeu teve que fazer uma viagem.

– Ele viajou?

– Foi isso que acabei de dizer. Ele viajou para a Vila São Domingo. Sem se dar conta da sua súbita reação, Mattheu mudou a expressão do rosto.

– Eu sou de lá. Vim para cá tentar a sorte, mas não estou me saindo muito bem. Antes de ontem perdi meu emprego.

– Que pena! A vida aqui em Cruzeiro não está fácil. Já foi o tempo que se encontrava emprego com facilidade.

– Desculpe não me apresentei! Sou Mattheu.

Ela estende-lhe a mão.

– Prazer, Mattheu! Eu sou Raissa!

Estava pensando em acertar hoje com o Bartolomeu. Meu mês venceu há dois dias. Pode ser com você?

– Sem problema, me deixa procurar a sua ficha. – Abre uma caixa e a primeira que encontra é justamente a desejada.

– Aqui está. Nem precisei procurar, estava acima das outras. – Comentou sem tirar os olhos da ficha onde registrava o recebimento do aluguel.

Naquela mesma manhã, Mattheu tomou seu café e saiu para comprar algumas coisas de que estava precisando. Depois se reservou algum tempo para apreciar o sossego de um de seus espaços preferidos que era a praça da cidade. Sempre que se encontrava apreensivo, gostava de ir para lá. Sentia-se melhor vendo as pessoas passarem e as crianças correndo de um lado a outro.

Naquele dia, como sempre, a harmonia reinava naquela praça. Havia várias crianças a balançar, outras a jogar futebol num campinho que era o principal ponto de lazer dos meninos. A cada gol era uma gritaria de felicidade de um lado e de irritação do outro. Futebol entre amigos acontece de tudo. Lembrou-se de seus dois amigos mais próximos. Quantas vezes jogaram juntos, eles eram bons amigos! Veio um forte desejo de voltar a sua vila, mas combateu tal pensamento. Não era o momento. Deveria construir sua vida primeiro, mas como?

O vento soprava levemente provocando-lhe uma sensação deliciosa e o sol estava com o olho arregalado. Um belo dia! Pena que ele nada tinha a comemorar, perdera o emprego. Ganhava muito pouco, mas lhe dava segurança. Será que sua demissão era resultado das bebedeiras? Reconhecia que não estava mais sendo um bom funcionário, mas como poderia ser ganhando aquela mixaria? Ainda se encontrava preso às suas reflexões quando seu Potigo apareceu de repente sem que o visse se aproximar.

– Olá, amigo! O que faz por aqui?

Mattheu virou-se em direção ao cumprimento.

– Oi seu Potigo! Há quanto tempo! Que bom que apareceu! Estou mesmo precisando de uma boa conversa!

– O que está acontecendo com você? O seu aparente abatimento diz que você não está bem.

Mattheu coçou a cabeça, por alguns segundos, desviou os olhos para o horizonte e pareceu ter se distanciado do mundo real; mas seu estado emotivo o trouxe de volta.

– Há um bom tempo estou aqui sem saber o que fazer do meu futuro. Nada dá certo, todos os meus sonhos vão por água abaixo! Primeiro, eu me apaixonei por uma garota, que me esnobou. O que sentia por ela fazia doer meu peito. Depois daquela decepção, decidi dar um rumo a minha vida. Cheio de sonhos, deixei meus pais e vim tentar a sorte por aqui e, com a sua ajuda, consegui um trabalho, mas ganhava tão pouco que mal dava para comer; mas agora a situação ficou ainda pior. O que eu faço? Às vezes penso que morrer seria melhor do que viver desse jeito.

Comovido seu Potigo aproximou-se do rapaz e abraçou piedosamente.

– Meu rapaz, sabe que desenvolvi um sentimento especial por você? Sei que é um bom garoto! Realmente, a vida não tem te facilitado as coisas, mas jamais devemos nos deixar abater. A vitória é dos fortes e você tem demonstrado isso! Não vai decepcionar-me, hein! – Deu tapinhas leves nas costas de Mattheu e continuou – Em algum momento em nossa vida, todos nós deparamos com situações difíceis que requerem, de cada um de nós, sabedoria. Cuidado para não se deixar levar por influências negativas! Nesses momentos é que aparecem os falsos amigos que podem nos conduzir por caminhos tortuosos.

Mattheu lança um olhar agradecido ao amigo.

– Obrigado! Você tem sido um pai para mim. Por que não aparece mais vezes? Você some!

– Esse é meu destino: Faço-me presente só quando precisam de mim. Tenho muito trabalho. Agora mesmo, o dever me chama. Devo ir. Lembre-se da família de onde veio.

– Valeu meu amigo! Vou me lembrar dos seus conselhos. Você é muito sábio!

Os momentos de conversa com o amigo Potigo voaram. Naquela hora, o Sol já estava alto e começava a irradiar um calor agressivo. – Disse que tem pressa, mas deixe-me fazer uma das várias perguntas que trago comigo. Você mora aqui em Cruzeiro há muito tempo?

– Se moro aqui há muito tempo? – Questionou, ironicamente, abrindo um largo sorriso e deixando à mostra seus dentes alvos. – Eu sempre vivi aqui, aliás, eu sempre vivo em todo lugar. Tenho muita imaginação. Nesta região pertenço à descendência dos nativos, conheço tudo desta redondeza.

Sem conseguir entender o que o nativo estava dizendo Mattheu se distraiu por alguns segundos e isso foi o suficiente para ele examinar a figura daquele homenzinho tão simpático que havia, até o memento, sido tão importante naquela árdua batalha. Além da baixa estatura, era moreno e tinha um porte físico normal; conservava sua longa cabeleira, que era negra, jogada sobre as costas e, ao que parecia, seu amigo não tinha o hábito de penteá-los. Acaso teria ele penteado aquele emaranhado alguma vez na vida? Notou também que usava uma camisa bege bastante surrada e uma calça jeans azul-escuro, que apresentava alguns rasgões na altura da coxa. Nos pés traziam sandálias de couro rústico.

–Potigo é mesmo seu nome ou é um apelido? – Continuou Mattheu com suas indagações.

O amigo, que parecia se divertir com a curiosidade do rapaz, continuou sorridente.

– Já me habituei com esse nome, mas de acordo com meus documentos, as pessoas deveriam chamar-me de Potigo.

Naquele momento, foi chegando, à praça, um grupo de crianças tagarelas a brincar com uma bola azul e, aproveitando o momento de distração de Mattheu, seu Potigo fez menção de se afastar, mas ficou com pena de deixar o companheiro sem se despedir.

– Mattheu...

– Como prefere ser tratado? Poti ou Potigo?

–Não se preocupe com isso, garoto! Tanto faz um nome quanto o outro, mas acho que já me acostumei a ser tratado como seu Potigo. – Olhou para as crianças que corriam atrás da bola – Quando tinha a idade daqueles meninos, também adorava jogar futebol. Hoje vivo sem parada a perambular de um lado a outro. Creio que gostaria de saber o que eu faço, mas não tenho permissão para revelar minha missão nem mesmo para um cara legal como você.

Ainda estavam a olhar para as crianças se divertindo quando viu aproximar deles um grupo de três rapazes que possuíam aspectos muito estranhos. O primeiro a se aproximar era alto e forte e seu nome era Logan. Era alto, tinha pele morena e cabelos crespos que, com exceção de um topete no alto da cabeça, eram conservados bem curtos. O outro era branco e seu nome era Owen. Possuía estatura mediana e usava Pearce no nariz e nas orelhas. Seu modo de se vestir e de cuidar de si mesmo transmitia a imagem de uma pessoa que não estava de bem com a vida: Roupas rasgadas, cabeleira ruiva malcuidada e, pelo mau cheiro que exalava, devia estar a um Bom tempo sem se banhar. O último deles era Gideão. Também tinha a pele branca e, como os demais, possuía aspectos estranhos. Era forte, mas não tão alto quanto o primeiro. Além de Pearce nos lábios e nariz, possuía sobrancelhas largas, olhos rasos e fazia questão de conservar um cavanhaque cujos fios desciam até o tórax. No braço, havia uma tatuagem enorme de uma serpente, que exibia suas presas afiadas como se estivesse a ameaçar quem ousasse cruzar o seu caminho.

Eles se aproximaram, sorridentes, cumprimentaram Mattheu, demonstrando que não era a primeira vez que se encontravam. Aquilo deixou seu Potigo preocupado, pois falaram de encher a cara, para se esquecerem dos problemas da vida, que lhes era muito cruel. Tentou fazê-los mudar de ideia, mas sabia que não havia atingido seu objetivo e, pelo jeito, Mattheu iria acompanhá-los, pois nunca o havia encontrado tão abatido, tão desiludido até mesmo com seu Deus.

Depois de breve papo com os estranhos amigos de Mattheu, seu Potigo resolveu ir embora. Estava preocupado, muito preocupado, pois aprendera a gostar daquele garoto; até sentia certa admiração por ele. Coitado! Tão sonhador! Essa pressa em conseguir ser alguém na vida ainda iria arruiná-lo. Logo naquela hora que estava cheio de problemas tinha que aparecer àqueles rapazes esquisitos! Queria poder ajudá-lo, mas não se permitia a tanto. Tinha que se conter! Achava até que tinha ido além do que deveria. Não se lembrava de, em outras situações, ter se envolvido daquela forma em questões relacionadas à vida humana. Estava ficando com o coração mole ou aquele rapaz era muito especial?

Naquele mesmo dia, logo depois que seu Potigo se afastou, Logan, o mais robusto dos recém-chegados, olhou para Mattheu:

– Amigo, a situação ainda está complicada?

Mattheu desviou o olhar para o chão. Não conseguiu encará-lo, pois falou de um jeito assustador e despertou nele o pressentimento de que havia algo ameaçador no ar, mas mesmo assim, não hesitou: – Complicada? Agora que a coisa ficou desesperadora! Se não bastasse estar ganhando uma mixaria, fui demitido! Não sei o que vou fazer da minha vida!

Logan olha para os colegas e Gideão, entra em ação:

– Calma, colega, nem tudo está perdido! Temos uma ótima notícia. Encontramos a saída. Vai poder levantar uma boa quantia e controlar sua vida, mas agora chega de perder tempo! Vamos logo a um bar, bem sossegado, beber umas enquanto explicaremos nossa ideia. Vai ver como nosso plano é manero.

Naquele exato momento, um ônibus sacudia estrada a fora, a conduzir seu Bartolomeu, rumo à Vila São Domingos. Há muito tempo não fazia aquele percurso, mas a situação de

Mattheu requeria tal esforço. Aquele rapaz tinha a cabeça cheia de sonhos, motivo pelo qual, estava precisando da sua ajuda. Seus pais deveriam saber o que se passava com aquele pobre garoto antes que fosse tarde demais. Era um bom católico e, como tal, só estava fazendo o que deveria ser feito por um semelhante. "Amai o próximo como a ti mesmo! " Sorriu ao se lembrar desse trecho bíblico e agradeceu a oportunidade de poder fazer a vontade de Deus. De fato, era seu próximo, era hóspede do hotel onde trabalhava.

Enquanto o carro corria, a maior parte do tempo, Seu Bartolomeu observava, pela janela, a paisagem verde a girar sem parar. Como era prazeroso ver os montes repletos de árvores frondosas de onde, assustadas, levantavam voos várias espécies de aves que buscavam refúgio em lugares mais afastados daquela estrada cheia de buracos, frequentada por feras gigantescas que emitiam rugidos ensurdecedores. Também agradava a seu Bartolomeu a vista das flores nativas que apareciam ao longo do caminho. Quando criança, adorava colhê-las nos campos para presentear sua mãe. Ele gostava de ver o brilho de satisfação nos olhos dela e depois receber aquele abraço carinhoso que só uma mãe sabe dar. Com aquelas doces lembranças na cabeça, continuou até pegar no sono e só acordar com os apelos do motorista:
– Senhor, senhor! Já chegamos!
Assustado, abriu os olhos.
–Desculpe, acabei dormindo quase a viagem toda!
Pegou sua maleta preta e desceu, pensando no próximo passo que seria encontrar os país de Mattheu. Olhou em volta e, ao ver um grupo de pessoas a conversar entre si a uns cinquenta metros, do lado oposto da rua, decidiu ir pedir informações. Ao ver seu Bartolomeu se aproximar, interromperam a conversa e passaram a observá-lo curiosos. Quem seria? O que teria levado aquele estranho a procurá-los?
– Bom dia, senhores! Estou à procura de um casal que mora neste lugar. Eles têm um filho chamado Mattheu que, há

um ano, foi morar em Cruzeiro. Tenho notícias muito importantes para eles. É sobre o filho deles. Se puderem me ajudar
a encontra-los, pouparei um tempo precioso.

Naquele momento, todos estavam atentos ao que o senhor Bartolomeu dizia, mas um daqueles homens, um que era
baixo e gordo foi que tomou a iniciativa:

-Acho que o senhor está se referindo ao seu Orlando e
à Dona Hellen. Eles são meus amigos, são gente boa e o que
puder fazer para ajudar, eu farei com gosto. Vou levar o senhor
até lá! Vamos!

Os dois homens se afastaram do grupo a passos largos.
Pelo caminho, seu Bartolomeu foi arquitetando como iria dar
a desagradável notícia. Não gostava nem um pouco daquela situação, mas era seu dever de cristão executar aquela missão
e, não era só aquilo, era o mínimo que poderia fazer para ajudar aquele bom rapaz. Ele precisava de ajuda para sair daquela
vida errada em que se metera. Coitado!

Ainda estava mergulhado em seus pensamentos quando
o seu guia parou em frente a uma casa antiga de cor azul-escuro:

-A casa é esta, senhor.

Bateu palmas e a porta foi aberta, lentamente, ao som
de um lamentoso rangido de protesto por tanto tempo abrindo
e fechando todos os dias sem direito a descanso.

Depois de uma breve espera, surgiu na porta um homem
alto, aparentando uns sessenta anos. Bartolomeu deu um
passo à frente.

– Bom dia, eu sou Bartolomeu. O senhor é o pai de Mattheu?
Meio confuso, seu Orlando toca a mão do desconhecido.

– Sim. Eu sou Orlando, o pai de Mattheu. O senhor o conhece? Aconteceu alguma coisa a meu filho?

– Está falando com quem, Orlando? – Ouviram uma voz
que parecia vir da cozinha. Em seguida começaram a ressoar
passos denunciando a aproximação de alguém.

– É minha esposa. Ela anda muito preocupada com nosso
filho. Ele não tem dado mais notícias. O que o senhor veio nos
dizer? Naquele momento, aproximou-se deles uma senhora

bastante afita. – O que aconteceu, Orlando? Estão falando de Mattheu? – Quis saber Dona Hellen a segurar na cintura de seu marido.

– Esta é minha companheira, senhora Hellen.

– Seu Orlando, Saí de Cruzeiro somente para te trazer a notícia. Gosto do seu filho. Ele é um bom moço. Não podia deixar de vir dizer a vocês que seu filho corre perigo.

– Oh meu Deus! Eu sabia que estava acontecendo alguma coisa ruim ao nosso filho! – Segura com força na cintura de seu marido. – Conta logo para a gente, senhor! Quero saber o que se passa!

– Calma senhora. Ainda há tempo para salvar o seu filho. Ele apenas tem se envolvido com um grupo da pior espécie e está virando um alcoólatra. Por isso, temo pelo pior. Mas se forem buscá-lo o mais depressa possível, ainda podem reverter à situação. Como disse, ele é um bom rapaz.
Outra vez dona Hellen volta-se para o marido.

– Como pode isso depois de tudo que vivemos juntos? Nós o educamos com todo cuidado, ensinamos os valores cristãos! Por que abandonaria nossos princípios? Por que deixaria de lado tudo que ensinamos? Por quê?

– Calma senhora! Tudo vai ficar bem! Vocês darão a volta por cima! Também sou cristão e creio na interferência divina! Confiem! Senhor Orlando, – toca-lhe no ombro – seu filho tem lutado muito, mas há alguns dias, perdeu o emprego e foi aí que tudo se complicou para ele. Estava hospedado em meu hotel, mas há uma semana saiu de lá e, depois disso, só tenho notícias não muito animadoras.

Emocionado, Seu Bartolomeu procurou acalmar o casal, mas a mãe começava a se desesperar só em pensar na situação do seu único filho naquela cidade de gente estranha. Mattheu convivendo com gente da pior espécie! Aquilo não ia acabar bem. Tinham que resgatá-lo o mais depressa possível! O lugar dele era em sua casa. Ainda era muito jovem para perambular pelo mundo.

Obrigado senhor Bartolomeu! O senhor nos prestou um grande favor vindo aqui nos avisar! Só pode ser Deus agindo através do senhor! Só ele pode pagar tão grande favor! Vamos entrar, minha esposa fará um café enquanto pego uns trocados para reembolsar suas despesas. Desculpe por não ter convidado antes, fiquei muito emocionado e nem pensei nisso antes!

– Vocês não precisam se preocupar, apesar de ter vindo trazer uma notícia desagradável, foi um bom percurso para me distrair, para fugir da minha rotina de trabalho. Além disso, pude conhecer uma bela família e nada de dinheiro, senhor, fiz isso de coração. Quanto ao café, vou aceitar e, em seguida, retomo meu caminho.

Depois de tomar o café, seu Bartolomeu se despediu, prometendo que iria tentar ajudar. Percorreu o caminho de volta até a pequena parada de ônibus. Ao chegar, comprou o bilhete e, por sorte, a condução já estava para pegar a estrada. Felizmente, não precisava esperar; já havia cumprido sua missão e, além disso, não lhe agradava ficar sentado em rodoviárias sem nenhum conhecido com quem pudesse trocar algumas palavras. Olhou em volta e constatou que seriam poucos os passageiros com quem compartilharia aquela viagem. Sentado num rústico banco de madeira, um pouco afastado dos demais estava um velho de cabeça branca entre duas moças elegantes. Ele conservara os cabelos, que eram lisos, um pouco compridos e jogados para trás. Usava uma calça de tecido fino e uma camisa xadrez. As jovens que se encontravam a seu lado conversavam baixinho, umas com outras, e sorriam com frequência. Certamente estavam felizes. Uma delas, a que era morena clara, trajava uma saia jeans decotada, dando realce ao seu corpo, e uma blusa vermelha amarrada um pouco acima do umbigo. A outra tinha a pele clara como leite, mas possuíam traços físicos semelhantes. Eram irmãs, não restava dúvida. Também usava uma saia jeans que, além de não ter o comprimento da que a irmã estava usando, chagava a apenas uns dez centímetros acima do joelho. Ambas eram lindas. De pé, também pareciam impacientes com a espera, um grupo que falava pouco e não tirava os olhos do motorista que gesticulava, ao conversar com o moço da rodoviária acertando os últimos detalhes da viagem.

Finalmente, depois de pegar uma pasta preta, o motorista dirigiuse aos passageiros:
– Vamos?

Os que se encontravam de pé, junto ao ônibus, foram os primeiros a entrar para escolher os melhores lugares. Em seguida entraram os demais e, por último, foi a vez de Bartolomeu. Entrou tranquilamente, sentou-se numa das últimas poltronas e recostou-se para descansar o corpo. Já era tempo! Estava mesmo ficando velho. Bastara uma pequena caminhada para ficar com as pernas tão doídas! Houvera tempo em que podia jogar futebol por horas seguidas sem se sentir daquele jeito! Tinha que aceitar, a vida tinha prazo de validade também para ele!

Enquanto seu Bartolomeu viajava de volta, os pais de Mattheu discutiam sobre o que iriam fazer para recuperar o filho. Amavam-no em demasia para deixar que ele fosse afundando cada vez mais no alcoolismo. Isso não! Jamais consentiriam! Não foi para ser um perdido que o puseram no mundo, mas o que fariam? Ele era cabeça dura, iria oferecer resistência. Havia dito repetidas vezes que venceria na vida e os encheria de orgulho, mas a vida não é tão simples para quem deseja viver honestamente. Ele próprio, Orlando, trabalhara duro uma vida inteira e mal conseguira o suficiente para sobreviver. Coitado! Um menino tão sonhador, mas ainda incapaz de entender as durezas da vida!

– Hellen, vamos ter que rezar muito! Deus pode realizar o que não estiver ao nosso alcance. – Comentou Seu Orlando a fixar o olhar nos olhos da companheira de tantas lutas.

– Isso mesmo, meu marido! Deus vai nos orientar, vai nos mostrar o que devemos fazer. Assim ele tem agido conosco por todos esses anos!

Seu Orlando permaneceu alguns segundos em silêncio; pensativo, coçou a cabeça, tentando encontrar uma saída, e voltou-se novamente para a companheira de tantos anos:

– Temos que ter fé, mas confesso que estou temendo o pior. Más companhias podem sim desencaminhar um ser humano que passa por dificuldades.

Dona Hellen segurou a mão do marido:

– Tive uma ideia sobre sua sugestão: Hoje tem oração na igreja. Poderemos participar. Uma irmã me disse que acontecem orações poderosas. Quem dirige o encontro é um casal de jovens fervorosos. Ele concordou e, como o dia já estava indo embora, os dois começaram a se aprontar para irem à igreja.

Finalmente, a noite chegou. A igreja já estava aberta há algum tempo, mas apenas algumas pessoas haviam chegado e aguardavam o início das orações.

Sentado num dos primeiros bancos daquela modesta igreja da Vila São Domingos, naquela noite, havia uma novidade: tratava-se de um casal bem mais maduro do que a média de idade dos que acostumavam participar daqueles momentos de louvores e súplicas.

Dona Hellen estava ansiosa para que começassem logo. Seria a primeira vez que seu Orlando e ela se juntariam, em orações, com aqueles jovens fervorosos.

Havia tanto tempo que ela e seu fiel companheiro participavam das missas todos os domingos. Quase uma vida inteira! O que seria dela sem sua santa igreja? Foram tantos os momentos em que se sentara quase sempre naquele mesmo banco para implorar a Deus por alguns favores: Saúde para o marido, juízo para o filho, sabedoria para enfrentar as batalhas da vida e assim continuara sua luta junto com seu Deus. Não conseguia imaginar-se sem ele.

Daquela vez, sentia-se fraquejar. Tinha muito medo do mal provocado pelas companhias erradas. Noutras vezes, quando ainda era adolescente, Mattheu lhe dera muito trabalho por se envolver com amigos rebeldes, mas naquele tempo, ainda era um garoto incapaz de provocar muitos estragos. Será que, mesmo depois de adulto, voltaria a lhe provocar dor de cabeça? Não, de novo não. Se isso acontecesse seria muito pior. Deus não permitiria! Olhou para o crucificado e ficou a imaginar a dimensão do sofrimento que Jesus sofrera. Depois voltou-se para a imagem de Nossa Senhora. A Senhora entende bem o que é sofrer por um filho! Preciso da sua ajuda! Não deixe que ele se perca, mãe! Eu não seria capaz de suportar, não sou forte como a senhora! Tenha misericórdia desta mãe tão frágil!

Naquela mesma noite, depois de muitas orações, louvores e súplicas, aquele casal voltou para casa sentindo-se revigorados na fé. Mattheu ia se encontrar. Ele era um bom filho e não iria decepcioná-los. Nossa Senhora iria trazê-lo de volta para Deus, pois assim como educara seu filho Jesus, cuidaria de Mattheu. Convictos de que seriam atendidos, os pais de Mattheu foram para a cama e tiveram uma noite tranquila.

Dois dias depois, quando o Sol começava a se esconder no horizonte, alguém bateu palmas e seu Orlando foi atender. Abriu a porta se deparou com um velho de barbas longas cujos fios pareciam algodão. – Boa tarde! Venho de Cruzeiro e trago esta carta para o senhor! Acho que deve ser muito importante.

– Deixa eu ver. – Estendeu o braço para pegar o envelope, Seu Orlando ficou trêmulo e se sentou num rústico banco de madeira. – Hellen venha aqui!

Bastou aquele curto espaço de tempo em que desviou o olhar para a cozinha para perder de vista aquele velho barbudo que desapareceu feito mágica justo no momento que dona Hellen surgia na porta.
– O que aconteceu homem? Parece que viu um fantasma?

–Veja você mesma, mulher. Antes de desaparecer, misteriosamente, um velho de barbas brancas entregou-me esse envelope. Dona Hellen segurou o envelope.

– Uma carta? –Virou o envelope – é de.... Meu Deus! Será que aconteceu algo ruim ao nosso filho?

Como sucedeu ao marido, ficou trêmula e sentiu as forças irem embora. Também se sentou no banco e começou a rasgar o papel para ler a carta que se encontrava em seu interior. Sentindo um desconforto muito grande no peito, abriu a carta e começou a ler.
Seu Orlando,

Sinto muito pela notícia, mas não poderia deixar de informá-lo que aconteceu o que temíamos: Sequestraram a filha de um dos homens mais influentes de Cruzeiro e, infelizmente, um dos sequestradores é Mattheu. Confesso que também me

recuso a acreditar. Conheci Mattheu. Ele é um bom rapaz. Não sei como pode se envolver numa coisa tão bárbara, mas creio que tudo ficará bem! Deus é maior!
Podem contar com minhas orações!
Abraços!
Bartolomeu.

Naquela noite, depois da terrível notícia, os pais de Mattheu não conseguiram dormir. Dona Hellen tratou de pegar o caderno e escrever um bilhete para, no dia seguinte, enviar a sua filha que morava em Porto dos sonhos. Havia alguns dias que dela também não tinha notícias, mas desde que se casara e mudara para a capital, levava uma vida tranquila com o marido, que era funcionário público. Tratava-se de um bom homem. Já com Mattheu acontecia o contrário: Depois daquele dia que partira, Dona Hellen não conseguira mais dormir em paz. Temia que pudesse se envolver com pessoas erradas e criar problemas para si e sofrimentos para ela e o marido e, para sua infelicidade, seu temor tinha fundamento seu menino não poderia ter se envolvido em algo pior. Um sequestro, meu Deus! O que faria para ajudá-lo? Como poderia ter criado um filho tão ingênuo? Onde teriam falhado?

No dia seguinte, ao da devastadora notícia, Seu Orlando e esposa foram à missa. Rezaram fervorosos pela situação do filho. Depois procuraram o padre Carlos:

— Seu padre, precisamos falar com o senhor. É sobre o nosso filho Mattheu.

— Tudo bem, entrem.

Abriu a porta que dava acesso a sua sala, arrastou duas cadeiras:

— Sentem. Vamos, diga-me o que preocupa vocês?

— Seu padre, começou Orlando, nosso filho se envolveu numa situação muito grave. Estou com medo que aconteça o pior! Imagine o senhor, o nosso Mattheu se envolveu num sequestro!

— Meu Deus, isso é mesmo muito grave! — Seu Carlos se levantou da cadeira e começou a andar em círculos e a esfregar uma mão na outra.

— Vamos orar para que Deus o proteja e o traga de volta para vocês, são e salvo.

— Precisamos das suas orações, seu padre! — Disse dona Hellen num tom suplicante.

O padre Carlos ficou em silêncio, por alguns segundos, a olhar para uma imagem do crucificado, depois voltou-se para eles:

— Podem contar comigo! Mattheu é como um filho para mim. Hoje temos um momento de oração logo mais à noite. Seria bom que viessem! O filho pródigo voltou! Mattheu voltará também e renovado! Aquela noite de oração começou com alguns testemunhos emocionantes que lhes reforçaram a fé de que Deus estava com eles.

Em seguida, cantaram vários hinos de louvor e súplicas antes que o padre se apresentasse com a proclamação da palavra. Por fim, o padre Carlos, que até o momento se mantivera no meio dos fiéis, foi ao altar:

— Boa noite irmãos! Que bom que vieram orar conosco hoje! Podem ter certeza que é a partir daqui, desses nossos momentos de oração, que encontraremos o combustível necessário para enfrentarmos os desafios da vida e voltarmos para as nossas casas bem confiantes de que temos alguém muito poderoso a zelar por nós. Vocês sabem de quem estou falando? Vamos lá, proclamem todos juntos! De quem estou falando? Todos responderam em coro:

— De nosso Deus!

— Isso mesmo, irmãos!

Para completar esse nosso momento de louvor, escolhi uma passagem que se encontra no livro do evangelista São Matheus, no capítulo 6, a partir do versículo 25. Podem se assentar para ouvir:

— O Senhor esteja convosco!

— Ele está no meio de nós!

— Evangelho de Jesus Cristo, segundo São Mateus.

— Glória a vós Senhor!

— "Mateus 6,_25_-27, portanto, vos afirmo: não andeis preocupados com a vossa própria vida, quanto ao que haveis de *comer ou beber; nem pelo vosso corpo, quanto ao que haveis de vestir. Não é a vida mais do que o alimento, e o corpo mais do que as roupas? 26Contemplai as aves do céu: não semeiam, não colhem, nem armazenam em celeiros; contudo, vosso Pai celestial as sustenta. Não tendes vós muito mais valor do que as aves? 27Qual de vós, por mais que se preocupe, pode acrescentar algum tempo à jornada da sua vida?..."*

— Palavra de salvação! — Glória a Vós Senhor!

—Perceberam, meus irmãos, como Deus nos ama? Convido-vos a fazer uma viagem ao seu passado. Tentem percorrer, nessa viagem, pelos momentos mais difíceis, ou mais críticos que viveram e que pensavam não resistir. Quantas vezes nós nos vimos em situações de extrema dificuldade! Sejam por doenças, por acidentes no trabalho, dificuldades financeiras ou algum tipo de fatalidade. Quantas foram as ocasiões que nos impulsionaram a reconhecer que com nossas próprias forças não teríamos conseguido vencer! Quantas foram os momentos que, durante a nossa vida, chegamos ao desespero por causa do que sucedia a nós mesmos ou a algum dos nossos familiares? Não foram poucos não é mesmo? Como podem ver, ainda estamos aqui. Isso comprova que vencemos. Vencemos não; alguém nos ajudou. Se concordam comigo, poderão dizer: "Até aqui nos ajudou o senhor! "

Todos repetem:

— Até aqui nos ajudou o Senhor!

Como puderam comprovar, Deus sempre manteve a promessa para com seu povo. Somos muito valiosos para ele. Tão valiosos que ele sequer poupou o próprio filho por amor a nós. Por isso a palavra de hoje vos convida a continuarmos confiantes! Se ele tem tanto cuidado pelas as aves, muito mais não terá de nós que fomos feitos a sua imagem e que somos seus filhos, graças ao sacrifício de Jesus! O que ele espera de nós é que tenhamos confiança, pois a maior parte dos nossos sofrimentos é fruto das nossas preocupações. Foi Jesus mesmo quem disse que, se tivermos fé do tamanho de um grão de mostarda, poderemos ordenar a um monte e ele obedecerá. Não sei que tipo de dificuldade você esteja vivendo neste momento, mas Deus sabe e está com você para te dar força e ensinar, através de cada situação. Estejam cientes de que os problemas nos fortalecem, nos capacitam e Deus cuida de maneira especial daqueles que se mantêm confiantes. Irmãos hoje encontra-se em nosso meio um casal por quem tenho um imenso carinho e respeito. São o Senhor Orlando e sua esposa a Senhora Hellen. Por favor venham aqui na frente para que todos possam vê-los.

O casal caminha para a frente do altar.

— Precisam da nossa oração! Vamos rogar por eles agora. Vamos, gente, aproximem-se todos e estendam as mãos sobre eles!

Todos estenderam as mãos sobre os pais de Mattheu e clamaram a Deus pela restauração da família deles.

Depois de encerrado o momento de oração o Padre Carlos acompanhou o casal até a porta da igreja:

— Vão com Deus e não deixem perder a fé. O filho pródigo voltou depois de tudo que aconteceu em sua vida. Tenha confiança que Deus trará de volta também o filho de vocês!

— Amém! — Responderam e saíram caminhando mais confortados de volta para casa.

Ao mesmo tempo em que, na Vila São Domingos, seu Orlando e esposa travavam uma batalha espiritual pela recuperação do filho, uma combe branca seguia por uma estrada desértica em direção a uma região montanhosa, deixando para trás uma nuvem de poeira.

No interior do veículo quatro rapazes mantinha uma prisioneira sob vigilância. Era uma moça que tinha as mãos amarradas e, no pescoço, carregava uma mordaça que não mais lhe cobria a boca. A expressão de pavor e os cabelos desarrumados não eram o bastante para apagar nela a imagem de uma mulher tão encantadora. Parecia um anjo, uma fada ou talvez fosse, de fato, uma princesa encantada de algum reino desconhecido.

Mattheu não era o mesmo desde que a vira pela primeira vez. Naquele momento, fora surpreendido e chegara a pensar em desistir daquele plano diabólico, mas não lhe restava escolha. Jamais poderia imaginar que a vítima seria uma loira de olhos verdes como aquela que, naquele dia, via tão indefesa a sua frente.

Aqueles cabelos loiros ondulados, que se deslizavam feito cachoeiras de águas claras sobre os ombros daquela deusa, eram apenas parte do conjunto de uma obra que se poderia definir como perfeita, distribuída em, aproximadamente, um metro e setenta de altura. Coxas grossas, quadris largos, cintura fina e seios medianos. Sabia que não se devia deixar seduzir, mas quando percebeu já era tarde demais. Como poderia resistir se era um sentimento muito mais forte do que ele? Compreendia que sua fraqueza poderia pôr tudo a perder e, muito pior, se os comparsas desconfiassem, acabariam com sua vida. Tinha que se manter firme, mas era uma batalha muito difícil de vencer. Por isso, esforçava-se para manter aquela moça fora do seu raio de visão para não se denunciar, pois a visão daquela mulher maravilhosa, naquela situação desumana, abalava ainda mais as suas estruturas. Ah se pudesse se aproximar dela, cortar aquelas amarras e confortá-la com um forte abraço! Ideia tentadora, mas não era bom nem pensar em tal possibilidade. Os companheiros não o perdoariam.

Continuou tentando desviar seu pensamento e para isso começou a olhar a paisagem ao longo daquela péssima estrada com tantos buracos e curvas. A visão daquela terra acidentada coberta por percursos de serrado ou pastagens naturais repletas de flores nativas ajudava um pouco, mas olhando para frente, percebeu que quanto mais aquela combe avançava estrada a dentro, mais se aproximavam de uma montanha enorme que parecia querer impedi-los de prosseguir.

Certamente estavam chegando e já era tempo, porque o dia começava a dizer adeus e, percorrer aquele percurso, quando a noite os encobrissem com seu lençol de trevas, seria perturbador. Ficara sabendo, através dos companheiros, que no alto havia um esconderijo e que poucos conheciam aquela estrada que há muito não era trafegada. Ninguém os encontrariam lá, diziam, e depois de alguns dias entrariam em contato com os pais da moça para exigir uma boa quantia pelo resgate. Depois, tratariam de desaparecer da região por um bom tempo.

A kombe parou e Mattheu, por estar perdido nos seus pensamentos, viu sua cabeça ser arremessada contra o banco da frente.

— O que aconteceu, meu camarada? Parece que estava cochilando! — Questionou Gideão ao se virar para trás sorridente. — Não. Estava distraído e não percebi que iria parar.

— Rapazes, não acham que nosso amigo anda muito distraído ultimamente? Será que está borrando de medo? — Continuou Gideão a zombar.

— É verdade, Gideão, acho que se pudesse voltar atrás ele faria isso.

— Observou Owen, com expressão séria.

Mattheu coçou a cabeça tentando disfarçar.

— Vocês estão enganados, quando estou percorrendo por uma estrada deserta assim, meus pensamentos voam. Sempre fui desse jeito.

— Tudo bem, parceiro, mas daqui para frente toda atenção é necessária, pois seguiremos a pé. Vamos ter uma longa caminhada pela frente e você ficará responsável pela franguinha. Ai de você se não cuidar direito da nossa mina de ouro! O que está acontecendo não é brincadeira, viu! Fique de olhos abertos! — Advertiu-o Logan.

— Isso mesmo, parceiro. Esta belezinha está sob sua custódia, rapaz. — Concordou Owen.

— Podem deixar comigo! — Mattheu olhou para a moça e teve medo de que percebessem o seu coração batucando. — Desse jeito vou acabar me entregando!

Todos, exceto o motorista, desceram da combe e ficaram aguardando enquanto o comparsa tratava de levar o veículo para um esconderijo, localizado entre umas rochas enormes a alguns metros abaixo. Naquele momento, o sol já havia ido repousar do outro lado da montanha e aquele horizonte amarelado prenunciava os primeiros sinais da noite. Mattheu estava arrependido de ter se deixado levar pelos seus sonhos ambiciosos. Com certeza, o percurso seria longo e caminhar na escuridão da noite no meio daquele cerrado cheio de espinhos e, certamente, habitado por serpentes venenosas causava-lhe arrepios, mas não tinha como voltar atrás. Ainda continuava mergulhado em seus pensamentos e a observar ao longe alguns urubus que circulavam nas alturas, quando Gideão surgiu com uma mochila nas costas e uma lanterna enorme.

— Se acharam que eu estava disposto a caminhar no escuro, no meio desse cerrado cheio de espinhos, subestimaram a minha inteligência. Eu pensei nos mínimos detalhes, podem apostar. — Percorreu com o olhar cada um dos integrantes daquela sinistra aventura e virou as costas. — Agora é a hora da onça beber água! Vamos prosseguir em ziguezague para despistar nossos perseguidores. Espero que estejam preparados para caminhar à noite toda. — olhou para Aida — Você também, mocinha! Vamos embora rapazes! Já perdemos muito tempo! Peguem suas coisas e me sigam!

Cada um deles, com revólveres na cintura e uma mochila nas costas começaram a se mover atrás do líder. Por último e inconformado, seguia Mattheu. Recusava-se a acreditar que aquela terrível aventura estava de fato acontecendo. Só podia ser um pesadelo! Ele, filho de Seu Orlando e Dona Hellen, jamais se envolveria numa roubada daquela! Juntar-se a um grupo cruel como aquele! Só se. só se estivesse bêbado! Bêbado? E não era isso que faziam juntos? Infelizmente era verdade! Tinha enchido a cara no dia anterior e acabara se deixando levar por aqueles rapazes. Toda vez que olhava para Aida a caminhar com dificuldade a sua frente, sentia um mal-estar terrível. Era frágil e seus sapatos não a ajudavam, pois possuíam saltos não apropriados para aquele tipo de caminhada. Por que aceitara se juntar aqueles malucos? Ver aquela garota tão linda naquela situação doía-lhe na alma. Ela não merecia aquilo!

Aproximou-se dela e sussurrou:

— Está cansada? Vejo que seus sapatos não são apropriados!

— Não está sendo fácil, mas por que se preocupa? Não é o dinheiro que te interessa?

Mattheu não respondeu. Sentiu-se envergonhado e olhou para o chão. — O que aqueles dois molengas estão tramando? — Owen questionou aos colegas.

— É ela, mulher costuma ser mole assim mesmo e o nosso amigo parece ter um coração de manteiga. — Comentou Logan a olhar para trás.

Gideão coçou a cabeça chateado e olhou para trás bem no momento em que Mattheu retirava um par de chinelo da mochila e a oferecia: — Tem razão, veja o que ele está fazendo! Tratem de acelerar o passo vocês dois aí atrás! Não estão passeando num parque!

Aida aceitou os chinelos, deixou no meio do caminho seus sapatos e prosseguiu, esforçando-se para acompanhar o grupo.

Naquela noite sofrida, caminharam por umas duas horas sem parar até encontrarem uma enorme gruta de pedras. À frente dos demais, Gideão direcionou o potente farol à entrada para ver se a gruta tinha espaço suficiente para abriga-los poderem dormir um pouco:

— Até que enfim vamos descansar um pouco nesse palácio. Mattheu coloque a belezinha num canto. Tem que preservá-la em perfeitas condições físicas! É nosso tesouro. Eu faço o primeiro turno de guarda.

Pouco a pouco a escuridão foi se afastando, mal o dia os saudava com sua claridade matinal e todos já se afastavam da gruta onde haviam passado a noite. Além do cansaço, subir murro acima a desviar das rochas gigantescas que lhes atravessavam o caminho tornava o desafio bem mais severo. Vez por outra, alguns morcegos assustados fugiam das inúmeras grutas encontradas ao longo do caminho e abalavam-lhes ainda mais as estruturas emocionais. Que bichos nojentos! Parecem vir de outro mundo!

Aida se arrastava com muita dificuldade. Era um terrível castigo para aquela moça que não estava acostumada a tamanho esforço. Mattheu tentava, em vão, segurar sua mão; gostaria de poder tornar aquele torturante esforço um pouco mais brando, mas ela recusava a sua ajuda. Era um bandido que só estava interessado no dinheiro do resgate. Estava toda quebrada, mas aguentaria, ia até as últimas consequências sem a ajuda de ninguém. Com esforços sobre-humanos tentou continuar, mas escorregou e foi amparada pelos braços musculosos de Mattheu.

— Confesso que estou impressionado com a sua força de vontade, mas suas estruturas não podem mais suportar. Vou carregá-la até aonde puder.

Por sorte, pouco tempo depois avistaram uma gruta enorme que ofereceria espaço favorável à permanecerem deles até que concluíssem as negociações pelo resgate de Aida. Animados com a descoberta, caminharam por amis alguns minutos e finalmente, chegaram.

A gruta era mesmo enorme, havia espaço de sobra para todos serem acomodados e se sentiram confortados sobre a areia macia que forrava o solo. Foram entrando com cautela, pois não sabiam o que poderiam encontrar naquele lugar, mas sentindo-se ameaçados com a invasão do sossegado território, apenas morcegos passavam voando sobre suas cabeças.

— Não gosto desses bichos! — Comentou Owen. Logan sorriu:

— Não me diga que tem medo desses bichinhos!

— Medo não, mas acho esses bichos nojentos! Tenho nojo!

Todos entraram e se acomodaram num canto. Então Logan olhou para Gedeão:

— Estamos sem água!

— Sem comida também! Observou Owen!

Gedeão passou a mão na cabeça, coçou a barba:

— Temos que providenciar! Vamos nos dividir: Logan, você e Owen descerão a serra a procura de água. Na pior das hipóteses, vão encontrar a uns três quilômetros daqui naquela nascente onde nos abastecemos pela última vez; eu tentarei encontrar algo que sirva para matar a fome e Mattheu ficará de olho em nossa mina de ouro. Como Gedeão havia estabelecido, minutos mais tarde, apenas Aida e Mattheu continuavam no esconderijo. O rapaz parecia meditar enquanto permanecia imóvel a contemplar aquela paisagem montanhosa, coberta daquela vegetação retorcida do cerrado, que parecia ter a missão de segurar aquelas montanhas, pontilhadas por rochas enormes, para evitar que se desmoronassem com a ação do tempo.

Do seu canto, Aida o observava intrigada: O que estaria pensando aquele pobre rapaz? Parecia estar sofrendo um tormento interno. Será que estaria mesmo arrependido como seus colegas mencionaram no caminho? Não tinha jeito de bandido como os outros. Coitado, parecia mais uma vítima daquela embaraçosa situação. Gente como ele não nascia para o crime, pois naquelas situações, geralmente se davam mal. Tinha consciência de que corria perigo e pressentia o mesmo em relação aquele rapaz, mas naquele momento, o que mais a deixava intrigada era aquele olhar perdido e triste. Um jovem que teria tantas oportunidades de ouro pela frente se buscasse um caminho digno! Como gostaria de poder ajudá-lo a sair daquela enrascada em que ela também se encontrava envolvida até o pescoço, mas por razões diferentes. Precisava pensar em algo:

— Ei, o que está acontecendo com você? Está com medo de ser surpreendido pala polícia e ir parar na cadeia?
Num impulso ele se voltou para ela, excessivamente assustado:
— Não, não é nada! Estou bem!

— Que nada, você não me convence. Sei que algo o preocupa. Sinto também que você não é como seus parceiros. —Aida continuou a insistir em sua convicção.

—Está enganada, moça! — Voltou o olhar introspectivo para a paisagem ao longe. — Sei que não quer saber de conversa, mas eu estou com muito medo. Se não conseguirem o resgate, será que vão me matar?

Mattheu não havia pensado naquela possibilidade e, sem se dar conta do que fazia, fechou a cara, ficou de pé e aproximou-se de Aida.

—Não, não fale uma coisa dessa garota! Eu jamais permitiria! Com a mão direita, tocou-lhe o queixo e, por alguns segundos, seus olhos fixaram-se em Aida e o Destino quis que fossem mergulhar no verde cintilante dela que também o examinava. Sentiu o coração bater acelerado e sua respiração ficar ofegante. O que estaria acontecendo? Teve medo de perder o controle e, antes que viesse a pensar em qualquer coisa mais, afastou-se um pouco para fugir daquela agradável magia que parecia dominá-lo. Tentou desviar o olhar, mas suas forças não eram suficientes para cumprir com o que tencionava.

Não era possível, só podia estar sonhando! Aquilo não era uma mulher, certamente seria um anjo! Não tinha como haver tamanha perfeição. Que olhos verdes hipnotizantes! Que boca convidativa, desenhada por aqueles lábios carnudos a proteger àquele sorriso alvo como a neve que encobria o pico das serras ao longe!

Também possuía um corpo com curvas impecáveis. Era demais para resistir! Jamais imaginara ter nos braços uma mulher tão bela, tão encantadora e, naquele momento, estava tão próximo, poderia sentir, em suas mãos, a maciez daquela pela clara.

De fato, encontrava-se numa bela enrascada! O desejo de senti-la em seus braços, sobre aquela areia branca, ia intensificando cada vez mais, mas não podia perder a cabeça. Ainda acreditava ser um ser humano decente. Por fim, fazendo um esforço sobre humano, tocou-lhe o pulso castigado:

— Essa corda deve estar te machucando! Está muito apertada. Deixe eu afrouxá-la um pouco.

Antes de sair, os comparsas de Mattheu trataram de amarrar os pulsos de Aida numa robusta raiz que descia no meio daquelas pedras responsáveis pela formação das paredes da gruta e recomendaram a Mattheu cuidar bem de Aida. "Fique de olho, na moça, hein! Não vá deixar que ela fique fazendo movimentos bruscos para não ferir os pulsos. Ouviu garota? Está muito bem amarrada. Não adianta tentar fugir! ".

Novamente, Mattheu aproximou-se de Aida e depois de segurar suas mãos, com cuidado, avaliou-as e constatou que, apesar de haver um pouco de irritação nos pulsos da prisioneira, não existiam ferimentos.

Ficou por um tempo indeterminado a segurar aquelas mãos macias entre as suas e por fim, começou a frouxar as amarras

– O que está fazendo! Por que está me soltando?

Novamente, Mattheu levantou os olhos e sentiu que sua resistência estava ameaçada, mas resistindo aos gigantescos apelos do seu corpo, libertou-a daquelas malditas cordas.

–Vamos depressa! Temos que nos afastar o mais rápido que pudermos daqui.

Sem perca de tempo, caminharam com passos largos por uma trilha que os conduzia serra abaixo. Ele tinha a convicção de que estava seguindo por um caminho que os levaria de volta para a cidade. Apenas convicção, mas precisava acreditar em sua intuição. Do alto daquela serra, não tinha como ter certeza, mas perder tempo com momentos de indecisão era algo que não podia fazer se quisesse ganhar tempo naquela fuga que significava vida ou morte. Certamente, quando se dessem conta do que havia acontecido, os perseguiriam como a um bando de lobos famintos. Afinal esperavam conseguir uma boa fortuna com o resgate e dinheiro era a única coisa que lhes interessavam. Para ele, Mattheu, com certeza, a promessa não seria das melhores. "Bang, bang" – ouviu tiros.

– Vamos, Aida! Vamos depressa! Já descobriram a nossa fuga! Apavorada, começou a correr ladeira a baixo, pois só em pensar na possibilidade de voltar a cair nas mãos daqueles trastes, sentia calafrios. Não, aquilo não poderia acontecer, seria o fim para Mattheu, pois os havia traído. Arriscava a própria pele para livrá-la e, se dependesse do seu esforço eles não os alcançariam. Com aquele pensamento, continuava a descer num ritmo para o qual não estava preparada, deixando Mattheu para trás, mas ao pisar num pedregulho, se desequilibrou e caiu.

Ai, acho que torci meu tornozelo! – Comentou com uma careta que expressava a forte dor que sentia.

Mattheu se aproximou e, de cócoras, examinou a torção com cuidado.

– Acho que não foi nada grave. Pode movimenta o pé?

Ela obedeceu sem muita dificuldade.

– Tem razão. Acho que posso prosseguir. Só vai doer um pouco.

Ele a encarou contrariado.

– Não, sabe que não vai doer só um pouco! Vai doer bastante! Eu já passei por isso. Sei como é. Tente ficar em pé para ver.

Mattheu levantou-se e segurou a mão direita de Aida para tentar ajudá-la a se pôr de pé.

Ela, por sua vez, mal se levantou e já admitiu sua incapacidade de prosseguir.

– Acho que vou estragar as nossas chances de escapar.

Sentou-se numa rocha desanimada.

–Nada disso, chegamos até aqui, poderemos continuar. Suba em minhas costas.

Aida estava com muito medo para protestar e, com todo cuidado, algum tempo depois, Mattheu caminhava serra abaixo e em pouco tempo depois, estavam chegando ao final da descida.

– Vencemos a pior parte! Com um pouco de sorte conseguiremos.

Prometo que vou te devolver aos seus pais sã e salva.

Ela tocou de leve em suas costas.

–Não prometa, terá uma tarefa dura pela frente! Esqueceu de que seus comparsas estão vindo logo atrás?

Antes que pudesse responder, dois tiros de revólver ecoaram não muito distante deles.

– Estão mais próximos do que imaginava!

Retoma a fuga, não mais caminhando como antes, mas numa marcha ofegante para evitar que viessem a cair nas mãos de seus furiosos perseguidores.

Ao mesmo tempo, não muito distante daquele lugar, um grupo de policiais vasculhavam a procura de pistas que pudessem conduzi-los ao esconderijo dos sequestradores.

Tiros de revolveres. Certamente, são eles. – Comentou o soldado que carregava divisas em sua farda.

– Deus queira que minha filha esteja bem! Disse Alfredo com uma voz carregada de emoção.

Naquele exato momento, outro soldado, um moreno e alto, com o braço direito, apontou em direção a montanha e alertou aos demais:

– Vejam! Alguém está vindo em nossa direção. Pelo jeito de andar, parece ferido ou muito cansado! Vejam como vem caminhando com dificuldade!

Comentou um dos soldados. Era o que possuía estatura mais baixa e a pele mais clara que os demais.

Também estavam exaustos, mas movidos pela curiosidade e, contando com a possibilidade de que aquela pessoa que se aproximava pudesse ser Aida, viram suas forças redobrarem. Ainda bem que estavam otimistas, pois de sequestradores não dá para esperar generosidade. – Vamos, gente! Vamos ao encontro dele! Talvez nossa busca esteja chegando ao fim. – Disse o sargento num tom autoritário, mas demonstrando otimismo no tom de voz.

Com os ânimos revigorados pela possibilidade de poder resgatar Aida, prender os bandidos e poderem voltar para casa depois de mais uma missão bem-sucedida, saem em disparada, mas atentos, pois poderia muito bem ser algum dos sequestradores.

Pouco a pouco a imagem foi deixando de ser apenas um vulto para dar forma a um homem que carregava algo sobre os ombros. Intrigados, pararam para melhor observar e bastaram alguns segundos para discernirem a cena no momento em que, surpreso com a constatação, um dos integrantes do grupo comentou:

– Por isso é que caminhava tão devagar. Deve estar muito cansado, descer uma serra como esta carregando uma mulher não é nada mole. Não menos curiosos, continuaram e, enquanto avançavam, na cabeça de Alfredo as perturbações não sessavam um segundo. Será Aida, minha filha? Se for ela, meu Deus, pode estar ferida!

Pouco a pouco, a distância entre eles foi encolhendo e finalmente puderam reconhecer Mattheu a caminhar com extrema dificuldade devido ao peso de Aida que, ao avistar o pai, começou a gritar com o intuito de acalmá-lo:

– Pai, eu estou bem. Só torci o pé. Cuide de Mattheu, ele deve estar aos cacos. Ele me salvou, pai!

Ao mesmo tempo que ficou aliviado ao ver que a filha estava bem, sentiu uma raiva a remoer-lhe por dentro. Aquele rapaz havia traído sua confiança! Pensara ser um bom menino e se enganara!

Cafajeste! Sequestrar logo sua filha, sua única filha! Ele deveria pagar caro, ah se deveria! Sequestrar uma moça como sua filha era muita ousadia!

Finalmente, venceram a distância que os separavam e o sargento Bryan foi logo interrogando: —O que fazem aqui neste lugar tão deserto, a caminhar desse jeito? Por acaso, estão fugindo? Você, rapaz, não deveria estar com os seus comparsas? Onde se meteram os outros sequestradores?

Mattheu permaneceu em silêncio, não por não querer cooperar, mas pelo simples fato de estar envergonhado e não saber como proceder naquela situação tão desconcertante para si.

Seu Alfredo, que até então permanecera em silêncio, mudou o rumo da conversa:

—Vamos embora, pessoal, Aida precisa de um médico! Acho que cuidar do bem-estar da minha filha passa a ser prioridade neste momento.

Enquanto tentavam decidir sobre o que seria prioridade, Aida sentindo fortes dores no tornozelo, foi se sentar numa rocha a alguns metros. Por fim, resolveram que iriam voltar, mas naquele exato momento, ouviram mais um tiro e ficaram alertas;

—Seu Alfredo, argumentou o Sargento, sinto pela sua filha, mas não podemos perder essa chance de podermos apanhá-los! Vamos, rapazes, vamos pegá-los!

Saíram em disparada e, muito mais cedo do que imaginavam, surpreenderam os três sequestradores logo depois de cruzarem uma pequena nascente de águas cristalinas. Nem tiveram tempo para reagir, pois a ação dos soldados foi instantânea:

— Vocês estão presos! — Aclamou o sargento, com arma empunhada – Aproximem com as mãos acima da cabeça!

—Não atirem! Exclamaram, apavorados, e se aproximaram dos soldados com as mãos sobre a cabeça.

Ao mesmo tempo em que os três desordeiros estavam sendo presos, no meio daquela campina, decorada com centenas de rochas enormes, A imagem de um pai e uma filha completavam aquele ímpar cenário: estavam sobre uma daquelas rochas a esperar o retorno dos soldados. A moça permanecia deitada com a cabeça apoiada sobre as coxas do pai e este acariciava-lhe os cabelos loiros cintilantes. Num arbusto próximo, algumas aves tagarelavam ao som de uma brisa suave que sacudia as folhas e fazia com que muitas delas se soltassem dos seus respectivos galhos e fosse cobrir o solo para vir a servir de alimento à terra frágil daquela região. Era uma cena digna de ser retratada. Pena que não havia entre eles ninguém com tal habilidade.

- Tive tanto medo de que te fizessem mal, minha filha! É claro, mal eles fizeram ao sequestrar você, mas eu temia pela sua vida.

- Eu também tive muito medo, pai, mas minha intuição me dizia que tudo acabaria bem!
Alfredo desviou o olhar para um ponto um pouco afastado deles. -
E ele, filha! - Apontou para Mattheu – O que me diz da atitude desse rapaz?

Ela girou a cabeça para acompanhar o gesto do pai. Por um momento, havia se esquecido do seu salvador. Ficou chateada ao ver que o haviam aprisionado numa árvore. Fora algemado com as mãos para trás e preso em torno do fino, mas resistente, tronco do arbusto. Aparentava muito abatimento e, de tão imóvel que se encontrava, até parecia que a vida não mais habitava naquele corpo. Introspectivo como estava, certamente sentia remorso de que havia feito. Sentia péssima com a visão de Mattheu algemado aquela árvore. Como pôde ser esquecer, mesmo que por um curto espaço de tempo! Nem havia dado conta do que o tinham feito. Fora egoísta, só pensara em si ao passo que seu salvador estava numa situação tão torturante.

Da mesma forma, naquele momento, Alfredo também se encontrava envolto em seus pensamentos: Como pôde se deixar enganar? Julgara ser um bom rapaz, mas se enganara! Teria que pagar, ah se teria! Colocar a vida de sua amada filha em risco! Se dependesse dele, apodreceria na cadeia!

Como que pressentindo os pensamentos de seu pai, ela o fitou, elevou a mão direita e acariciou-lhe o espesso bigode preto enquanto forçava um sorriso.

– Ele é um bom moço, pai! Só se envolveu com pessoas erradas! Instantaneamente, sua expressão ficou muito mais séria e ela percebeu que o pai se irritara com o que ela havia dito.

– Minha filha, não tente amenizar o que aconteceu! Por acaso se esqueceu de que ele é um dos integrantes do grupo que te sequestrou?
É como os outros e como tal, terá que pagar pelo que fez!
A filha se manteve calma, mas com um olhar triste continuou:

– Não, meu pai, ele não é como os outros! Se assim fosse, eu não estaria aqui com o senhor agora. Foi ele que me libertou e, como pôde ver, trouxe-me nos ombros. Sem sua generosidade, eu não teria conseguido.

– É...., mas o que ele fez requer punição! Agiu contra a lei e não levou em conta o mal que estaria fazendo! Quando soube, pensei que iria morrer! – Daqueles olhos, que por tantas vezes a fitaram com carinho, ela percebeu que começava a escorregar algumas gotas de lágrimas. – Sei que o senhor me ama, meu pai! Posso sentir até no seu jeito de me olhar, mas pense comigo: O que ele fez por mim, dificilmente, outro faria! Isso prova que não é como os outros!

Outra vez ficou pensativo, depois deu uma tapinha carinhoso na cabeça da filha.
– Tudo bem, vamos deixar isso com a justiça!

Novamente, o silêncio voltou a reinar entre os dois e Alfredo voltou sua atenção para o prisioneiro. Sua filha tinha razão. Outro jamais faria o que fez sabendo que, depois iria parar na cadeia. Ela tinha mesmo razão. Sentiu-se mais aliviado com a ideia de que aquele rapaz não era dos piores.

Não sabia por que, mas em seu coração havia um carinho especial por aquele que trabalhara com tanta responsabilidade no mercado do seu irmão Apolo. Resgatara a sua filha com tanta garra. Até chegava a admirá-lo.

Trabalhador, sonhador... certamente deveria ter se envolvido naquela roubada movido pelos sonhos de ser alguém na vida. Coitado!

– O que foi, pai? Um tesouro pelos seus pensamentos!

Ao ser interpelado pela filha, o pai que se encontrava no seu mundo interior, retornou meio assustado e sem graça:

– Nada, filha! – Coçou a cabeça e voltou-se para o prisioneiro. – Está apaixonada por ele?

Desconcertada, mediante pergunta tão direta, Aida esboçou um sorriso forçado:

– Ah pai... era nisso que estava pensando?

Ele a encara com expressão muito séria.

– Estava pensando em muitas coisas, mas o que mais me preocupa é o futuro da minha filha.

Não demorou muito para que os soldados chegassem com os outros prisioneiros e, sem perda de tempo, trataram de construir uma maca para transportar Aida até o carro. Ao chegar, O sargento Bryan, Seu Alfredo, Aida e Mattheu entraram no veículo e partiram para a cidade com a condição de que o veículo voltaria para buscar os outros.

Como não estavam muito distantes de Cruzeiro, mesmo com o péssimo estado da velha estrada por onde passaram, aproximadamente meia hora mais tarde entraram na cidade sob olhares curiosos de seus habitantes conversavam entre si.

– Conseguiram resgatar a filha do senhor Alfredo e prenderam um dos criminosos.

– Quem diria que aquele garoto era tão perigoso! – Comentou uma senhora baixinha de cabelos emaranhados.

— É mesmo, quem vê cara não vê coração! — Concordou um homem gordo e de meia idade que parecia estar apreciando a novidade. Outro, com cara de poucos amigos falou em voz alta:

— Deveríamos é linchar esse bandido para servir de lição a outros espertinhos!

— É melhor você ficar quieto no seu lugar, seu Tenório. A não ser que esteja disposto a sentir na pele o rigor da lei! — Advertiu-lhe o sargento ao perceber que aquele homem tencionava provocar um tumulto.

O restante do percurso foi percorrido sem nenhuma surpresa e, depois de deixar Mattheu numa cela, a condução tomou o caminho de volta para buscar os outros prisioneiros.

O Recomeço

Depois do triste episódio que resultaria em mudanças radicais na vida de Carter, aquele rapaz romântico, que havia tido a sorte de conquistar o amor verdadeiro de uma garota que ele considerava incrível, foi condenado e preso durante um ano. Se não bastasse ter perdido a mulher de sua vida num acidente cruel, ainda seria responsabilizado por sua morte. Ela era o seu bem mais precioso, uma espécie de tesouro que por tantos é procurada, mas poucos tem a sorte de encontrá-la. Para ele, pouca diferença fazia a sua condenação, pois já se sentia penalizado por ter que continuar vivendo sem sua amada. Se tivesse tido a chance da escolha, teria preferido seguir viagem com ela, mas Deus sabe como conduzir as coisas: com o tempo, o que julgamos impossível acontece e, para Carter, a presença frequente do padre Carlos contribuiu para a cicatrização das feridas da alma. Foram trezentos e sessenta e cinco dias naquele recinto, mas um período importante para se convencer de que valeria a pena continuar vivendo. Primeiro por seus pais e irmã, depois pelo carinho de pessoas da comunidade que não se cansavam de ir passar algum tempo em sua companhia. Thomas Brow lhe era um grande amigo antes, mas depois daquela tragédia se tornara mais que um irmão. Nunca o abandonara e o seu entusiasmo por lhe trazia um pouco mais de consolo. O amigo merecia alguém como aquela charmosa e amável doutora! Se ele não tivera a sorte de ser feliz com Charlotte, que fosse Thomas Brow! Que seu amigo pudesse realizar seu maior sonho que era o de ter um amor para toda a vida.

Tudo o que se passara naquele ano de reclusão, fora importante para Carter refletir sobre os mistérios da vida e, mediante as manifestações de carinho dos amigos, concluiu que desistir de viver seria ignorar todas as batalhas que vivera e se fechar em seu nostálgico mundo atual. Puro egoísmo. Não estaria sendo justo para com todos aqueles que o consideravam como amigo.

Dia após dia pensara muito até que cumprira sua pena. O tempo passara e naquele exato momento, sentia uma espécie de friozinho na barriga. Estava chegando a liberdade. Liberdade para que se tudo lá fora só teria sentido com Charlotte? Aquelas ruas por onde passaram, a praça onde viveram doces momentos. Como iria suportar tantas lembranças? De fato, não seria fácil, mas viveria pelos seus, pelas pessoas que o amavam.

Passos ecoam, vindo em sua direção. Carter interrompe seus pensamentos enquanto seu coração bate acelerado.

– Bom dia rapaz! Sua estadia terminou. Hora de curtir a liberdade! Carter levantou-se da cama onde estivera sentado por tanto tempo, coçou a cabeça enquanto examinava aquele soldado que durante todos aqueles dias, em que permanecera naquele cubículo, o tratara com respeito e até com um pouco de admiração. Não era alto, mas robusto. Tinha a pele morena como a de um nativo e conservava um espeço bigode negro.

– Já devo sair? Não sei o que farei lá fora!

Energicamente, o carcereiro cumprimentou-o com um discreto sorriso, tentando encorajá-lo:

– Experimente viver, rapaz! Poderá vir a se redescobrir! – Pegou a chave, girou, a fechadura foi aberta e, em seguida, a porta ficou escancarada. – Coragem, tem uma galera a te esperar lá fora! Você é muito querido!

Naquele exato momento novos passos estrondaram. Era Thomas Brow que se aproximava sorrindo.

– Bom dia meu amigo! – Abraçou-o calorosamente. – Até que enfim!

Todos nós, seus amigos, sentimos muito a sua falta em nosso meio! Thomas ajudou o amigo a juntar os poucos pertences e, acompanhados do agente carcerário, saíram caminhando por um corredor que os conduziria à saída.

À frente do presídio, seus pais e irmã, em companhia de alguns amigos, aguardavam ansiosos pela saída do ente querido e, quando o avistaram surgir no corredor, começaram o vozeirio:

– Lá vem ele, disse uma senhora morena que também estava na expectativa de ver a libertação do prisioneiro.

– Oh, meu filho! Você está tão abatido! – Lamentou a mãe.

Pedro Afonso a abraçou carinhosamente e tocou-lhe as costas em forma de apoio:

– Fique calma Josepha! O pior já passou! Não deixe nosso filho perceber que está penalizada, isso não o fará bem! A mulher se voltou para o marido com um ar de admiração.

– Oh meu amado! O que seria de mim sem você?

Pedro Afonso apenas sorriu e voltou a observar o filho que já se encontrava em frente ao portão de saída. Seu aspecto não era bom. A barba havia crescido e os cabelos se encontravam emaranhados a indicar o descaso do filho para consigo mesmo. Usava, naquela ocasião, uma calça Jeans azul-escuro, uma camiseta cinza de gola polo não muito limpa. Encontrava-se muito abatido. A cena era de partir o coração, mas ele, Pedro Afonso, não iria fraquejar; tinha que ser forte o bastante para inspirar seu filho a fazer o mesmo. Apesar de tudo a vida continuava para o seu amado filho e demonstrar abatimento não iria ajudá-lo nem um pouco.

O carcereiro, que parecia estar ansioso para pôr fim àquele fatídico ato, sem perda de tempo, introduziu a chave na fechadura e girou. O portão emitiu um estranho ruído ao ser aberto e os dois amigos saíram ao encontro da calorosa recepção.

Josepha caminhou apressadamente ao encontro do filho e o abraçou calorosamente.

– Meu filho amado! Que bom que está livre! Vou fazer o possível para ajudá-lo a se levantar de novo!

O abraço durou alguns segundos, depois Josepha se dirigiu aos amigos que aguardavam pacientemente:

– Meu filho vai precisar do apoio de cada um de vocês para retomar a caminhada da vida! Contamos com todos vocês! Clark foi o primeiro a se manifestar:

–Dona Josepha, Carter é nosso amigo! Pode apostar que trataremos de trazer de volta aquele cara sorridente que sempre foi. – Aproximou-se de Carter e o abraçou. – Fique tranquilo, amigo! Estamos nessa luta contigo! Posso imaginar o quanto a vida está sendo dura com você, mas tudo passa, você vai ver!

Entre os amigos do tempo da escola que se encontravam lá também estava Alana, linda como sempre, a usar aquelas roupas que exploravam e intensificavam as curvas sensuais de seu corpo impecável. Daquela vez estava com um vestido de malha azul. Quanta exuberância! Era difícil para qualquer homem, se manter alheio a tanta sensualidade. Carter não, não naquele momento em que se encontrava mergulhado em seu mundo obscuro. Ela, desde que o conhecera, se sentira atraída. Achava-o encantador, mas o rapaz só tinha olhos para Charlotte. Daquela vez era diferente. Tinha que respeitar os sentimentos daquele homem, mas daria uma nova investida. Ele precisava de carinho e ela estava disposta a dá-lo. Carter era diferente dos outros rapazes, não era para qualquer uma. E ela não era uma moça qualquer, tinha consciência de sua beleza e sabia que a isso os rapazes não resistem. Charlotte também era muito especial, além de muito linda, mas não se encontrava mais lá. Ninguém mais estava em seu caminho. Era o seu momento. Iria seduzi-lo. Assim fizera para conquistar tantos rapazes. Sabia muito bem explorar a beleza que trazia consigo, razão pela qual se tornara a garota mais desejada da Vila São Domingos. Aproximou-se de Carter e deu-lhe um caloroso abraço.

– Querido, sinto muito por tudo que vem passando, mas te prometo que farei o possível para ver essa boca linda a sorrir novamente. – Aplicou-lhe um beijo carinhoso no rosto!

Naquele momento, havia dois homens na calçada, do outro lado da rua. Curiosos e sensibilizados com a situação do pobre rapaz, eles acompanhavam aquele movimento, atentos ao que acontecia. – Aquela moça sim, tem o poder para trazer o pobre rapaz de volta pra vida logo, logo! – Comentou um deles, o que parecia ser mais velho, a julgar pela sua cabeleira grisalha, enquanto sorria exibindo seus dentes amarelados.

– Concordo plenamente com você, amigo! Que homem resistiria a tantos encantos? – Completou o outro, que aparentava ter aproximadamente, os seus trinta e poucos anos, a coçar o queixo enquanto morria de desejo de poder sentir aquele abraço sedutor. Depois do momento de euforia dos amigos, logo na saída da prisão, todos se dirigiram para a casa de Carter. Assim que chegaram, como sempre, foram acolhidos por Dona Josepha que tratou de fazer um chá e servi-los com uma bandeja de bolo fresco. Enquanto saboreavam, contavam histórias engraçadas até seu Pedro Afonso se sentir incomodado:

– Pessoal, sou muito grato pela ajuda de vocês, mas acho agora o amigo de vocês precisa descansar. Há um bom tempo ele não dorme em sua cama.

Automaticamente, todos olharam para um velho relógio de parede. Aproximava-se das vinte e três horas.

– Tem razão, senhor Pedro Afonso! Ficamos empolgados com a volta do nosso companheiro que não nos damos conta da passagem do tempo. – Justificou Thomas Brow.

Um por um, foram se levantando do sofá e, pouco tempo depois, só se ouvia os ruídos do ventilador e do tilintar dos copos que dona Josepha recolhia da mesa da sala.

A noite foi tranquila. Carter, sob efeito de um chá calmante que a mãe lhe preparara, entrou num sono profundo e só veio a despertar na manhã seguinte. Parecia mais disposto. Depois de tomar um banho frio, se dirigiu à cozinha para tomar café. Há um bom tempo Dona Josepha estava de pé e, como de costume, havia preparado uns biscoitinhos, cujo aroma, havia se espalhado pela casa.

– Puxa mãe, a senhora madrugou? Não precisa mais levantar tão cedo! Ela depositou as duas mãos sobre os quadris e sorriu discretamente. – Já se esqueceu de que sua mãe tem o hábito de levantar ao amanhecer? Se em outros dias eu tenho me levantado cedo, por que não hoje que tenho meu filho de volta?

Carter ficou emocionado e seu sorriso foi cheio de gratidão.

– Obrigado mãe! Que sorte tive eu de ter uma mãe assim!

–Deixe de ser exagerado, menino! Você também é um ótimo filho! Tome seu café!

Depois do café, quando seu Afonso já se fazia presente na cozinha, Carter quis saber a opinião dos pais sobre o que pretendia fazer naquele dia.

– Durante o tempo em que permaneci na prisão, estive pensando sobre o que faria da minha vida quando saísse de lá, mas nada me despertava interesse até ser transportado em sonho para o lugar onde moramos. No sonho fui interpelado por um senhor de aspecto estranho. Ele disse que eu encontraria sentido para minha vida retornando ao passado. Não sei se foi apenas um sonho comum, mas como não tenho nada melhor para fazer, vou voltar àquele lugar.

Dona Josepha olhou para o marido e este entrou em ação:

– Carter, algo me diz que esse seu sonho pode ser uma profecia! Digo isso porque eu e sua mãe conversamos sobre essa possibilidade. Acho que pode ser providencial voltar aquele lugar. Lembra de Alice?

– Lembro sim, ela foi minha companheira de infância!

– Pois é filho, ela havia ido para Porto dos Sonhos para dar continuidade aos estudos, mas sua mãe ficou sabendo que neste mês, ela se encontra em período de férias e está na fazenda. Acho que reencontrar sua amiga de infância poderá te fazer bem.

Carter ficou em silêncio por alguns segundos: – Tem razão, pai.

Pode me fazer bem revê-la!

Dona Josepha resolveu dar um empurrãozinho:

– Isso mesmo meu filho! Seu pai até já conversou com um amigo e conseguiu um cavalo para sua viagem.

– Está bem. Então não vou perder tempo. Preciso fazer algo logo se não vou enlouquecer!

– Josepha, ajude Carter a organizar suas coisas para a viagem. Eu vou buscar o cavalo!

Levantou-se, foi ao quarto, colocou chapéu e calçou uma botina e saiu. Carter e a mãe também se mexeram. Ele pegou uma bolsa preta e jogou sobre a cama enquanto sua mãe separava algumas peças de roupa que seriam mais apropriadas para a viagem.

Em pouco tempo depois, Carter já cavalgava rumo ao seu passado e, em casa, seus pais refletiam.

– O que achou do sonho do nosso filho? Não te pareceu muito estranho? – Pedro Afonso, a segurar uma xícara de café fumegante, quis saber a opinião da companheira sobre o que lhe intrigava. – Alguma força misteriosa o está conduzindo. Ao que parece, Deus vai nos ajudar.

Pedro Afonso lançou-lhe um olhar de aprovação e levantou-se da mesa cheio de disposição. Tinha a convicção de que logo seu filho reencontraria o caminho. Pegou o seu velho chapéu e foi saindo em direção à porta de saída. Josepha, também esperançosa pela recuperação do filho, desamarrou o avental branco que trazia preso à cintura e, curiosa acompanhou o marido.

– Aonde você vai Pedro? Vai saindo sem falar nada!
Ele olhou para trás sorrindo.

– Não se preocupe, minha nega! Com a nossa animadora conversa, senti necessidade de dar uma volta.

Josepha olhou para um velho relógio fixado numa das paredes da sala e, ao se certificar de que já passava das oito e meia, tratou-se de se apressar. Era hora de voltar à cozinha para preparar o almoço, mas antes mesmo de se locomover da sala, deparou-se com um retrato que há muitos anos era conservado sobre uma estante de madeira. Com o passar do tempo, fora se habituara tanto com aquele quadro que quase nem mais a notava, mas naquele momento, o seu olhar era diferente. Sentia que estava muito mais emotiva do que de costume. Nele ficara registrado um dos melhores acontecimentos de sua vida: aquela fotografia marcava o dia do seu casamento quando, cheios de vida, eram bem jovens. Pedro tinha apenas vinte anos e ela dezessete. Como amava o marido! Esperava que seu filho também tivesse a sorte de encontrar alguém para constituir uma família como a dela. Tinha fé naquela ideia. Seu filho seria muito feliz e se esqueceria do todo aquele tormento que estava passando. Ela e o marido, depois do acidente haviam passado pelos piores dias das suas vidas. Seu homem vivia calado a caminhar de cabeça baixa e ela sentia um incômodo aperto no coração, mas os dias de tristeza estavam contados. Assim esperava.

Ao mesmo tempo, não muito longe da vila, seguia Carter. Pela primeira vez, depois de tantos dias de trevas, ele se sentia bem. Adorava cavalgar e tudo ficava melhor com a agradável visão daquelas verdes pastagens que apreciava tanto. Deixava o cavalo seguir tranquilamente ladeira acima enquanto ouvia a algazarra dos pássaros que pareciam contentes com o seu retorno. Entendia que era parte de tudo aquilo: o verde das árvores a sacudir com a brisa, o ar puro, os pequenos riachos tudo lhe era familiar.

Não seguira pela estrada convencional. A cavalo, o atalho que tomara lhe possibilitaria cortar caminho e desejava reviver as lembranças do doce tempo de infância quando muitas vezes por lá passara em companhia de seu pai. Acreditava ser aquela viagem fundamental para o momento, pois precisava fugir daquele presente que o tirava a vontade de viver.

Ainda era cedo, mas o sol arregalado daquela manhã prenunciava um dia escaldante. Do alto da sela e com suor a deslizar pelo rosto, o rapaz conduzia seu cavalo que caminhava naquele ritmo constante, pois para Carter pouco importava a hora de chegar, apenas seguiam em frente atentos às irregularidades do terreno para evitar surpresas desagradáveis. Um pouco mais a frente, por aquela velha trilha passara, junto com Alice, por tantas vezes quando ia à saudosa escolinha da fazenda. Na verdade, não eram só ele e Alice, contavam com as companhias de Myke, um menino gordinho, cujos cabelos eram castanhos e encaracolados, e Shakira, filhos de outro morador da fazenda. Ela era bonitinha: esbelta, um pouco mais velha que eles, agia como se fosse responsável pela proteção do grupo. Quase sempre com um short azul e uma blusinha estampada seguia a nossa frente sempre a chamar nossa atenção para não nos distraímos pelo caminho sob o risco de nos atrasarmos. Também, como o irmão, possuía cabelos castanhos e encaracolados que, como molas, sacudiam sobre suas costas enquanto ela caminhava.

Eram tantas as lembranças que, como num sonho, formavam um intenso redemoinho a revirar-lhe as ideias. Desde que saíra de casa, executava simultaneamente, dois tipos de viagem: numa seguia calmamente sobre o lombo de um cavalo rumo a sua velha morada; em outra, viajava para dentro de si pelas trilhas do tempo que lhe arrancavam do peito os mais contraditórios sentimentos. Naquele ritmo contante, depois de subir um pequeno monte, se deparou com as ruínas da antiga escolinha onde ficaram adormecidas milhares de lembranças e constatou que só restavam, naquele lugar, as marcas no solo e os velhos esteios daquela que fora a sua primeira escola. Apeou do animal, cujas rédeas amarrou num dos galhos da mangueira, que não só resistira ao tempo como também se encontrava muito mais robusta. A alguns metros do lado oposto, orientado pelos cantos de um bando de periquitos, avistou um pé de coqueiro de cuja existência não se lembrava. Do alto, aquelas aves barulhentas festejavam ao banquetear de um belo cacho repleto de cocos maduros. No passado, gostava de roer daqueles cocos. Eram grudentos, mas docinhos. Outra vez voltou sua atenção ao solo e introspectivo, dirigiuse ao local onde fora fixada aquela escolinha. Queria sentir, sob seus pés, o chão que servira de base para tantos sonhos e fantasias. Pouco a pouco, as lembranças iam ganhando forma. Até já podia visualizar sua professora, aquela senhora morena e quarentona, a exibir seus cabelos grisalhos, parcialmente presos e jogados sobre as costas, a explicar pacientemente o conteúdo das aulas. Era uma mulher sorridente que gostava de acariciar lhe os cabelos e não se cansava de elogiá-lo quando conseguia ir bem na leitura das lições propostas. Recordou também de que num dia daqueles ela o fizera enrubescer ao dizer que ele e Alice pareciam um casal de namorado. Aquele comentário impulsionara seu coração e o fizera bater acelerado, pois com o passar do tempo, ele havia desenvolvido um sentimento especial por aquela menina. De forma inocente e mesmo sem jamais ter ido além da amizade a considerava sua namorada. Quando se encontrava sozinho, em seus sonhos de criança, ele não se cansava de se imaginar um homem feito, dividindo um simples casebre com Alice. Ela seria a única dona do seu coração e viveriam felizes para sempre. Assim pensava consigo mesmo. Ainda imerso naquele mundo de magia, em sua viagem interior, Carter foi assaltado pelas lembranças de um dia, quando voltavam da escola. Naquela ocasião, Alice segurou-lhe a mão e, olhando nos olhos, disse-lhe:

– Carter, como eu gosto de estar com você! Fico tão feliz quando está por perto!

Ao ouvir tal confissão, Carter sentiu as pernas perderem as forças, a barriga esfriar e o coração mudar o ritmo das batidas. Recordou que aquele havia sido um dos melhores momentos de sua vida. Mesmo com o coração aos pedaços, reviveu aquela cena: Ela se aproximando, se aproximando, aplicando-lhe um beijo no rosto e o conduzindo ao céu. Se não tivesse mudado para a cidade, não teria conhecido Charlotte e teria sido poupado de tanto sofrimento, mas também não teria experimentado um amor tão sublime. Estava difícil conviver com sua ausência, mas valera a pena os sonhos partilhados e cada segundo vivido ao lado daquela que fora o amor de sua vida.

Repentinamente, o sol, que se encontrava encoberto por algumas nuvens, mostrou a cara e fez com que Carter percebesse que o tempo passara. Já não era tão cedo. Olhou na direção onde deixara o cavalo e constatou que o pobre animal parecia cochilar enquanto sacudia o rabo para enxotar os mosquitos que o incomodavam. Pobre coitado! Levantou-se e, mais uma vez, percorreu o olhar aos arredores.

Daquele lugar cheio de magia, pouca coisa restara. Viu um urubu voando ao longe. Como gostaria de poder voar daquele jeito! O tempo havia conseguido apagar quase tudo. Até mesmo suas lembranças trataram de sufocar, mas estas estavam sendo recuperadas graças ao terrível acontecimento que, por pouco, não o destruíra por dentro. Como fora feliz com

Charlotte! Sentiu as lágrimas rolarem, pegou um lenço que trazia no bolso da camisa, secou o rosto e continuou caminhando lentamente até que outra vez foi conduzido de volta à infância. Sentia pelo animal mas deveria permanecer lá mais um pouco. Deu meia volta e, ao ver uma pedra localizada bem no centro do espaço onde fora sua primeira sala de aula resolveu se sentar um pouco. Precisava de mais tempo para revirar o depósito de fatos que lhe possibilitaria recuperar parte da sua história há muito encoberta pela poeira do esquecimento e entendia que aquele local poderia vir ser seu recomeço.

Carter permaneceu naquele poço de lembranças ainda por algum tempo até que, ao cavoucar o solo com o salto da bota, viu surgir algo reluzente. Curioso, esfregou o pé com um pouco mais de energia e constatou que se tratava de uma colher de alumínio. Estendeu o braço e a apanhou. Era uma das tantas que os alunos utilizavam na hora da merenda. Raramente comia sozinho. Ele e Alice se sentavam num velho banco de madeira, que havia no pátio, para saborearem a merenda oferecida pela escola. Ela adorava quando havia arroz doce.

Aquelas lembranças pareciam um sonho, um doce sonho. De súbito, sentiu que algo o incomodava. Era saudade daquele que fora uma companheira inseparável: Alice. Onde estaria? Queria revê-la, saber se estava bem, se ainda se lembrava dele. Levantou-se decidido a retomar a viagem. Tinha permanecido lá por um bom tempo. O sol estava quente, era meio dia. Desamarrou do galho da mangueira as rédeas do animal, montou e retomou o seu caminho. Ao perceber a movimentação, alguns dos periquitos tagarelas, sentindo ameaçados, saíram voando sem que Carter desse alguma importância aquele acontecimento. Queria mesmo era encontrar pistas do que sobrara da velha trilha que o conduziria ao local onde fora sua morada. Torcia para que seu antigo vizinho ainda estivesse morando naquele pedaço de paraíso. Ainda deveria ser o dono daquelas terras, mas poderia ter se mudado para a cidade, pois Alice precisava estudar. Talvez tivesse ido morar com uma tia, ou outro parente qualquer e os pais preferido permanecer no sossego da fazenda.

Aproximadamente uns vinte minutos depois de deixar as ruínas da sua antiga escola, avistou a uns trezentos metros, o telhado avermelhado da casa do fazendeiro, patrão e amigo de seus pais, o pai de Alice. Da chaminé, levantava-se, timidamente, uma discreta cortina de fumaça. Certamente, o fogo terminava de consumir a lenha que teria sido utilizada para a execução do almoço. Olhou no relógio, já passava do meio dia. Naquele momento um cão que pressentira a sua aproximação, começou a latir. Não parecia estar bravo com ele, apenas desejava-lhe as boas vindas da casa. Acelerou os passos do animal, estava ansioso por chegar e descobrir quem, por ventura, estaria lá. Pouco depois, a uns cinquenta metros, viu alguém surgir na janela e desaparecer logo em seguida. Seria a mãe de Alice ou a própria Alice? Continuou impelindo o animal a continuar o galope e a fazer fugir de sua frente, apressados, os animais domésticos que se encontravam nas proximidades: galinhas que batiam as asas, enquanto corriam, tentando levantar voo e assim poderem fugir mais depressa; porcos, todos sujos de lama, que saíam roncando no meio das baixas vegetações de bassouras que haviam tomado conta das laterais daquela estreita trilha. Por fim chegou à velha porteira por onde passara tantas vezes quando morara nas proximidades da sede da fazenda. Recordou-se de quando ele e Alice brincavam de balançar sobre aquela pobre coitada. Naquele tempo ainda era resistente, mas com os anos, a madeira enfraquecera e ela não mais seria capaz de resistir o seu peso que, ao contrário do que sucedera a ela, se tornara um homem alto e forte. Abriu-a devagar, pois não queria fazer barulho.

Depois de amarrar as rédeas do animal a uma antiga cerca de madeira, um pouco estragada pelos cupins que, há muito, havia sido construída para proteger a casa das invasões das criações, Carter abriu o portão de acesso e entrou. Bateu palmas, a porta foi aberta em seguida e ele viu surgir a bondosa senhora Olívia com uma expressão preocupada.
– Entre senhor. Meu marido já vem atendê-lo.
Carter sorriu.

- Devo estar mudado muito mesmo, pois a senhora não está me reconhecendo.

Dona Olívia franziu as sobrancelhas e passou a examiná-lo em silêncio. Depois forçou um sorriso amigável, tentando disfarçar a apreensão.

- Sinto muito, mas não consigo reconhecer o senhor.

Naquele momento apareceu Joshua sorridente.

- Mulher, não está vendo que é o nosso menino Carter?

Ela se aproximou impulsivamente:

- Oh meu filho, como você está alto e forte! Agora é um homem feito! Como vão seus pais? Você já se casou?

Olívia se afastou um pouco para que Joshua pudesse cumprimentá-lo:

- Como é que vai, meu rapaz! Que bom que se lembrou da gente! Vocês sumiram. Pensei que havia se esquecido dos seus vizinhos. - Não senhor Joshua, em casa, sempre falamos da boa vizinhança que eram vocês.

Naquele momento, dona Olívia se vira para a cozinha:

-Alice, Alice!

- O que foi mãe?

- Venha ver quem está aqui!

Segundos depois, Alice aparece secando as mãos num avental branco que trazia amarrado à cintura. Daquela garotinha do tempo de infância ainda se conservava o jeito carinhoso de olhar. Os seus cabelos negros, que outrora gostava de tocar, ela os mantinha presos num coque bem no alto da cabeça.

A moça foi se aproximando e dona Olívia se dirigiu a ela: com um sorriso nos lábios:

- Consegue reconhecer esse rapaz, filha?

Serena como sempre fora, ela se aproximou mais um pouco e, silenciosamente, o examinou por alguns segundos. Aqueles olhos negros lhe eram familiares. Era Carter. Só podia ser ele.

- Como vai meu amigo Carter? - Apertou-lhe a mão. - Por que demorou tanto para nos visitar?

O rapaz se sentiu embaralhado com aquela pergunta e, enquanto esfregava uma mão a outra, tentou dar alguma justificativa, mas não conseguiu êxito.

– Deixa pra lá, o importante é que se lembrou de nós.

Novamente ele se sentiu incomodado, mas justificou sem rodeios. – Sabem que adoro vocês e jamais me esqueceria. Foram muitos momentos maravilhosos de convivência aqui neste pedaço de paraíso. Não podem imaginar o quanto estou feliz de estar aqui neste momento. Nem eu mesmo entendo por que não voltei antes. Joshua, que até o momento, havia se mantido como a um simples espectador, entrou em cena:

– Tudo bem Carter, vamos deixar as lamentações de lado, vamos para a cozinha que a comida está esfriando na mesa.– Aplicou-lhe um tapinha amigável nas costas.

– Vamos lá. – Concordou Olívia. – Carter deve estar com fome. Enquanto caminhava para a cozinha, Carter não perdeu a oportunidade de poder apreciar a beleza de Alice. Ela seguia a sua frente, precisava dar os últimos retoques à mesa, pois naquele dia, havia um visitante muito especial.

Recordava que, no tempo da escola, ela fora uma garotinha encantadora, mas jamais imaginaria que ficaria tão bela alguns anos depois. Caminhava elegantemente a sua frente enquanto seu corpo esbelto e, com todas as curvas no lugar, parecia desfilar numa passarela. Morena Clara, magra e de coxas grossas deixava-o com água na boca. Como foi capaz de se esquecer por tanto tempo daquela deusa? Então se lembrou de que o mérito não tinha sido dele, mas de Charlotte, aquela loira angelical que fizera se esquecer até de si mesmo. Estranhou por ter sido capaz de se lembrar daquela que se tornara tudo em sua vida nos últimos anos sem se sentir em pedaços como das outras vezes. Seria o efeito Alice? Afinal ela havia sido o seu primeiro amor, o amor das promessas. Poderia ser um incentivo para continuar vivendo, mas substituir Charlotte era algo impossível. Ou seria? E se em seu coração não houvesse mais lugar para ele? Muito tempo se passara e ela poderia ter encontrado outro. Não, isso não. Ela era sua única chance e, ao que parecia, ainda não se casara. – Carter, você parece pensativo. Está tudo bem com você? – Quis saber Joshua.

Alice o observou discretamente e ele sentiu o coração disparar. Que olhar ela tinha! Sentiu que a amava, que talvez as antigas promessas os reservaram um para o outro. Lembrou-se de quando acontecera e, de imediato, um filme começou a rodar em sua cabeça.

Depois de chegarem da escola, ele e Alice estavam brincando sob uma enorme figueira localizada a uns cem metros da casa onde vivia com seus pais. Ela havia feito uma vassoura com alguns ramos e varria o chão onde costumavam brincar quando ele chegava com alguns pedaços de madeira. Ele a observou carinhosamente. Como gostava daquela garota! Seria ele algum dia seu marido e viveriam felizes como a seus pais? Concluiu que não, ninguém poderia ser feliz como seriam ele e Alice. Mesmo sentindo o coração sair pela boca, aproximou-se dela e disse a olhar dentro dos olhos:
– Eu amo você!
Ela se virou para ele com um sorriso nos lábios:
– Eu também te amo! Espero um dia poder me casar com você! Comentou deixando transparecer um brilho no olhar e ele, emocionado, respondeu:
– Esse é meu maior desejo!
Ela se aproximou dele e deu-lhe um Celinho na boca.
– Eu serei sua, Carter, só sua e para toda a vida!
Carter a manteve entre seus braços enquanto dizia:
– Você promete?
– Só se você fizer o mesmo! – Desvencilhou-se do abraço de Carter. – Eu também prometo! Serei seu, só seu! – Disse sem perda de tempo para evitar que ela voltasse atrás naquilo que dissera com tanta profundidade.

Durante o almoço, além das doces recordações da infância, que fizera dele um homem calado, para satisfazer a curiosidade dos pais de Alice, Carter falou sobre os últimos acontecimentos de sua vida. Fez um breve relato do que sucedera consigo e de como ganhavam a vida na vila. Até o momento, o mercado havia dado conta do recado. Satisfeito com as informações, Joshua prometeu-lhe que, ele e a família, iriam visitá-los dentro de poucos dias. Gostava muito dos seus antigos vizinhos.

Mal terminara de almoçar, Carter quis saber da antiga figueira onde costumava brincar com Alice. Tinha o pressentimento de que, a partir de lá, poderia retomar o seu caminho. Depois de ouvir de dona Olívia que a árvore ainda continuava lá e, muito mais vistosa, sentiu pressa.
Desejou, mais que nunca, ir vê-la de perto.
– Vá com ele, Alice! Não era a árvore onde brincavam?

Alice se levantou ajeitando a roupa e os cabelos que começavam a se libertar do coque.
–Vamos lá Carter, já que faz questão de voltar ao seu passado. Ao nosso passado. Pensou Carter.
Ele também ficou de pé.

– Vamos! O dia está apressado e eu ainda tenho um bom percurso a percorrer.
Dona Olívia fuzilou-o com o olhar de desacordo.
– Vai voltar hoje? Por que não fica por aqui e descansa até amanhã?

Impulsivamente, Carter olhou para Alice. Esperava dela a aprovação. Percebendo a intensão do antigo companheiro de escola, ela esboçou um discretíssimo sorriso.

– A minha mãe tem razão. Não faz sentido voltar ainda hoje. Poderá passar a noite por aqui. Afinal, continua fazendo parte da nossa família. Não é verdade?

Carter entendeu que, com aquela pergunta, Alice tencionava ir além da simples resposta. Ela não o perdoara por ter se distanciado durante tanto tempo e, pior ainda, por ter se envolvido com outra. Ele também não entendia como tudo se desfizera com o aparecimento de Charlotte. Ela se tornara o seu tudo até aquela maldita ave negra aparecer para roubá-la. Felizmente, pressentia que, com o retorno àquela fazenda, sua vida poderia tomar outro rumo. Só ia depender de Alice perdoá-lo pelo distanciamento, mas ao que sua postura indicava, não seria muito provável, já que ela parecia decepcionada com o seu proceder. Também entendia que jamais se esqueceria daquela que lhe fizera tão bem, daquela que amara tão intensamente, mas de que lhe adiantariam somente as lembranças se Charlotte não podia mais ser dele? Ao contrário do que acontecera à mulher do seu relacionamento passado, a sua frente, ele podia admirar Alice, a mulher mais bela que conhecera e que havia sido seu primeiro amor. A ela jurara pertencer e entendia que era a quem o Destino o reservara.

Seguindo a trilha por onde esperava encontrar o sentido para recomeçar, Carter caminhava lentamente logo atrás de Alice que trocava passos em silêncio. O que ele não sabia é que a moça estava vivendo um forte conflito consigo mesma: Depois de saber a notícia do envolvimento do seu amado com uma moça da Vila, ela optara por aceitar a proposta de um rapaz, filho de um fazendeiro vizinho que há algum tempo vinha insistindo para que o aceitasse como namorado. Ele, por dezenas de vezes, lhe havia dito que estava apaixonado e desejava torná-la sua esposa. Não tinha sido fácil para ela, mas concordara e, no momento, estava noiva. Por impulso, havia tirado a aliança ao descobrir que o recém-chegado era Carter, mas não sabia por que, pois havia sido Carter o responsável pela quebra da promessa, não ela e também aprendera a gostar do namorado. O rapaz não merecia tal decepção. Casaria sim com o filho do fazendeiro. Sua história do passado era coisa de criança. Se tivesse ido à casa de seus pais por ela caíra do cavalo. Ele que procurasse outra, porque ela já estava comprometida.

Depois de alguns minutos, chegaram. A figueira se tornara muito mais bela do que imaginava. Não ficara muito alta, mas muito robusta e sua sombra atingia grandes proporções. Algumas raízes cresceram tanto que ficara alta do solo. Alice se aproximou de uma daquelas raízes, se sentou e soltou sua cabeleira negra que se espalhou com a brisa daquele momento. Ela usava uma saia Jeans justa, motivo pelo qual suas coxas se destacavam tentadoramente, levando Carter a suspirar fundo.

– Tem vindo a este lugar com frequência? – Quis saber Carter enquanto se aproximava.

Com um olhar indiferente, Alice acompanhou sua aproximação.

— Não. Há muito tempo não vinha aqui. — Respondeu com os olhos fixos em direção ao solo cheio de folhas secas.

— Lembro-me nitidamente, como se fosse ontem, daquele tempo em que aqui brincávamos.

— Eu também me lembro das brincadeiras de criança. — Com o rosto impassível, encarou-o por alguns segundos. — Já que satisfez sua curiosidade, acho que podemos voltar.

Carter esboçou um sorriso forçado enquanto a fitava com um olhar cheio de tristeza.

— Tudo bem. Não tenho a pretensão de atrapalhá-la. Deve ter coisas mais importantes a fazer. Vamos!

Alice erubesceu de repente, mergulhou os dedos nos cabelos, tentando disfarçar o embaraço, enquanto ficava de pé.

Carter, mesmo desconcertado com a indiferença de Alice, resolveu investir. Seu coração batia acelerado, por medo de perder aquela que representava sua única chance de poder voltar a sorrir. Era a garota a quem, por direito, seu coração pertencia. Será que ainda tinha o mesmo sentimento por ele ou tudo se perdera com o tempo? Aproximou-se e arriscou com o coração quase a sair pela boca: — Alice, sei que já passou muito tempo e nem sei se tenho o direito de fazer tal questionamento: Você se lembra da nossa promessa?

Ela o encarou com expressão séria e permaneceu alguns segundos em silêncio. Depois buscou o ar do fundo dos pulmões e disse:

— Eu passei anos após anos a me lembrar, mas você se esqueceu rapidamente.

Desconcertado, Carter começou a gaguejar:

— Eu, eu, não...não sei o que aconteceu comigo. Quando chegamos à Vila São Domingos, fui para a escola. Eu me sentia muito só até que Charlotte se aproximou. Ela era uma garota muito legal. Foi se aproximando até que eu me vi totalmente envolvido. — Secou as lágrimas que caíam — Desculpe! Sei que fui incapaz de honrar a nossa promessa, mas foi mais forte do que eu. Se for capaz de me perdoar, gostaria de reparar o mal que te fiz. Eu amo você!

Alice voltou a se sentar naquela raiz, baixou a cabeça e também não conseguiu impedir as lágrimas.

Ao perceber o que acontecia, Carter sentiu uma dor no coração. Lembrou-se de um episódio ocorrido há muito tempo. Era o primeiro ano deles naquela escolinha da fazenda quando a magoara por ciúmes, por ter se sentido trocado pela companhia de outros alunos durante o recreio. Naquele dia, ele a fizera chorar por tratá-la mal. Fora estúpido ao ponto de levantar-lhe a voz ao mesmo tempo em que dissera para ir procurar os amigos e deixá-lo em paz. Lembrou-se de que, naquele dia, prometera que nunca mais a magoaria e, mais uma vez, não fora capaz de cumprir. Ao contrário, a situação era muito mais grave. Sentiu o coração apertado. Trêmulo, aproximou-se e estendeu a mão para acariciá-la, mas não obteve êxito, pois Alice se esquivou:

– Se for capaz de me perdoar, gostaria de corrigir o meu erro! Ela o encarou com os olhos lacrimejantes:

– Depois que você foi embora, quase todos os dias eu vinha aqui para reviver os nossos momentos, mas você se esqueceu rapidamente, não foi Carter! –Fora de si, enfiou a mão no bolso da blusa, retirou um anel de noivado e pondo-o no dedo continuou. – Está vendo isso, Carter? Agora é tarde! Você voltou tarde demais! Estou prometida em casamento. Acabou para nós! Vá procurar outra que o queira, eu vou me casar em breve!

Carter perdeu as forças, sentiu-se abalado profundamente e, em silêncio, parecia uma estátua em frente de Alice. Nada mais podia fazer! Sua situação era irreversível. Pressentia ter perdido também seu primeiro amor!

–Tudo bem Alice! Reconheço que não tenho mesmo o direito de ter o seu amor. Sei que pisei na bola! Pisei feio, mas prometo que não vou me meter mais em sua vida. – Profundamente abalado, Carter foi se afastando.
– Adeus! Espero que sejas feliz!

Alice tentou dizer algo, mas a voz não saiu. Queria pedi-lo para ficar, mas estava muito ressentida para admitir tal reação. A única frase que conseguiu dizer foi:

– Carter, você não disse a minha mãe que passaria a noite aqui?
Deve estar cansado!

Ele se voltou para ela e tentou esboçar um sorriso forçado:

–Está tudo bem, não vejo razão para permanecer por aqui sequer mais um minuto. Não quero te causar mais problemas! Adeus!

Saiu caminhando com passos largos e sentindo a impressão de que o coração sairia pela boca. Quando chegou a casa, tomou um copo de água e, transtornado, se despediu da mãe de Alice.

Naquele momento, Joshua havia saído para olhar o gado. Dona Olívia notou que ele não estava bem. Quis saber o que havia acontecido e por que Alice não voltara com ele, mas Carter se recusou a falar do assunto.
Apenas fingiu olhar o relógio:
– Já está tarde e eu tenho que voltar!
Confusa, dona Olívia argumentou:

– Durante o almoço, parecia ter concordado em ficar! Vocês se desentenderam?

–Gostaria muito de ficar, Dona Olívia, mas tenho mesmo que ir embora.

Sem perda de tempo, saiu caminhando, arreou o animal e, depois de montá-lo, retomou o caminho de volta a galope.

Sob a figueira, permanecia Alice. Estava triste, muito triste. Havia deixado partir o homem a quem prometera pertencer sem nada fazer para evitar, mas como poderia agir de maneira diferente se estava noiva e não havia sido dela a responsabilidade pela quebra da promessa? Por que ele não voltara antes? Ao contrário do que deveria, preferira se apaixonar por outra. Sofreria, mas era bem feito. Ela teria sido dele, só dele, mas tudo se perdera. Sentiu as lágrimas deslizarem pelo rosto. Não podia aceitar que, apesar de tudo, ainda o amava, mas bastou vê-lo aparecer para sentir seu mundo desabando e, com a partida, sofria uma dor profunda. Como foi difícil deixá-lo ir embora! Tivera que fazer um esforço sobre-humano para não sair correndo atrás. Fora tudo o que desejara, naquele momento, mas não se permitia tal atitude, estava decidida: Casaria com Kent e, com o passar do tempo, aquele sentimento iria embora.

Sem coragem de voltar para casa, Alice continuou ainda por algum tem sob aquela antiga figueira que guardava belos momentos de sua infância e pode reviver um dos dias de sentimentos mais intensos que iria ficar marcado em sua vida:

Carter, aquele menino que convivera em sua companhia por tanto tempo, voltara. Se garotinho era bonito, com o tempo se tornara um príncipe encantado. Julgava não mais amá-lo, mas ver aquele moreno alto e musculoso e de olhares penetrantes, bem à sua frente, fizera abalar suas resistências. Havia ido embora, sentido com ela, mas ainda continuavam vivas, em sua memória, as lembranças daquele por quem outrora vivera tantos sonhos encantados. Sua aparência mudara, mas para muito melhor, muito melhor! A imagem daquela cabeleira negra, a atingir a altura dos ombros largos, o jeito carinhoso de olhar não saia de sua cabeça e a fazia sentir um aperto no coração. Por que permitira que ele se mandasse? Queria muito tê-lo só para si, mas e Kent? Ele era um bom rapaz, não tinha culpa dos deslizes de Carter. Não devia pagar por aquilo.

Continuando sua viagem pelos campos do seu saudoso passado, pode reviver o momento em que ela e Carter estiveram a brincar sobre aquela figueira, tão íntima deles. Naquele dia Carter estava muito mais amável. Era tão nítida aquela cena que até parecia estar acontecendo novamente. Ele se aproximou dela mais do que de costume e disse, sem rodeios, que a amava. Apenas uma criança! Como podia entender daquelas coisas? Tratava-se de um sentimento muito precoce, mas ela sabia que era real, pois com ela também acontecia o mesmo em relação àquele menino. Com certeza, havia nascido entre eles o mais profundo amor e, ao calor daquele clima, fi-

zeram a mais bela promessa que um homem e uma mulher poderiam: O tempo de convivência havia tratado de fazer brotar,
entre os dois, um puro e sincero sentimento recíproco que
acreditavam ser para toda a vida. Aquele amor que fora selado
com o primeiro beijo, de verdade, daquelas inocentes criatu-
ras. Ainda apreciava a doce sensação daquele momento
quando ouviu sua mãe chamá-la: – Alice, minha filha, o que faz
aí por tanto tempo? Por que não veio com Carter? Vocês se
desentenderam?
Como estava distraída, Alice levou um susto com o grito da
mãe.
Usando a blusa secou os olhos lacrimejantes.
– Está tudo bem, mãe! Só estava pensando um pouco.
    Ficou de pé e pegou o caminho de volta. Mal chegou a
sua casa dona Olívia quis saber:
    – O que aconteceu entre vocês? Carter passou por aqui
como uma bala, não quis mais ficar e você perdeu a coragem
de vir para casa. Vocês brigaram?
    Alice suspirou, ficou alguns minutos em silêncio depois
começou a explicar o que de fato havia acontecido:
    – Não, mãe, nós não brigamos. O problema é que Carter
veio por mim e eu disse a ele que era tarde demais.
    Olívia franziu as sobrancelhas, coçou a cabeça e conti-
nuou o interrogatório:
    – Mas minha filha, Era isso mesmo que você queria?
Lembro-me de quando ele se mudou para a cidade. Você chegou a adoecer! Vejo que está abalada, até chorar, chorou!
    Com a mão direita, Alice voltou a secar os olhos em frente à
                                                          mãe.
– Eu o amo, mãe, mas e o Kent? A senhora se esqueceu de que
estou noiva?
    Dona Olívia colocou as duas mãos na cintura e intensifi-
cando o tom de voz, bradou:
    – Ele vai entender, é um bom rapaz e não merece ter
uma esposa que gosta de outro! Já pensou o que será da vida
de vocês se não conseguir se esquecer de Carter?

Alice nada disse. Em sua cabeça veio a imagem do que poderia ser o seu futuro sem Carter.

– Tem razão, mãe! Acho que jamais poderei ser feliz sem ele! – É justamente isso que penso, filha. Vocês cresceram juntos e o que une vocês é muito forte. Têm uma longa história envolvida!

Alice cai em pranto, aproxima-se da mãe e recebe um abraço carinhoso.

– Mãe, há muita coisa a nos unir. Eu nunca disse à senhora, mas quando criança, prometemos amor eterno um ao outro. Eu fiquei por tanto tempo embaixo da figueira, depois que ele saiu, a relembrar nossos momentos. Acho que não posso viver sem ele! Mas e se ele não me quiser mais? Eu o magoei, mãe!
Dona Olívia tocou-lhe carinhosos nas costas.

– Não se preocupe, filha! Se realmente te amar, ele vai é ficar muito feliz! Pelo jeito que o vi sair daqui ele estava sofrendo um bocado! Ele te ama, não tenho dúvida disso!

Alice se desvencilha do abraço e, de imediato, tira a aliança do dedo e entrega à mãe.

– Entregue a ele por mim, mãe! Deixo à senhora a incumbência de resolver isso. Acabei de ter um palpite. Vou à casa velha, se não me engano, ele deve estar lá.

Um pouco assustada com a repentina mudança de postura da filha, Dona Olívia sacode a cabeça em sinal de aprovação.

– Vá lá, filha! Siga sua intuição! Acho que tem razão! Mas cuidado! Se ele não estiver por lá volte para casa! Não deixe que a noite caia sem que esteja em casa!

Quando dona Olívia terminou a frase, Alice já estava longe e Joshua entrava pela porta de frente.

– Aconteceu alguma coisa, mulher, vi Alice sair correndo feito uma louca pela porta do fundo.

Dona Olívia se virou com as duas mãos à cintura e sacudiu a cabeça sem disfarçar sua aparente preocupação:
– Senta aqui, marido! – Pegou-o pela mão – Precisamos conversar!

Da velha trilha que levava à antiga casa de Carter só restavam algumas marcar no solo. Fazia muito tempo que Alice não fazia aquele percurso e nunca como daquela vez. Estava aflita, torcia para que sua intuição estivesse certa. Carter teria que estar por lá. Precisava retomar sua vida. O fato de ele ter se interessado por outra deixara-a decepcionada, mas o que sentia por aquele menino que se transformara num magnífico rapaz era muito forte para permitir que um sentimentozinho qualquer fizesse tudo ir por água a baixo. Ela o amava, como o amava!

Ainda restavam uns quinhentos metros para chegar quando avistou um cavalo amarrado a uma árvore seca localizada bem à frente da casa. Engraçado, havia se esquecido daquela árvore sob a qual a família de Carter se reunia para conversar à sombra nos dias de domingo. Não resistira ao tempo sem a companhia da bela família que lá convivera em harmonia. Sentiu o coração bater mais forte. Era ele, com certeza era seu amado! Acelerou os passos na ânsia de poder, envolvê-lo com seu abraço e prometer-lhe amor eterno.

Quanto mais ela se aproximava mais sentia a emoção tomar conta de si. O coração parecia querer sair pela boca. Pensar que poderia tê-lo perdido por um orgulho mesquinho! Ela o havia deixado partir. Poderia estar longe, mas não; ele se encontrava lá e apenas alguns metros os separavam. Encontrava-se sentado no chão e parecia meditar, pois ainda não havia notado sua aproximação. O que estaria pensando? Por que ao invés de ir embora, ele ficara lá por tanto tempo? Estava muito ansiosa, extremamente ansiosa. Não podia esperar mais, amava muito aquele homem:

– Carter! – Gritou e saiu correndo para vencer os últimos metros que os separavam.

Ao ouvir aquela voz a chamar por seu nome, o Rapaz levou um susto, mas percebendo o que acontecia, levantou-se num impulso e saiu correndo ao encontro daquela que entendia representar a sua última chance de voltar a encontrar sentido na vida. Rapidamente, a distância foi vencida e a garota se jogou nos braços do amado que se desequilibrou e ambos caíram sobre a grama macia. Alice, a garotinha por quem jurara amor por toda a vida, havia crescido, se transformara numa das mais belas princesas e, em seus braços, não se cansava de cobri-lo de beijos ardentes. Estava sonhando? Pensara nunca mais poder amar alguém e, em tão pouco tempo, estava ele outra vez a morrer de amores por Alice.

– Como é bom voltar aos velhos tempos! Pensei que a havia perdido!

Com expressão triste, disse Carter num tom que ela mal pode ouvi-lo.

– Vamos deixar de lado esse episódio, amor! Agora você é meu, só meu!

Em resposta ao que acabara de ouvir, Carter beijou-a ardentemente e ela se entregou totalmente àquele beijo. Ambos não cabiam em si de tanta emoção. Depois daquele longo beijo apaixonado, ela se afastou um pouco, por precisar de ar, mas seus olhos se mantiveram preso aos dele e, a partir daquele momento, reinou um período de silêncio, momento em que ela começou a acariciar-lhe os cabelos e a fitá-lo profundamente. Interdependentes, seus olhos se mantinham presos e falavam por si.

A tarde caíra sem que eles percebessem, o sol já começava a se esconder atrás dos montes quando um casal de araras passou cantarolando sobre eles. Carter apertou de leve a orelha direita de Alice. – Amor, a noite já está chegando! – Sorriu.
Pegou-a pela mão e ajudou-a a ficar de pé.

– É mesmo. Minha mãe deve estar preocupada. Vamos embora! Arrastando-a cuidadosamente Carter a conduziu ao local onde deixara o cavalo.
– Coitado – comentou Alice. – Deve estar com sede.

Com a palma da mão aberta, Carter acariciou carinhosamente a pele do pobre animal que parecia agradecer com pequenos tremores no couro e com movimentos de cabeça.

– Um belo animal! É seu? – Quis saber Alice também lhe tocando de leve as ventas.

- Não. Meu pai pegou emprestado de um amigo para que eu pudesse vir até aqui. Vamos!

Carter montou na sela, encostou o cavalo a um toco para que Alice pudesse subir com mais facilidade. Depois que a moça se acomodou na garupa e segurou na cintura do amado, atendendo ao comando do cavaleiro, o animal saiu a galope. Em poucos minutos de marcha foram avistados por um casal que os esperava aflito com olhares fixos na direção de onde deveriam surgir. Dona Olívia, e o senhor Joshua acenavam contentes com o que viam.

- Eles se entenderam, marido! Kent é um bom rapaz, mas sempre achei que aqueles dois um dia acabariam juntos.

Dona Olívia cutucou carinhosamente a costela de Joshua demonstrando a sua satisfação.

— É, no fundo, eu também desejei que fosse assim!

Finalmente, para satisfação daquela família, os pombinhos chegaram e, ao que se podia notar, estavam exultantes de alegria. Quantas maravilhas são capazes de realizar o poder do amor!

Carter apeou, amarrou as rédeas do animal na cerca, que impedia o acesso dos animais domésticos às dependências da casa. Depois, cuidadosamente, ajudou a amada a descer e os dois caminharam ao encontro de Dona Olívia e seu marido que os aguardavam eufóricos. — Filhos, estamos ansiosos para ouvir de vocês o que estão planejando fazer. — Comentou Dona Olívia sorridente, pois aquela relação era de gosto dela e de seu Joshua. Ambos aprovavam o namoro daqueles dois.

Entraram porta a dentro e, segundos depois, em volta da mesa de jantar, conversavam animadamente enquanto saboreavam de uma costela de porco bem assada.

Terminado o jantar, Carter se levantou, pegou a mão de Alice e anunciou que tinha uma revelação muito importante a fazer. Atentos, todos ficaram em silêncio.

— A poucos dias, não queria mais viver. Achava que tudo havia perdido o sentido, mas a partir do momento que comecei a caminhar pelas trilhas que me trariam até aqui, fui recordando dos tempos em que por aqui vivi. Foram dias maravilhosos! As lembranças da minha infância ao lado daquela garotinha maravilhosa foram aos poucos me curando por dentro. Quando cheguei ao local da velha escolinha, praticamente, me vi renovado. As lembranças trataram de fazer com que Alice, cada vez mais presente, tomasse conta do meu ser e, como um fogo a queimar por dentro, me conduziram para cá a torcer para que por aqui esta moça maravilhosa estivesse. Quando a vi surgir da cozinha, tive a impressão de que meu coração não aguentaria. Como você ficou linda minha amada! — Tocou-lhe o queixo com as pontas dos dedos — Naquela hora, não tive dúvidas de que ela seria a mulher capaz de me fazer feliz pelo resto dos meus dias, mas ao mesmo tempo, o arrependimento bateu, senti-me envergonhado por não ter sido capaz de manter a promessa que um dia fizemos sob a sombra daquela velha figueira. Agora, vamos ao mais importante: Senhor Joshua, pode me conceder a mão de sua filha em casamento? Eu prometo lutar com todas as minhas forças para fazê-la muito feliz!

Joshua primeiro olhou para a esposa que não cabia em si de satisfação. Depois dirigiu o olhar para sua filha.

— É isso que quer, minha filha?

Alice soltou a mão de Carter, aproximando-se do pai deu-lhe um forte e demorado abraço. Depois olhou para Carter.

— Sim pai! Eu o amo!

Sorridente, Seu Joshua voltou a encarar Carter.

— Pedido concedido, mas com uma condição: Vai ter que cuidar bem da minha filha!

Carter se aproximou do velho e deu-lhe um forte abraço.

— Pode apostar, seu Joshua! Vou ser o melhor marido do mundo! Por fim, todos se abraçaram e, minutos mais tarde, tudo era silêncio; a casa dormia.

A noite voou. Quando Carter se levantou o sol já havia mostrado a cara. Depois de tomar café, arrear seu cavalo, se despedir de Dona Olívia, pegou a estrada. Alice nem viu a sua partida, pois ainda dormia, o que não lhe era habitual. Era costume, naquela casa, todos se levantarem antes do nascer do sol.

No caminho de volta, Carter traçava seus planos: compraria um par de alianças e voltaria para marcar a data do casamento. Não lhe permitiria perder mais tempo. Queria ajeitar sua vida ao lado de Alice antes que algo viesse a impedi-lo de ser feliz novamente.

O cavalo trotava e Carter apreciava o contato fresco da brisa da manhã quando viu aproximar um estranho cavaleiro. Era velho e conservava uma longa barba branca feito algodão. Seus cabelos também eram brancos e longos.

– Bom dia amigo! Sabe me dizer aonde vai dar esta estrada? – Interpelou-o o velho com uma potente voz de locutor.
– Bom dia! O que procura por esse lado? – Quis saber Carter.
– Esta estrada acaba quando chegar a sede de uma fazenda a uns dois quilômetros a frente.

– Nada de importante, só estou caminhando sem rumo. Gastando o tempo, sabe? Adoro a natureza! – Sorriu – Sinto que você ainda vai ser um homem muito feliz depois de tudo que passou! Adeus!

Utilizando as rédeas, o velho instigou o animal para continuar andando e Carter também retomou seu caminho, mas um pouco intrigado. Quem seria aquele senhor? Algo nele lhe parecia familiar. Como poderia saber do seu triste episódio? Virou-se para observá-lo novamente, mas nada. Como poderia ter desaparecido? Acaso teria ele embrenhado no matagal? Sinistro, aquele velho possuía aspecto de um místico. Acaso possuiria poderes sobrenaturais? O que lhe importava? Fosse o que fosse! Queria mesmo era conduzir sua vida. Afinal, o Destino lhe reservava uma nova chance e não tinha a mínima intenção de deixar escapar. Alice seria sua esposa e os dois seriam muito felizes. Caminhariam de mãos dadas pelas estradas que a vida lhes viesse a apresentar.

Escola da Vida

Trinta dias passaram. Mattheu continuava preso, mas desde que se entregara a polícia, em razão de sua colaboração com as autoridades, no sentido de contribuir para o resgate de Aida e prisão dos comparsas; na sala onde permanecia, não lhe faltava conforto. Além de tudo, seu amigo Potigo e aquela que se transformara na dona do seu mundo, de seus projetos de futuro iam visitá-lo com frequência. Quão valioso era aquele homenzinho! Tratava-se de uma amizade fundamental. O que seria dele sem aquele amigo? Aida fizera intensificar nele o desejo de continuar lutando pela vida. Graças a eles continuava de cabeça erguida naquele pequeno recinto. Não o abandonaram, ao contrário, ajudaram-no a enfrentar, sem muito sacrifício, aqueles longos dias. Apesar de tudo que tiveram que passar, ele se sentia muito melhor preparado para enfrentar os desafios vindouros. Mal podia esperar pelo dia de ganhar a tão valiosa liberdade, mas reconhecia que sua estadia naquela prisão lhe havia sido providencial, pois precisava mesmo daquele castigo para compreender o quanto era importante viver com gratidão. Deus se importava sim com ele. Na verdade, ele nos ama a todos. Nós é que somos mal-agradecidos e, por isso, vivemos infelizes. Ter encontrado um amigo raro como seu Potigo fora mesmo muita sorte. Ou teria sido obra do destino? Era a prova maior de que o Deus de seus pais não o abandonara, mas ao contrário, estivera por todo o tempo a cuidar dele através daquele amigo que só podia ser um enviado dos céus. Aquele homenzinho o ajudara a entender mistérios que podem nos conduzir por caminhos capazes de nos proporcionar lamentos ou uma vida repleta de harmonia.

Durante aqueles intermináveis dias, nos momentos em que se encontrara sozinho, gastara muito tempo a refletir, mas não conseguia entender como pudera ser tão ingrato e, pior ainda, como fora capaz de se embrenhar por um caminho tão contrário aos ensinamentos de seus pais. De fato, precisava mesmo daquele tempo a sós para confrontar consigo mesmo e poder compreender o que antes parecia impossível. Na vida existem muitos valores que não estão relacionados ao poder do dinheiro. São as coisas mais puras que só dependem da nossa capacidade de amar a natureza, amar a nós mesmos, ao próximo e assumir o que verdadeiramente somos; nada de nos apresentar superiores aos demais. Deus nos criou por amor, sem o amor que damos ou recebemos o que seríamos neste mundo? Depois da sua prisão, numa das primeiras conversas com seu amigo Potigo, Matheu lhe falou que estava muito envergonhado por ter se envolvido naquele episódio tão perverso que poderia ter acabado mal. E pensar que ajudara a expôr a vida de Aida ao perigo. Aquilo era terrível! Como pudera concordar com tamanha loucura? Também falara sobre os seus sentimentos por Aida, disse-lhe que estava apaixonado, mas sabia que os pais da moça não só não o aceitariam por ele não pertencer a mesma classe como também nunca o perdoariam por ter exposto a vida da filha ao risco. Naquela ocasião, ele se sentia arrasado, mas Seu Potigo, demonstrando compaixão, olhou para ele como sempre fazia quando tinha algo importante a dizer:

– Meu amigo, quem nunca cometeu erros nesta vida? Você não foi o primeiro e nem será o último! O mais importante é o seu reconhecimento. Deus é apaixonado por nós e em troca o que mais espera de cada um de seus filhos é a sinceridade, é a decisão de não mais continuar no erro. Levante a cabeça! – Sorriu, deu-lhe um caloroso abraço e continuou. – Quanto à Aida, o mais importante é dar tempo ao tempo. O mais importante você já tem: O coração dela. Sinceramente meu amigo, aquela moça vale ouro. Eu a conheço desde garotinha. Vale apena a luta! Não desista!

Mattheu sentiu aliviado e, com aquelas tão belas palavras, até conseguiu sorrir animadamente.

– O que seria de mim sem você, meu amigo? Diga-me: o que seria desse pobre coitado?

Seu Potigo também sorriu, foi se afastando lentamente e se despediu com um até breve.

De volta à solidão daquele cubículo, Mattheu retomou suas reflexões. Sabia que estava chegando a hora de voltar à liberdade. Seria um novo homem. Finalmente, aprendera a lição. Seus pais não o educara tão bem para vir a se tornar um malfeitor. Não, não lhes causaria mais desgostos. Assim que ganhasse a liberdade, iria o mais rápido que pudesse ter com eles para lhes pedir perdão. Não mereciam ter passado por tantos transtornos, a vida já lhes cobrava muito. Ainda se encontrava mergulhado em suas reflexões quando o ajudante do delegado apareceu.

– Rapaz, você é um homem de sorte! Anime-se! Mais uma visita para você. Trata-se de uma moça muito linda! Posso mandá-la entrar?

Sentindo o coração bater acelerado, Mattheu ficou de pé, sua intuição lhe revelava quem o viera visitar; passou a mão sobre os cabelos e cheio de esperança olhou para o policial.

– Por favor!

O homem da lei se retirou e pouco depois surgiu Aida. Estava radiante. Os cabelos loiros pareciam ainda mais reluzentes que antes.

Foi se aproximando com seu belíssimo sorriso nos lábios e com aquele par de olhos verdes a dominá-lo assustadoramente.

– Boa noite! Como você tem passado?

Em seguida retornou o policial com um molho de chaves na mão. Era um homem alto e forte, conservava um mediano bigode preto no rosto moreno e trajava com o seu costumeiro uniforme esverdeado, exigido pelo ofício. Aproximou-se das grades, abriu-a passagem e frisou:

– Vocês têm vinte minutos!

Depois de trancar os dois lá dentro, deu-lhes as costas e saiu trocando passos compassados sem se preocupar em olhar para trás. Ao mesmo tempo, Mattheu, com o coração aos pulos, deu um passo à frente para se aproximar da visitante e recebê-la com um beijo no rosto.

– Que bom que você veio! Estava preocupado, você não merecia passar por um pesadelo como aquele. – Olhou-a nos olhos e continuou: – Perdoe-me por ter contribuído para tudo aquilo! – Não pense mais nisso! Sou é grata por ter arriscado a vida por mim. Você é um bom homem! Pelo que pude saber, você se envolveu com más companhias e ainda estava sob efeito de álcool. Sei que em seu estado normal, jamais participaria de algo semelhante. É por isso que estou aqui. – Abraçou-o carinhosamente.

– Obrigado! Você é um anjo! Se fosse outra pessoa, não iria querer me ver mais a sua frente nem pintado do ouro.

– Não no meu caso, Mattheu. Eu estive foi a pensar em você durante todo tempo. O que fez por mim jamais me esquecerei. Só não vim antes, porque meus pais não estavam de acordo.

Mattheu dirigiu-lhe um olhar de gratidão.

– Que bom que você veio! Durante estes dias passados aqui, também tenho pensado muito em tudo o que aconteceu. Nem imagina o quanto me custou ver aquele seu olhar apavorado. Ainda bem que eu era um deles. Nesse sentido, sou grato por ter participado daquele sequestro e ter te devolvido a seus pais.

– Pois é Mattheu, foi esse tipo de argumento que utilizei para convencer meus pais a me deixarem vir aqui. Eles querem te conhecer!

Mattheu deu um pulo e, demonstrando grande alegria, abraçou Aida de um jeito muito carinhoso.

– Isso é muito bom! Assim vou poder me desculpar com eles. Eu não sou um cara mau, Aida! Estava atravessando um momento muito difícil e eles se aproveitaram para me envolver enquanto eu estava fora de mim. Estava sob efeito de álcool. Quando me dei conta, estava no meio daquela enrascada.

– Fique tranquilo, eu sei disso! Você me livrou daquela situação delicadíssima. – Aida procurou acalmá-lo enquanto tocava-lhe os cabelos.

– Vai ganhar a liberdade amanhã. Sabia?

Emocionado, Mattheu encarou-a novamente.

– Desse jeito vai acabar me convencendo de que é mesmo um anjo. Quantas notícias boas!

Aida sorriu, ao mesmo tempo que ficou vermelha com o comentário de Mattheu e, antes que pudesse dizer algo mais, ouviram passos que se aproximavam.

– O tempo acabou, pombinhos! Hora de ir para casa moça, já está ficando tarde!

Outra vez Aida se aproximou de Mattheu, aplicou-lhe um beijo no rosto e comentou:

– Não vá sumir quando sair daqui, viu mocinho! Esperamos você para jantar conosco!
Mattheu sorriu e deu-lhe um beijo na boca.
–Perdão Aida, não pude resistir. Acho que estou apaixonado!

Aida nada disse. Virou as costas e saiu. Estava exuberante como sempre. Seus cabelos de sol, presos parcialmente, jogados sobre os ombros desciam-lhe sobre o busto. Imagem que não sairia mais de sua memória tão cedo. Ao vê-la caminhar compassadamente, a movimentar o vestido longo que usava sentia um aperto no coração. Estava arrependido por ter sido tão precipitado. Não queria nem pensar na possibilidade de ter posto, com aquela atitude, tudo a perder. O vestido era azul da cor do céu, cuja cor fazia destacar ainda mais a alvura de sua pele macia. Aquela mulher era mesmo a coisa mais linda que ele poderia admirar! Ele a queria, teria que ser sua companheira para sempre!

Depois que Aida saiu, o carcerário trancou a cela e ficou por alguns segundos a observar Mattheu através das grades. Parecia estar bem naquela noite, mas também depois de uma visita tão especial! Parecia ser um bom moço. Não só ele tinha aquela opinião, os outros policiais também, inclusive o delegado, razão pela qual iriam libertá-lo. Antes do tempo. Decidiu se afastar, era hora de deixa-lo descansar.

– Aproveite sua última noite aqui, rapaz! Amanhã será um homem livre!

Virou as costas para a cela e saiu caminhando devagar. Sentia um pouco sonolento, mas aquela noite era dele. No máximo poderia cochilar. Ainda bem que havia levado consigo uma garrafa bem cheinha de café bem forte!

A noite transcorria tranquilamente e enquanto o carcereiro perdia a guerra contra o sono, Mattheu flutuava pelos campos dos sonhos. Ele se via a caminhar de mãos dadas com Aida pelas ruas de Cruzeiro. De repente alguém se aproximou deles e disse num tom severo:

–Moça, como você tem coragem de andar por aí com um cara que foi capaz de te sequestrar?

Primeiro Aida fixou os olhos em Mattheu, depois olhou para o estranho e em seguida, fez-se um breve silêncio entre eles antes que a moça iniciasse a defesa do rapaz:

– Ele não é quem você está pensando, senhor. Estava sim naquele triste episódio, mas foi através dele que pude me libertar e ainda a polícia pode pôr as mãos nos bandidos. Esse homem foi meu anjo da guarda. – Abraçou-o e voltando a a atenção para o estranho continuou:
– Por isso eu o amo!

Aplicou-lhe um beijo apaixonado e Mattheu acordou ofegante. – Foi somente um sonho! Por que tinha que ser apenas um sonho, meu Deus? Parecia tão real!

Sentou-se na cama e ficou a sonhar acordado com a possibilidade de conquistar de vez aquela mulher que não saia de sua cabeça. Por um tempo indeterminado, ficou a pensar e depois voltou a pegar no sono. Mal começou novamente a dormir se viu frente a frente com os pais de Aida.

– Nem pense em se aproximar de nossa filha! Ela não é para você, rapaz! Vá cuidar de sua vida e deixe Aida em paz! Você não é gente boa!

Mattheu estava confuso perante aquela incômoda situação quando viu surgir do nada, o seu amigo Potigo. Não tinha dúvida de que Algo de sobrenatural estava a acontecer, pois quando chegou, aquele homenzinho parecia flutuar e, depois que se fixou no solo, começou a sofrer uma sinistra transformação: pouco a pouco, foi deixando de ser aquele homenzinho moreno para assumir a forma de um senhor alto e um pouco mais velho. Como se já não fosse o bastante, num passe de mágica, seus cabelos cresceram e se tornaram todos grisalhos. Seu rosto redondo foi se tornando comprido e do queixo brotou uma barba alva enorme que lhe atingia o peito.

– Olá gente! Estou aqui para fazer a defesa do meu amigo! Ele é boa gente. Só se envolveu com os caras errados, porque vivia um momento difícil. Aproveitara de um momento em que ele estava sob efeito de álcool. Ele é um bom rapaz. Saibam também, é o homem certo para se casar com a filha de vocês!

Também, naquela noite atribulada. Mattheu se viu sentado à mesa junto com seus pais. Todos conversavam animadamente e ele acompanhava com satisfação, a alegria de sua mãe que não parava de rir um só momento. Como era bom vê-la daquele jeito! Ela o amava. Talvez fosse a melhor mãe do mundo! Seu pai também estava feliz e traçava planos para o futuro.

– Éh filho, agora que você voltou, vamos fazer alguma coisa juntos. Não quero mais que saia por aí sem rumo novamente! Vou te ajudar no que for possível para que se dê bem na vida. Já é um homem feito e precisa caminhar como tal!

Ainda se encontrava mergulhado naquele mundo de ilusões quando uma voz forte o trouxe de volta à realidade:

– Acorda homem! Não vá me dizer que quer apodrecer neste cubículo! Ou vai?

Mattheu abriu os olhos assustado. Já vou sair daqui?

O Delegado sorriu, coçou a cabeça e comentou: ocê é surpreendente, meu caro! Uma pessoa normal teria dormido com a expectativa de ganhar a liberdade. Para ser sincero, talvez nem teria dormido, mas você parece nem ligar. – Abriu a porta. Pegue suas coisas e boa sorte! Vá com Deus! Veja se não se envolva mais com pessoas erradas! – Estendeu-lhe a mão para cumprimentá-lo.

– Obrigado senhor, pode apostar que vou me manter fora de enrascada. Aprendi a lição.

Ao sair pela porta da frente, deparou-se com Aida a esperá-lo. Usava uma calça jeans apertada e uma blusa vermelha justa que a deixava ainda mais sedutora. Lá estava ela com as duas mãos postadas na cintura e a exibir um discreto sorriso nos lábios, enquanto o observava se aproximar! Quando ele foi chegando, ela caminhou ao encontro, abraçou-o carinhosamente e disse:

– Bem-vindo à liberdade! Se pensava em escapar de mim, se deu mal! Não quis me dar o luxo de esperá-lo. Tive medo de que desaparecesse. Também, como iria a minha casa se não sabe o endereço? Hoje vai jantar com meus pais, mas primeiro vamos dar uma volta na cidade. Precisamos de uma roupa nova para você. Quero que estaja apresentável!

Ainda na porta da delegacia e Diante do Delegado que, em silêncio, os observava Mattheu e Aida viraram as costas e foram saindo lentamente quando o homem da lei os chamou de volta:

— Rapaz, estava me esquecendo de te entregar isto aqui. — Dirigiu-se aos dois com o braço direito estendido em cuja mão segurava um envelope amarelo. — Isso é seu Mattheu. Chegou ontem, mas deixei para te entregar hoje para que pudesse ler em liberdade. Juízo rapaz! Mattheu pegou o envelope, certificou-se de que era de seu pai, depois guardou-o para poder se inteirar do que se tratava só mais tarde num momento mais propício. Depois, silenciosamente, encarou o delegado por alguns segundos.

— Obrigado! O senhor é um exemplar homem da lei! Vou me lembrar dos seus conselhos! Adeus!

Aida segurou a mão de Mattheu e os dois foram se afastando sob o olhar introspectivo do delegado. Tinha idade para ser seu filho! Por que sentia admiração por aquele moço? Nem o conhecia direito!

Acaso seria por que se identificava com ele? Há muito tempo, também fora um jovem sonhador como aquele rapaz. Na ânsia de vencer na vida, também cometera muitos erros, mas amadurecera com as lições da vida. Já passava do cinquenta e aprendera com os próprios tropeços, a reconhecer no outro aquilo que de bom trazia. Aquele jovem tinha idade para ser seu filho. Bem que poderia ter sido! Sempre sonhara em ter um filho homem, mas quisera Deus que tivesse apenas uma moça, mas estava feliz, pois amava sua família e, tinha o pressentimento de que aqueles dois também formariam uma bela família. Fixou o olhar no casal de pombinhos que já estava a uns cem metros, alisou com os dedos o farto bigode preto, virou as costas para a rua e voltou sua atenção para os afazeres. Finalmente, mais uma história acabava bem.

A casa, onde morava Aida, ficava no centro da cidade e a distância da delegacia não era muito longe. Razão pela qual a moça decidiu ir atá lá a pé. Para ela, caminhar por aquelas amplas calçadas cobertas de paralelepípedos por todos os lados era uma bela terapia. Sempre que estava se sentindo depressiva, percorria por aquelas ruas a observar as pessoas que iam e vinham sem parar. Também se divertia ao admirar as belas roupas penduradas nas lojas de portas enormes e dezenas de janelas quadradas distribuídas ao longo das paredes daqueles antigos sobrados da região central da cidade. Gostava de Cruzeiro. O clima fresco daquele lugar lhe era muito especial

Naquela ocasião, estava convicta de onde levaria Mattheu. Sabia perfeitamente em que lugar encontraria a roupa ideal para ele comparecer, decentemente, ao jantar. Queria que seus pais tivessem uma boa impressão daquele moço, pois estava gostando dele e, na loja onde iriam, havia o estilo de roupa capaz de agradar a seus pais. Numa outra ocasião, estivera lá. Seu pai a convidara para ajudá-lo na escolha de um blazer para uma cerimônia importante na cidade. Havia sido convidado para ser padrinho de casamento de um amigo da família.

Depois de alguns minutos de caminhada, pararam em frente de um velho sobrado cujas portas enormes pareciam convidá-los a entrar.

Aida olhou para Mattheu.

Vamos entrar! Desculpe-me por estar agindo assim, mas a minha intenção é das melhores. Confie em mim!

Mattheu coçou a cabeça meio confuso.

– Confesso que não sei o que dizer. Tudo isso é muito estranho. Uma garota lindíssima a quem mal conheço a me conduzir, a cuidar de um pobre coitado como eu. Acho que não seria necessário isso que pretende fazer, mas prefiro confiar em você! Estou em suas mãos. Entraram na loja e Mattheu ficou maravilhado com tudo que havia em seu interior. Antes não tinha visto algo semelhante. Próximo a um enorme balcão, havia vários clientes a conversar animadamente com os assentados numa poltrona enquanto outros avaliavam a possibilidade de levar algumas peças daquelas roupas elegantes para si. Com certeza todos aqueles Senhores e senhoras pertenciam a camada mais abastada de Cruzeiro ou região próxima. As mulheres usavam longos vestidos coloridos e as homens calças, cujas barras eram conservadas por dentro daquelas elegantíssimas botas de couro. Suas camisas eram de mangas longas e, para completar lhes o traje, quase todos usavam chapéus. Do outro lado do balcão, uma senhora de meia idade se esforçava para satisfazer os caprichos de duas senhoras que aparentavam idades aproximadas. Deviam ter uns cinquenta anos, mas ainda conservavam traços de mulheres bonitas o suficiente para fazer com que os homens virassem a cabeça para as admirar. Uma delas possuía cabelos negros e longos, a outra também tinham cabelos pretos, mas os havia cortados a altura dos ombros.

Assim que entraram na loja alguns dos presentes os observaram com desinteresse, mas quando se aproximaram do enorme balcão, uma garota, que a julgar pela sua aparência devia ser filha da outra atendente, levantou-se de uma antiga cadeira e, sorridente, apressou-se para atendê-los.

– Bom dia Senhorita Aida! O que vai querer levar desta vez?

–Bom dia Estela! – Respondeu também com um sorriso nos lábios. – Desta vez não é para mim. Quero uma roupa que caia bem neste belo rapaz.

– Tudo bem. – Examinou Mattheu com o olhar. – Para deixá-lo charmoso, não vai ser difícil, mas vou ver o que temos de melhor!

Aquela situação não agradava Mattheu. Sentia-se como se fosse um aproveitador, mas queria conquistar aquela garota e, naquela altura do campeonato, valia tudo. Até mesmo aceitar que uma mulher deslumbrante como Aida cuidasse de sua aparência para que pudesse se sentar numa mesa de rico e olhar para o pai da mulher que ele queria para si, de cabeça erguida. Não tinha dúvida: De fato, valia a pena aceitar qualquer condição para tê-la.

Em pouco tempo, encontraram as roupas que, segundo Aida, iriam transformar Mattheu num homem muito mais elegante. De lá ela o conduziu a um salão, pois precisavam dar um jeito naqueles cabelos descuidados, tirar-lhe a barba e deixá-lo renovado para o momento decisivo com seus pais.

O tempo voou rapidamente e, às dezoito horas daquele dia tão especial, dois jovens cheios de sonhos transpunham um belo portão de madeira, todo pintado de azul, que dava acesso à casa da família de Aida. Conduzido pela moça responsável por fazer renascer em si as esperanças de um futuro risonho, Mattheu foi entrando porta a dentro meio receoso por não poder prever que recepção teria, mas iria até o fim. Não era do seu feitio desistir, abandonar algo tão importante no meio do caminho. Decidido, passou pela sala de visitas sem encontrar ninguém, mas quando chegou à sala de jantar, deparou-se com uma generosa mesa posta com dezenas de variedades alimentícias que pareciam saborosas e, em seguida, foi recepcionado pelos demais membros da família de Aida. O pai foi o primeiro a se levantar de uma poltrona que havia num canto e ir cumprimentá-lo cordialmente. Depois, com um discreto sorriso nos lábios, surgiu a mãe, saindo de uma despensa a enxugar as mãos num alvo avental de algodão e, por último, foi a vez da zeladora que também deu o ar da graça para lhe desejar as boas-vindas. Por fim, depois de ser recepcionado por todos da casa, Mattheu foi convidado a se sentar à mesa, mas ao se dirigir a uma das cadeiras foi interpelado por seu Alfredo:

– Aí não Mattheu! Sua cadeira é a da cabeceira da mesa. Você é nosso convidado para esse momento sagrado. Sente-se à vontade!

Obrigado! Estou muito feliz em estar aqui com vocês neste momento, mas ao mesmo tempo sinto-me no dever de dar-lhes algumas explicações...

O senhor Alfredo levantou a mão direita e acenou-lhe para que parasse.

– Agora não Rapaz! Vamos ter tempo para isso mais tarde!

Em seguida, encarou a filha com expressão séria. Ela, conhecedora das regras impostas pelo pai, apressou-se a se sentar numa cadeira próxima ao convidado e, a partir daquele momento, seu Alfredo começou costumeiro ritual sagrado.

– Senhor, mais uma vez temos muito a agradecer por esta mesa farta que nos possibilitastes. Peço-vos que faça cair sobre estes alimentos a sua bênção. E que cada um de nós também sejamos cobertos abundantemente, pois somos necessitados. Em nome do pai, do filho e do Espírito Santo. Amém!

– Amém! – Todos responderam em coro.

Outra vez Aquele senhor, voltou-se para a filha.

– Filha, Sirva o rapaz!

Dando continuidade aquela cerimônia, Aida levantou-se de sua cadeira, e passou a servir ao hóspede com uma pequena porção de cada iguaria que havia na mesa. Depois fixando o olhar em Mattheu disse carinhosamente;

– Bom apetite, Mattheu! Fique à vontade para se servir do que quiser e o quanto desejar.

Depois daquela cerimônia que mais parecia uma peça teatral, voltou a se sentar em sua cadeira enquanto todos daquela mesa começavam a se servir silenciosamente.

Durante a refeição, ninguém mais deu um pio, mas por que conversar se o melhor a fazer, no memento, era saborear aquela comida deliciosa? Havia um bom tempo, desde que saíra de casa, não usufruía do prazer de se sentar a uma mesa para comer como daquela vez e, nem mesmo durante toda a sua vida, tivera o privilégio de se servir de uma mesa tão farta como aquela. Tudo perfeito, o momento era favorável ao que tencionava fazer. Estava ansioso, muito ansioso! Motivo pelo qual foi o primeiro a terminar a refeição. Como poderia se dirigir a Seu Alfredo para pedir sua filha em namoro depois do que fizera? Sua missão era assustadora, mas não desistiria, queria muito aquela garota para se deixar vencer.

Determinado, Mattheu arquitetava seus pensamentos. Tinha que apresentar justificativas convincentes, pois sua tarefa não seria fácil. O que contava a seu favor era o fato de que Aida gostava dele e seu ex patrão era primo de Alfredo a quem havia feito alguns elogios a seu respeito. Agira mal, mas arriscara a própria vida para libertar Aida das mãos daqueles malfeitores.

Ainda matutava sobre a sua desconfortável situação quando sentiu um frio na barriga ao ouvir seu Alfredo quebrar o silêncio; – Giorgina!

– Sim seu Alfredo! – Levantou-se da mesa num impulso a esfregar as mãos no avental branco.

– Tire as coisas da mesa que eu e o rapaz vamos ter uma longa conversa aqui mesmo. – Lançou um olhar aos demais presentes e, um por um, todos foram se retirando até restar apenas os dois homens em volta da mesa.

O silêncio voltou a reinar em volta deles e seu Alfredo ficou por alguns segundos a alisar o seu bigode preto com os dedos da mão direita. Estava tenso. Sabia que sua filha havia se apaixonado por aquele rapaz mesmo sem o conhecer direito. Menina Ingênua! Logo por um desconhecido que havia participado do seu próprio sequestro. Sempre julgara sua filha uma moça sensata, mas daquela vez estava preocupado. Ele a amava muito para deixar que se metesse numa situação de risco como aquela. Era verdade que graças a aquele moço ela estava junto da família sã e salva. Tinha que admitir, o rapaz tinha coragem, era determinado. Qualidades que ele, Alfredo, valorizava num homem. Iria ouvi-lo, daria a chance de se explicar. Respirou fundo e voltou a encarar Mattheu.

– Estou aqui para te ouvir, quero saber o que o motivou a se envolver numa situação tão grave. Você não me parece um bandido.

Mattheu sentiu o coração acelerar e um frio na barriga começou a incomodá-lo. Era hora, contaria boa parte da sua história. Torceria para que aquele homem tivesse paciência para ouvi-lo. Iria convencê-lo de que era mesmo um bom rapaz e mereceria uma chance. Como
seu Alfredo, também buscou o ar dos pulmões, coçou a cabeça e começou:

— Primeiro eu quero agradecer o senhor por ter me recebido em sua casa.

Sem demonstrar nem um tipo de reação ao comentário, o pai de Aida pediu que continuasse.

— É muito difícil para mim ter que falar sobre aquele terrível episódio, mas admito que lhe devo explicações e faço questão de dá-las. —

Depositou as duas mãos sobre a mesa. — Vamos lá: Meus pais me educaram na Igreja e me ensinaram sobre o certo e o errado, mas eu sempre fui um sonhador. Nunca me contentei em ser um pobretão. Queria vencer na vida. Por isso, deixei a Vila São Domingos para tentar a sorte por aqui, mas não me saí muito bem. Vieram as dificuldades e eu me ingressei no mundo do álcool, fiz amizades com quem não deveria e num dia qualquer, me vi até o pescoço no sequestro de sua filha.
Seu Alfredo ficou alterado e deu um murro na mesa.

— Você não podia ter feito aquilo! Minha filha poderia ter morrido, sabia?
Trêmulo, Mattheu retoma a conversa:

— Nem me fale isso, Seu Alfredo! Eu sei da gravidade, mas é tão difícil imaginar que poderia ter acontecido algo semelhante com Aida. Eu não sou um bandido, viu! Já pensou que poderia ter sido outro a estar em meu lugar? Prefiro encarar dessa forma para entender por que me envolvi numa roubada daquela. Não sou um assassino! Sabe lá Deus por que me deixei influenciar.

— Eh, mas jamais poderemos ser ingênuos a tal ponto. Dinheiro é bom, mas ter paz é muito melhor!

— O senhor tem razão. Para ser sincero farei o possível para não mais me deixar levar por bebedeiras.

– Eh, coçou a cabeça pensativo. Continue rapaz, fale-me também de você, de seus pais.

– Vamos lá! Na fuga, depois que saímos da cidade, é que me dei conta da enrascada em que me envolvera. Se fosse por mim, teria desistido daquilo logo no início, mas aqueles homens eram da pesada. Tive medo de confrontá-los, não podia me arriscar deixando-os perceber que eu não estava de acordo com aquilo, pois poderiam me matar. A fuga era intensa e quanto mais nos afastávamos da cidade, mais eu pensava na possibilidade de fugir, queria muito livrar Aida daquele sofrimento, mas como faria? Onde estaria a coragem? Confesso até que se não fossem os empurrões da sua filha, eu não teria tido a ousadia de fazer o que fiz. Aida é uma moça de fibra.

Seu Alfredo permanecia atento. Vez por outra, coçava a cabeça pensativo e acenava para que Mattheu prosseguisse.

– Já estou ficando com sono! – Bocejou – Tem algo mais que queira me dizer?

Aquela pergunta soou profundamente e fez com que tivesse a impressão de que o coração sairia pela boca.

– Sim, senhor! Tenho algo muito importante! Apesar de tudo que acontece, de todos os transtornos causados em sua família, eu... eu... – Fale rapaz! Depois de tudo que me contou o que poderia ser mais grave?

Por alguns momentos, o rapaz ficou transtornado: parecia até que o sangue havia fugido do rosto além de apresentar tremores e ficar inquieto, mas depois de respirar fundo e de um enorme esforço continuou:

– Eu amo a sua filha! Sei que é muito forte, mas insisto que sou um bom homem! E peço a sua permissão para me casar com ela. Prometo que farei de tudo para honrá-la e fazer dela a mulher mais feliz desta cidade.

Naquele momento, por alguns segundos, reinou naquele lugar um silêncio assustador. Depois, o homem encarou Mattheu com expressão séria e começou a chamar pela filha:
– Aida, Aida!
Passos começaram a ressoar da cozinha e Seu Alfredo continuou:

– Venham todos até aqui agora! Temos algo muito importante a tratar! Num segundo toda a casa estava reunida em torno dos dois homens que permaneciam imóveis e prestes a revelar a tão importante notícia.

Depois de se certificar de que todos estavam presentes, Seu Alfredo começou:

– Depois de me narrar uma longa história, este rapaz revelou-me estar apaixonado por minha filha. Vejam só, minha gente, depois de tudo que passou, ele ainda veio me dizer que ama minha filha. Disse que ama você, minha querida filha.– Depois de percorrer com o olhar em todos que lá se encontravam, ele fixou-se em Aida. – Ele a pediu em casamento. O que você acha de tudo isso, minha querida?

Aida tirou os olhos do pai e encarou Mattheu. Este permanecia impassível como se tivesse acabado de acordar de um sono profundo. Estava transtornado. Depois voltou-se novamente ao pai:

– Acho que o senhor já sabe a resposta, pai. Eu também amo o Mattheu.

Seu Alfredo nada disse à filha, o centro de sua atenção voltou-se para os demais;

– E vocês, o que acham de tudo isso? Uma loucura? Um pesadelo?

A mãe de Aida interveio:

– Não, eu não acho nada disso! Pelo que Aida me disse, esse moço foi apenas uma vítima de tudo o que aconteceu. Ele me parece ser um bom rapaz.

Os demais permaneceram em silêncio, mas com o olhar, apenas confirmaram apoio ao que Dona Ema havia acabado de dizer e Seu Alfredo reagiu com uma surpreendente risada e todos passaram a observá-lo atônitos.

– O pior é que eu não me entendo, jamais deveria concordar com isso, mas penso o mesmo que vocês! Para ser sincero, até desenvolvi um sentimento muito especial por você, meu filho! É isso, sinto como se fosse meu filho! – Levantou-

se e os dois homens se abraçaram diante de uma reduzida plateia que comemorou com gritos empolgados e uma calorosa
salva. – Seja bem-vindo à família, meu filho!

O Filho Pródigo

Um novo dia começava e Mattheu nunca antes havia se sentido tão bem como daquela vez. Afinal, aquela história poderia ter terminado muito mal, mas Deus tivera compaixão e, mais do que isso, estava lhe concedendo uma nova chance para recomeçar. Daquela vez, iria ser diferente. Havia aprendido a lição. De fato, não era necessário ser rico para alcançar a felicidade. Continuava pobre, mas conseguia perceber a importância de se ter nascido numa família honesta. Seus pais eram felizes e ele tinha tudo para ser mais feliz ainda, pois Deus lhe dera um presente grandioso: Aida. Só em pensar nela um sorriso vinha aflorar em seus lábios e, na barriga, sentia um friozinho gostoso. Iriam se casar em breve. Tudo iria dar certo e faria o possível para que jamais se arrependesse de lhe ter dito sim. Ele a honraria todos os dias de sua vida. Cumpriria, com todo prazer, a promessa feita aos pais dela.

Com milhões de planos na cabeça, Mattheu dormiu como uma pedra naquela noite. Tudo se resumira da melhor maneira possível. Estava fora da prisão, tinha pela frente o reencontro com seus pais e, o melhor de tudo, encontrara a mulher de seus sonhos. Era demais, não merecia tanto.

No dia seguinte, acordou bem cedo e as horas voaram. Já se encontrava dentro do ônibus a caminho de sua cidade. Havia sido difícil despedir-se de Aida quando o ônibus encostara. Ela o acompanhara quando seu Alfredo se prontificara a levá-lo de jipe até à rodoviária. Estava voltando para a Vila, mas era por pouco tempo. Precisava rever seus pais, pedir-lhes perdão. Tinha consciência de o quanto os havia feito sofrer com suas loucuras, mas mostraria a eles que se tornara um homem de verdade assim como seu pai. Precisava contar-lhes as novidades, principalmente sobre Aida. Ficariam felizes, pois eles o amavam apesar de tudo.

O ônibus percorria quilômetro a quilômetro a encurtar a distância que o separava de seus pais, mas ao mesmo tempo, o levava para mais longe daquela que dera um novo sentido a sua vida. Ela ficara, mas estava prometida a ele, ela o queria e aquela certeza fazia com que Mattheu sentisse vontade de gritar, de sair correndo e dando graças a Deus por não ter desistido dele. De repente o ônibus parou, mas o rapaz estava envolvido com os seus planos no momento em que sentiu um cutucão nas costelas. — Moço, deixe eu passar, por favor! Tenho que descer aqui.

Num impulso Mattheu virou-se para a mulher que o encarava apavorada.
— Desculpe Dona! — Virou-se para o corredor do ônibus.

Ela era gorda e, mesmo Mattheu dando espaço, teve que sair meio imprensada. Seguia corredor a fora, caminhando apressadamente a sacudir o farto bumbum e a carregar a sua bolsa que ao balançar, de um lado a outro, acabava por atingir o rosto de alguns passageiros que, sem nada dizer, a olhavam com reprovação.

O ônibus retomou a corrida e depois de alguns minutos a observar o mundo girar a sua volta, Mattheu acabou dormindo e se viu sentado naquele banco da praça de Cruzeiro quando, como às vezes acontecia, seu velho amigo apareceu.

– Bom dia amigo! Você gosta mesmo desta praça, hein! O que faz aí sozinho nesse banco?

Mattheu levantou a cabeça e viu seu amigo Potigo se aproximando a sorrir amigavelmente.

– Gosto mesmo deste lugar! Aqui eu me sinto em paz! E você, o que anda fazendo de bom? – Levantou-se para cumprimentar o amigo. – Eu tenho viajado muito, mas sempre que necessário, gosto de visitar os amigos.

Mattheu olhou em volta e depois voltou sua atenção ao amigo. – Vamos sentar um pouco! Curioso, como você disse, sempre aparece quando necessário!
Potigo sorriu e se sentou no banco da praça:

– Tenho o dom de pressentir, pena que às vezes minha interferência não é muito agradável.
Daved coçou a cabeça intrigado;
– Às vezes, você me parece tão misterioso!

Outra vez aquele homenzinho sorriu, ficou de pé em frente de Mattheu e algo surpreendente começou a acontecer: Uma cortina de fumaça foi encobrindo-o pouco a pouco até aparecer somente um vulto que foi se desfazendo para assumir a formação de um estranho velho de barbas longas. Aquele ancião permaneceu, por alguns segundos, a sua frente até sua imagem ir se desfazendo novamente em fumaça e se distanciando com um vento que começava a assoprar calmamente. Ao mesmo tempo, com uma voz que mais parecia um estrondo, fez-se ouvir, repetidas vezes, devido aos ecos provocados:

– Mattheu, você é um bom rapaz! Sei que sua vida não tem sido fácil, mas seus dias de tormentas terminaram.

Ainda estava sob efeito daquela estranha aparição quando um forte impacto fez com que acordasse assustado:

– Desculpe pessoal! Um animal cruzou a estrada e tivemos que frear bruscamente para evitar atingi-lo. Alguém se machucou?

– Se dependesse da prudência desse motorista maluco, estaríamos todos mortos! Meu coração quase saiu pela boca. Diz pra esse irresponsável tomar mais cuidado! – Esbravejou uma senhora gorda que estava sentada num dos últimos bancos da condução.

Naquele momento um moreno grisalho interveio em defesa do cobrador:

– Dona, a senhora não ouviu o que o rapaz disse? O motorista não teve culpa!

A mulher levantou ainda mais aquela voz estridente:

– Eu não pedi a sua opinião.

Para evitar que a situação ficasse fora de controle, o cobrador voltou a pedir desculpas aos passageiros e agradeceu pela compreensão dos demais, pois há situações em que a vida pode apresentar acontecimentos surpreendentes.

Depois do transtorno provocado pelo animal, a viagem transcorreu sem nenhum imprevisto e meia hora mais tarde a lotação encostou na rodoviária. Mattheu olhou curioso pela janela antes de descer. Nada havia mudado. Sentiu o coração bater acelerado impulsionado pela expectativa de rever os pais e amigos. Já era mesmo tempo de voltar. Estava com muita saudade das pessoas e por que não do lugar onde vivera por tanto tempo?

O ônibus não estava lotado. Poderia aguardar que todos descessem, Já havia suportado tanto, por que não esperaria mais um pouco para pisar naquele chão novamente? Não havia motivos para atropelamentos, o pior já havia passado.

Enquanto observava a saída dos demais passageiros, notou que como ele, alguns do fundo do ônibus também tiveram a mesma ideia, razão que o motivou a não esperar mais. Ficou de pé e tratou de pegar sua bolsa. Quando começou a se locomover rumo a saída, um amigo dos pais de Mattheu o reconheceu e, sem perder tempo correu para dar-lhes a boa notícia sobre a volta do rapaz. Sabia que o velho vivia a se queixar da ausência do filho. Ele iria ficar muito contente ao saber. Ah se iria!

Mattheu desceu finalmente daquele robusto veículo e pôde, depois de tanto tempo, apreciar novamente a brisa fresca que assoprava, como normalmente acontecia nas manhãs naquele pedaço de chão. Como era bom estar de volta! Olhou para os lados e viu que algumas pessoas o observavam, mas não viu nenhum rosto familiar. Onde estariam seus amigos? Havia percorrido apenas o perímetro de uma quadra quando teve uma visão que lhe pareceu familiar: um casal vinha rapidamente em sua direção. Parou, firmou a vista. Eram seus pais ou estaria enganado? Não, eram eles mesmos. Como teriam descoberto se ele não havia avisado que viria? Acelerou os passos para vencer a distância que o separava de seus pais e, como resposta, o velho também começou a correr e deixou a companheira para trás. Estava sorrindo. Impaciente, Dona Hellen também acelerou os passos. Naquele momento, Mattheu não resistiu, começou a correr para antecipar aquele encontro que ficaria marcado para sempre em sua vida e na história da Vila São Domingos. Não via a hora de estar junto daqueles que lhe trouxeram ao mundo e poder receber aquele abraço verdadeiro de quem sabia amá-lo com toda proporção. Ao se dar conta do que acontecia naquele momento na Vila são Domingos, todos os habitantes daquele povoado que, por lá, passavam àquela manhã, paravam curiosos e não se arrependiam, pois podiam presenciar àquela cena emocionante: pai e filho se jogando um ao encontro do outro num abraço acompanhado de lágrimas e risos. Segundos mais tarde, também puderam contemplar uma senhora completar aquela imagem de encher os olhos e constatar que aquela família realmente se amava.

De fato, era contagiante, a maioria dos expectadores também ficou emocionada. Jamais havia visto algo semelhante na Vila e, alguns deles, não conseguiam segurar as lágrimas que deslizavam em seus rostos.

– Que coisa mais linda! – Comentou uma senhora de cabelos pintados pelos anos vividos, a enxugar o rosto com as mãos trêmulas. – Isso é que é um amor de verdade! –Completou outra mulher que parecia sonhar acordada diante do que via.

De tão grande a alegria daquela família, nem davam importância ao aglomerado de pessoas que se formavam a volta deles. Naquele momento o que importava era ter o filho de volta.

– Mattheu meu filho, eu e sua mãe sentimos tanta falta! Que bom que você voltou. – Comentou o pai mantendo-o entre seus braços. – Verdade, filho! — Reforçou a mãe — Cheguei até a pensar que iríamos enlouquecer quando soubemos da notícia. Tive muito medo de te perder para sempre.

– Quanto a isso, mãe, confesso que estou envergonhado. Vocês não mereciam. Eu os traí. Depois de tudo que me ensinaram eu não poderia ter feito o que fiz. Eu não mereço sequer ser tratado como filho!

Com a cabeça baixa, Mattheu lamentava por ter se desviado dos ensinamentos dos pais, deixando evidente sua decepção para consigo mesmo, mas o pai tratou de confortá-lo. O passado não lhes pertencia mais e havia ainda um longo caminho a trilhar.

– Não fale assim, meu filho! Poderia ter sido muito pior, mas Deus o trouxe de volta para nós! A partir de hoje queremos amá-lo ainda mais. – Voltou-se às pessoas que os observavam admiradas e, fazendo um enorme esforço para conter a emoção, proclamou aos presentes: Estamos vivendo a parábola do filho pródigo. – Este meu filho estava morto e tornou a viver, estava perdido e foi achado! Vamos todos para minha casa compartilhar da minha alegria. Passaremos a noite inteira a festejar esse momento que representa a misericórdia de Deus em nossa vida! Vamos gente, todos estão convidados a irem para minha casa se alegrar comigo!

Enquanto voltavam, uma multidão os seguia e se multiplicava ao longo do caminho. Todos desejavam participar daquele momento de júbilo e, em especial, alguns amigos de Mattheu, queriam lhe dar um abraço de boas-vindas.

Rapidamente a notícia se espalhou pela vila. Amigos da família se mobilizaram no intuito de arrecadar alimentos e bebidas para a festa que começava em ritmo de muitos abraços, risos e conversas animadas. Até mesmo alguns camponeses que moravam nas redondezas deram a graça de aparecer, transportando em suas carroças, carne bovina ou de carneiro já preparadas para churrasco. Nunca antes se vira, naquela cidade, uma mobilização tão bem-sucedida. Em pouco tempo, na casa daquela família acontecia uma festa de dar inveja aos mais poderosos do lugar.

Naquele mesmo dia, Carter havia ido ver Alice e assim que chegara à fazenda Recanto do Sol tivera uma calorosa recepção da família anfitriã. Sua amada não cabia em si de felicidade. Sorria o tempo todo a exibir seus dentes alvos ao mesmo tempo em que dirigia a Carter seus olhos negros. Eram olhares de promessa que Carter não deixava sem retribuição. Ambos estavam apaixonados. Naquele dia, ele tencionava pedir Alice em casamento, mas algo viria a fazer com que adiasse seus planos. Mal havia acabado de chegar, quando o relincho de um cavalo fez com que olhasse pela janela e avistasse um vulto a se mover no horizonte. Vinha em direção à fazenda. Quem seria? Observou mais atentamente. Era um cavaleiro que, a julgar pela rápida aproximação, galopava. Naquela casa se fez silêncio. Todos estavam curiosos para saber quem era e o que desejaria. De repente Carter deixou escapar uma exclamação:

- Meu Deus! É Thomas Brow! Será que aconteceu algo a meus pais para ele vir atrás de mim? Como pudera saber onde me encontraria?

Chegar aqui não é fácil para quem não conhece o caminho!
- É seu amigo, Carter? - Quis saber dona Olívia

- Sim. Um dos meus melhores amigos. - Confirmou desviando sua atenção para Alice que se mantinha bem próxima dele.

A expectativa não durou muito, pois em poucos minutos Thomas Brow apeava do animal bem à frente da porta da sala.

- Bom dia pessoal! Eu sou Thomas Brow! Desculpem-me se acaso os deixei assustados! Precisei vir atrás do companheiro. Algo muito importante está a acontecer na vila e imaginei que o meu amigo gostaria de participar.

Carter coçou a cabeça intrigado, tentando adivinhar o que de tão importante teria feito com que Thomas fosse atrás dele.

— Confesso que estou intrigado: O que de tão interessante faria você se deslocar até aqui? — comentou Carter enquanto se punha de pé para cumprimentar o amigo.
— Mattheu... — Interrompeu por alguns segundos.

Carter sentiu o coração acelerar. Temia que o pior poderia ter acontecido.
— O que aconteceu com Mattheu?

Thomas sorria enquanto batia levemente nas costas do amigo. — Calma rapaz! A notícia é boa. Ele acabou de chegar à Vila e, em sua casa, está prestes a acontecer uma festa de arromba.

— Puxa! Você quase me mata de susto! Que bom que a notícia é excepcional! — Com um largo sorriso, voltou-se aos demais. — Mattheu também é um grande amigo, mas ultimamente suas atitudes têm causado preocupação. Por isso pensei que algo muito ruim lhe havia acontecido, mas felizmente, a notícia é muito boa!

Em seguida desculpou-se por não poder esperar pelo almoço, deu um beijo em Alice e, sem perda de tempo, acelerou a moto, retomando o caminho de volta com a promessa de que voltaria em breve. Tinha um assunto muito importante a tratar, mas naquele momento, deveria voltar para rever o amigo, principalmente depois de tudo que soubera sobre suas lamentáveis aventuras em Cruzeiro.

Segundo Thomas, haveria uma festa, mas Carter não fazia ideia do que, de fato, se passava na vila devido ao retorno do amigo. Motivo pelo qual se surpreendeu com a movimentação em frente à casa de Mattheu e apressou-se para se inteirar do que realmente estava acontecendo. Estava curioso, parecia estar mesmo acontecendo uma festa e tanto. Como pudera? Os pais de Mattheu não tinham condições para aquilo tudo! Havia muita gente e a animação era contagiante. Além da casa, até a rua em frente havia sido tomada por amigos e vizinhos que tagarelavam sem parar.

O Sol queimava e os que se encontravam do lado de fora, procuravam refugiar-se sob uma enorme árvore localizada do outro lado da rua. Ao mesmo tempo, os amigos mais próximos da família não paravam nunca. Ao contrário, caminhavam de um lado a outro, servindo carne assada e vinho fresco aos convidados. Mattheu também fazia questão de ajudá-los, mas com frequência, era interpelado por algum amigo que desejava relembrar os velhos temos. Razão pela qual seus pais o haviam sugerido ficar somente á disposição dos amigos. Além das amizades, algumas das garotas do tempo da escola o observavam com interesse. "Com o tempo ele ficara muito mais bonito e demonstrava segurança. ", comentavam entre si. Tornara-se o tipo ideal para as moças da época. Contribuía para chamar a atenção das garotas a calça Jeans desbotada e a camiseta gola polo um pouco justa que tratava de deixar em evidência a sua musculatura avantajada. Até mesmo Olga que o havia rejeitado no passado estava caidinha por ele, mas os tempos eram outros. Mattheu não era mais um homem livre como nos velhos tempos; descobrira alguém mais que especial e era incapaz de desejar outra. Nem mesmo aquela, que outrora havia sido sua louca paixão, era capaz de despertar-lhe interesse. Daquela antiga paixão, estava completamente curado.

A festa estava animada, sentia feliz pelas demonstrações de carinho da comunidade, mas faltava-lhe algo: Aida. Ela não saía de seus pensamentos um minuto sequer. Estava louco por aquela mulher. Por aquela figura angelical que, mesmo sem ele ter consciência, tomara conta de sua vida desde o primeiro momento que a vira no interior daquele ônibus. Recordava bem de como naquela ocasião, sentiu-se envolvido com seus encantos. Chegou a pensar que ela poderia ser a mulher por quem procurara a vida toda, mas jamais imaginara que o Destino a reservaria para ele. Sentia-se um felizardo, por estar apaixonado, loucamente apaixonado e seus sentimentos eram correspondido. Logo casariam e, com ela, tornar-se-ia o homem mais feliz do mundo.

Carter chegou finalmente e foi saudado pelos amigos. Ao vê-lo, Mattheu emitiu uma emocionada exclamação:

— Carter, meu amigão! — Entregou o garrafão de vinho para um dos convidados e correu para abraçar o companheiro.
— Como é bom vê-lo novamente! Como tem passado, apesar de tudo! Carter retribuiu ao abraço, levantando o colega no ar.

— É meu amigo, tenho passado por maus momentos, mas agora a vida começa a ganhar novo sentido.
Mattheu procurou animá-lo, tocando-lhe as costas.

— Que bom! Quando fiquei sabendo do ocorrido já havia passado mais ou menos uns vinte dias. Tem algum plano para os próximos dias? Carter sorriu.

— Não vai acreditar no que vou te dizer. Planejo me casar em breve. Mattheu se afasta um pouco do amigo.

— Você está brincando comigo, não é? Carter sacode a cabeça em negativa:

— Lembra daquela garota da qual eu falava quando fizemos amizade?
Mattheu reagiu com uma gargalhada.

— Ah se lembro! Alice, a garotinha do tempo de infância. Quantas vezes nos falava sobre ela! Isso é que é notícia boa! Estava preocupadíssimo com você, mas fui surpreendido com uma maravilhosa revelação!

Ambos permaneceram por alguns segundos em silêncio, a observar a aproximação de Thomas.

— Olha só, estão colocando o assunto em dia sem a minha presença, seus traíras!

Como estava de costas, Mattheu virou para o recém-chegado:

— Carter vai se casar! Você já sabia disso? Thomas olhou sério para Carter.

— Desconfiava de que algo estivesse acontecendo, mas nada me disse. Não quis me informar da novidade. Talvez eu nem devesse me juntar a vocês, vai ver que têm mais algum segredo de amigos.

Mal concluiu a frase, os dois o fuzilaram com o olhar e Cartar tratou de se defender:

— Toma vergonha nessa cara! Por acaso está com ciúmes? Se eu não disse foi por que faltou ocasião. Por acaso já se esqueceu de que somos amigos invejáveis? Mattheu quis saber das novidades e eu não tinha motivos para ocultar-lhe como também não tenho para com você. Se tivesse tocado no assunto, eu teria te falado. Mattheu sorriu.

— Não ligue para isso, amigo! Thomas só está querendo te ver sem graça. Ele gosta de ver a gente num embaraço. É um típico estraga prazeres.

Thomas começou a sorrir:

— Deixe de ser besta, amigo! Mattheu está certo. Por acaso já se esqueceu das minhas brincadeiras?

Depois daquele momento, os três amigos, cada qual, embalados por uma taça de vinho depois de outra, celebraram o reencontro e brindaram às boas notícias. Thomas comentou com Mattheu sobre a doutora que havia dado um novo colorido a sua vida e Mattheu fez questão de narrar a sua bela história, que se resumia na descoberta da mulher de seus sonhos, mas a maior parte dos brindes daquela tarde foi dedicada ao recomeço surpreendente de Carter quando todos temiam pelo pior.

Apesar dos improvisos, o retorno de Mattheu foi celebrado com uma festa que marcaria a história da Vila São Domingos. Houve comida e bebida em abundância, mas no final da tarde, o senhor Orlando e Dona Hellen, distribuíram as sobras entre os mais pobres e todos retornaram para suas casas.

Já era noite. Com exceção dos três amigos que continuavam bebericando e conversando animadamente, a casa havia voltado a ficar vazia. Seu Orlando estava contente. Tudo havia transcorrido em paz e finalmente podia ver seu filho são e salvo a sua frente. Deus era, mesmo, misericordioso! Tinha ouvido suas preces! Caminhou ao encontro de sua fiel companheira e ela, há alguns minutos, se mantinha de pé encostada no portal que permitia o acesso entre sala e cozinha. Abraçoua carinhosamente e meneando a cabeça em direção aos rapazes disse baixinho:

— Deus ouviu nossas preces! Tinha tudo para acabar mal!

— Isso é verdade! — Concordou. — Deus foi mesmo misericordioso para conosco!

Depois de um breve silêncio, o Senhor Orlando apertou a mão da esposa e pediu carinhosamente:

— Mulher, que acha de preparar uma porçãozinha saborosa para nós enquanto me sirvo uma taça de vinho e acompanho os rapazes? Dona Hellen nada disse. Apenas se dirigiu à cozinha para atender ao pedido do marido.

Sereis Uma Só Carne

Depois de receber a bênção do padre Carlos, Mattheu despediu-se de seus pais e retornou para Cruzeiro. Precisava estar com Aida para providenciarem o noivado. Mal podia esperar o tempo de preparação para o casamento. Tudo havia acontecido de maneira tão acelerada que às vezes até o deixava assustado, mas queria, como nunca, aquela mulher para si e sabia que ela também estava decidida a dividir o resto de sua vida com ele.

A viagem foi tranquila. Mattheu dormiu a maior parte do tempo e, quando chegou, sentiu o coração acelerar ao notar que Aida estava na rodoviária a sua espera. Como sempre, esbanjava elegância. Seus cabelos loiros, cujos cachos cobriam seus ombros, desciam feito águas de uma cachoeira volumosa. Estava atenta a seus movimentos enquanto descia do ônibus. Minutos depois, o reencontro foi celebrado com um abraço que parecia interminável.

— Que bom que não demorou a voltar! Senti sua falta! — Disse Aida ainda entre os braços de Mattheu e olhando-o dentro dos olhos. Mattheu sorriu com satisfação.

— Não foi fácil convencer meus pais. Queriam que eu permanecesse ao menos uma semana com eles, mas eu não pude resistir ao desejo de estar contigo. Não sei o que está acontecendo comigo, pois isso está muito intenso, penso em ti o tempo todo. Parece até que estou enlouquecendo e estou ficando com medo. O que seria de mim se você desistisse?

Com um beijo, Aida fez com que Mattheu se calasse. Depois afastou-se, se manteve à distância de alguns centímetros e ficou a encará-lo por alguns segundos.

— Seu bobo! Eu amo você! Não vê que também estou apaixonada?

Novamente eles se beijaram e com maior intensidade.

Depois daquela noite inesquecível na casa dos pais de Mattheu, Carter dormiu profundamente e só voltou a acordar no outro dia, por volta das dez da manhã. Quando saiu do quarto, deparou-se com a mesa farta de iguarias das quais ele mais gostava. Sua mãe queria mesmo deixa-lo mal-acostumado. Caprichosamente, ela fizera questão de acrescentar a tudo aquilo o seu favorito pão de queijo fresquinho, da hora. Também o seu favorito bolo de cenoura estava em destaque. No centro da mesa encontrava-se duas garrafas ´térmicas: como sempre, numa tinha o indispensável cafezinho da hora e na outra o leite quente que seu pai não deixava faltar nunca. Seu pai já estava assentado num banco à parte. Certamente já aguardava o almoço, que pelo que indicava o relógio, logo seria servido. Tinha o hábito de se levantar antes das seis e certamente estaria com fome, pois já se passara quase quatro horas depois do seu café da manhã.

Carter, depois de se alimentar da mesa que sua mãe preparara, levantou-se sem perda de tempo, diante dos olhos intrigados dos pais.

- Vai sair filho? - Quis saber a mãe com aparente preocupação. Carter encarou-os meio desconcertado.

- Perdoem-me! Eu devia ter dito a vocês! - Ajeitou os cabelos com uma das mãos.- Estou indo ao Recanto do Sol. Vou pedir a mão de Alice em casamento hoje.

Naquele momento, mãe e pai se levantaram num impulso e foram abraça-lo.

- Que notícia boa, filho! Sabe que para nós, é de muito gosto! Alice é uma boa moça. Quer que eu e seu pai te acompanhemos?

- Não precisa- mãe. Tudo ficará bem e num outro momento podemos nos reunir com eles.

- Tá bom filho. Se você prefere assim...

Seu pai voltou a abraça-lo e acariciou-lhe as costas, amigavelmente, em sinal de cumplicidade.

- Carter meu filho, eu e sua mãe queremos ver você dar a volta por cima. Depois de tudo que aconteceu, passamos dias de intensa preocupação com você. Temíamos pelo pior, mas Deus ouviu as nossas preces.

Aproximava-se do meio dia, Carter seguia acelerando sua moto por aquela estrada desértica sentindo o sol agressivo a castigar lhe o rosto. Assustados com o barulho do motor, os pássaros que se encontravam nas proximidades, iam levantando voos amedrontados e fingiam para o mais distante daquilo que, para eles, significava uma terrível ameaça. Para trás ia ficando uma nuvem de poeira misturada à fumaça que saia do escapamento daquela velha motocicleta. A coitada ziguezagueava cautelosamente estrada a fora, pois não eram poucos os buracos a dificultar o avanço. O cavalo teria sido melhor escolha se ele não quisesse ganhar tempo. A saudade de Alice fora a responsável por tal escolha, mas estava feliz. Muito feliz com a nova chance que Deus estava lhe proporcionando. Mal podia esperar para saborear tão doces beijos. O coração batia cada vez mais acelerado a medida que se aproximava da fazenda.

A viagem foi rápida, mas quando chegou a casa, só encontrou a patroa o pai de Alice tinha ido campear uma vaca que faltava ao rebanho. Alice se encontrava por perto, em algum lugar no quintal. Foi o que dona Olívia dissera a ele.

Carter mal ouviu as explicações da senhora... saiu caminhando quintal a fora a procura da amada. Ao perceber que ela não se encontrava por lá, lembrou-se da figueira. A figueira deles. Com certeza ela estaria por lá. E, se sua intuição estivesse certa, ela também sentia sua ausência. Pensou com satisfação e percebeu tomar conta de si um certo grau alivio. Aquele friozinho na barriga voltou a incomodá-lo. Ela também o amava! Era mesmo um homem de estupenda sorte!

Ainda estava a uns cinquenta metros quando a avistou assentada numa das enormes raízes da figueira. Encontrava-se imóvel, parecia estar meditando quando ouviu o grito de Carter:

— Alice!

Levantou a cabeça, tentando localizar a direção do grito e outra vez ressoou:

— Estou chegando, meu amor!

A moça levantou-se num salto e saiu correndo ao encontro do homem da sua vida. Ao se aproximar, saltou agarrando-o ao pescoço. Com o impacto, ele se desequilibrou, mas se

manteve de pé apertando-a contra seu corpo. Por alguns segundos permaneceram em silêncio. O único ruído entre os dois
eram os batimentos de seus corações apaixonados. Carter se
limitava a acariciar lhe os cabelos que eram levemente sacudidos pela brisa suave que parecia querer participar daquele
momento tão sublime entre dois seres tão amados. Por fim,
passado o primeiro momento, foi a vez de Carter quebrar o
silêncio: — Alice minha amada, nem imagina o quanto estava
impaciente para me ver entre seus braços assim como estamos
agora.

Em resposta, ela o envolveu com mais ternura e seus
corpos se tornaram um. Em seguida olhando-o nos olhos sorriu com satisfação:

— E o que você acha que está acontecendo comigo, amor
da minha vida?

Carter não se conteve, abriu um enorme sorriso e olhou para
o alto:

— Deus, como sou um homem de sorte! Obrigado!

Carter beijou intensamente. Se dependesse de si, nunca
mais se distanciaria de sua amada. Não conseguia entender
como pudera ficar por tanto tempo longe se entre eles havia
tanta harmonia. Era certo que Sophia tinha sido um anjo em
sua vida. Ele a amara mais do que tudo, mas Alice... Alice tinha
sido seu primeiro amor, era sua metade. Perdemos muito
tempo amor, lembrou Alice, mas jamais voltaremos a ficar
longe um do outro. Promete isso?

Carter afirmou com um beijo e o silêncio voltou a reinar
naquele espaço de perfeita harmonia. A brisa continuava a assoprar fazendo dançar as folhas da figueira e os brotos dos
capins a volta dos dois quando foram transportados de volta à
realidade por um grito de dona...

— Oouu! Pensam em ficar aí a vida inteira? As horas estão avançadas! Venham pro almoço!

Como estavam distantes da realidade, ambos se voltaram impulsivamente, devido ao susto que tiveram ao ouvir o
grito inesperado. – Estamos indo mãe!

Desvencilharam se do conforto daquele abraço e, de mãos dadas, retomaram o caminho de volta

Seus pais devem mesmo estar com fome. Veja que horas são! – Comentou Carter enquanto voltavam para casa.

– É verdade, concordou Alice, é nosso costume almoçar às dez. Carter nada mais disse, estava vivendo um conflito interno: após o almoço, tencionava pedir a mão de Alice, mas como faria isso? Entendia que estariam de acordo, mas a ideia de chegar na cara dos velhos para falar do assunto abalava-lhe as estruturas. Não conseguia entender o porquê de tanto nervosismo, pois ele se sentia bem-vindo naquela casa e também tinha neles uma extensão da sua própria família. Além de tudo, o que mais desejava era poder cuidar bem da filha deles e, se dependesse de si, ela seria a mulher mais feliz que alguém já pode ver. Foram bons tempos de convivência que desejava prorroga-los pelo resto de seus dias.

– Oi amor, o que aconteceu contigo? – Quis saber Alice – Parece tão preocupado?

– Oi, respondeu Carter, estava distraído, só isso. Alice, você me ama mesmo?

– Você tem dúvida? – Apertou-lhe a mão.

– Desculpe-me a pergunta tola!

Os dois interromperam a caminhada e se beijaram apaixonadamente. Durante o almoço voltou a reinar o silêncio e, dentro daquela casa, só se ouviam os tinidos dos talheres inquietos, até que Alice entrou em cena:

– O que está acontecendo? No caminho, Carter perdeu a voz, agora durante o almoço, parece que todos perderam a língua! Será que é a fome?

Seu... levantou os olhos e encarou-a com expressão séria, mas antes que pudesse dizer algo, a mãe interveio:

– Isso é normal, minha filha! Às vezes, de maneira inexplicável, acontecem esses fenômenos.

Então, o pai, que se mantivera concentrado no prato de comida, sorriu: – Só mesmo sua mãe para me fazer sorrir numa hora dessas! Ela chama a fome de fenômeno!

Todos riram ao mesmo tempo, mas continuou a prevalecer o tinir dos talheres.

Terminado o almoço, enquanto a mesa era desfeita, o velho se voltou para Carter:

– Então filho, que novidades nos traz? Comandam as coisas na cidade? E seus país?

Carter sentiu o coração aos pulos. A hora chegara! Estaria ele preparado para falar daquele assunto àquele momento? Sim. Tinha que estar! Não poderia mais adiar, não havia mais tempo a perder! Forçou um sorriso que surgiu amarelo.

– Meus pais estão bem. Até mandaram lembranças. Quanto a novidades, tenho sim, e que novidade: Quero me casar com sua filha! Preciso do seu consentimento.

O senhor Joshua olhou para a esposa, companheira de tantas batalhas. Com aquela expressão meio embaraçada parecia suplicá-la a assumir os rumos daquela conversa.

Como conhecia bem o companheiro, ela tratou de entrar em ação sem perda de tempo:

– Essa é uma ótima notícia! Sabemos que Carter é um bom rapaz, não é mesmo marido?

O chefe da família nada disse, apenas voltou o olhar a Carter e depois para Alice.

– Você é a principal interessada, filha! Quer se casar com ele?

Alice sorriu, lançou um olhar apaixonado a Carter e por último encarou o pai.

– Que acha meu pai? Sabe que eu o amo! Sofri muito quando fiquei sabendo que ele iria se casar com uma moça da cidade. Bem que eu poderia dizer não, mas como se o amo tanto? – Olhou para Carter. – Quando foram embora desta fazenda você era apenas uma criança, não tem culpa. Eu te perdoo, meu amor! Quero sim ser a sua esposa! O velho coçou a barba e depois de alguns segundos em silêncio, disse olhando para seu futuro genro:

– Eu também estou de acordo, meu filho, mas com uma condição: vão ter que morar aqui na fazenda! Depois que vocês foram embora, este lugar nunca mais foi o mesmo! Imagine se minha-filha também nos deixar, desviou os olhos para a mulher.

Estou de acordo! – Disse Carter. – Afinal, eu amo mesmo este pedaço de chão! E tem mais, o que me importa é estar junto de Alice! Todos se levantaram e Carter fez questão de apertar a mão de seu futuro sogro, selando assim um pacto entre eles.

– Ótimo meu rapaz! Amanhã mesmo vamos escolher o local onde construiremos a casa de vocês. Também é meu desejo trazer de volta para cá os seus pais. Eu e Olívia sentimos falta da presença deles. Será que topariam voltar a morar no sítio?

– Estou certo que sim! Se quiser, posso ver isso com eles. Acho que vão adorar a notícia. – Respondeu Carter demonstrando entusiasmo.
O senhor Joshua olhou para a mulher com satisfação.

– Está vendo minha nega, tudo voltará a ser como antes! Aliás, será melhor ainda: logo veremos correr por essa casa um neto cheio de saúde. –Sorriu e, em seguida, todos se abraçaram.

Uma semana depois, no Sítio Recanto do Sol, duas famílias e alguns amigos encontravam-se reunidos para celebrar o noivado. Seu... e Dona... tinham preparado um farturento jantar.

Além dos pais de Carter, Thomas Brow e sua namorada estavam presentes e conversavam animadamente com os demais convidados. Até o padre Carlos fizera questão de aparecer. Depois de muita conversa e risos, chegou o momento principal da festa: A hora do cerimonial. Primeiro o Padre abençoou os presentes, depois deu uma bênção especial aos iminentes noivos e Carter enfiou a mão no bolso e retirando uma caixinha colocou sobre a mesa. Abriu-a e todos puderam admirar um belo par de alianças. A plateia observava em silêncio. Em seguida, pegou uma das alianças com a mão esquerda, com a direita, segurou a mão direita de Alice e colocou a aliança no dedo da amada enquanto todas batiam palmas. Alice repetiu a mesma cena. Ao concluir aquele ritual, todos os presentes os cumprimentavam sorridentes.

– Que Nosso pai celeste cubra de bênçãos essa família que está começando! – Abençoou-os traçando sobre suas cabeças o sinal da cruz. – Amém! – Em coro, responderam os presentes.

, namorada de Thomas Brow, era conhecida por todos os que lá estavam, mas nunca antes havia ido aquela fazenda.

Na ocasião, ela usava um vestido vermelho como sangue a acompanhar suas belas curvas que nem mesmo os quilinhos a mais contribuíra para que passasse desapercebidas. Além da cor que contrastava com sua pele morena clara tal vestido não era longo o bastante para encobrir suas coxas grossas e impecáveis. Como de costume, também daquela vez ela trazia aqueles longos cabelos loiro- escuros e encaracolados parcialmente presos às costas. Quando andava, os cachos se moviam feito mola a causar inveja às amigas.

Na verdade, aquelas pessoas não só conheciam a namorada de Thomas como também lhe tinham o maior apreço, razão pela qual, Thomas Brow havia sido parabenizado por diversas vezes naquela tarde. ” Amigo, você é um cara de sorte! Diziam sorridentes, Além de muito bonita, tratasse de uma garota de ouro. Uma doutora que tem uma educação exemplar e que também executa o seu ofício com a maior dedicação e cuidado por seus pacientes. ”

Aquela doutora havia se transformado na razão pela qual Thomas Brow tornara-se um novo homem. Por qualquer motivo, esbanjava sorriso, não era mais aquele cara carente a sonhar com uma companheira de verdade. Ele havia encontrado a sua cara metade, a razão para erguer os olhos ao céu, com frequência, e dizer: obrigado! Causava-lhe enorme satisfação até mesmo o desfilar pelas ruas a segurar aquelas delicadas mãos. Ela era o seu anjo e, motivo para se sentir o mais abençoado dos homens.

Enquanto as pessoas conversavam animadamente, por um momento, Thomas Brow mergulhou num profundo silêncio. Sem se dar conta do que fazia, observava atentamente cada um dos presentes naquele evento. Foi então que se atentou para o amigo. Como sofrera com a perda da sua lindíssima Sophia!

Era dura vê-lo naquela situação. Chegara a imaginar que o amigo nunca mais iria se recuperar, mas podia vê-lo lá, bem a seu lada, a esbanjar felicidade por outra mulher que mais parecia uma deusa. Era de fato uma cena incrível! Que poder tem a mulher! Pode levar o homem ao céu ou ao inferno! Encontrava-se tão envolvido com aqueles pensamentos que nem se deu conta de que alguns dos presentes estava a encará-lo curiosos. Até mesmo Carter tinha percebido o seu silêncio e o encarava intrigado.

O que houve Thomas? – Quis saber Carter. – De repente você se calou e parece estar em outro mundo!
Thomas sorriu meio sem graça.

– Ah, desculpe gente! Estava perdido em meus pensamentos, mas se me der licença, gostaria de compartilhar com todos vocês.
Carter pediu a atenção de todos os presentes:

– Pessoal, o amigo aqui – deu umas palmadinhas amistosas nas costas de Thomas Brow – quer dar uma palavrinha!

Todos se voltaram curiosos para Thomas Brow e este começou a fazer uso da palavra:

– Quero me aproveitar da presença de todos vocês para dizer a este cidadão aqui – retribuiu-lhe as palmas nas costas – que estou muito feliz por ele. – Voltou a encarar o amigo – Carter, você é um cara de muita sorte. Poucos conseguem encontrar a companheira ideal e, pelo visto, este não é o seu caso. Confesso que eu também não tenho porque me queixar, também sou um homem de muita sorte! – Pegou a mão de , beijou-a carinhosamente e, com os olhos fixos nos dela, continuou – Essa garota maravilhosa é tudo que eu poderia ter pedido a Deus! – Voltou a encarar os presentes. – Se me derem licença, gostaria de me aproveitar deste momento tão especial, desta festa de celebração de noivado do meu amigo para homenagear a mulher que deu um novo sentido a minha vida!

– Vamos rapaz, não se avexe! – Incentivou o pai de Alice.

Thomas continuava a segurar a mão de Catherine. Ao se sentir encorajado pela dona da casa, ficou de pé e sua namorada o acompanhou para apoiá-lo.

– Como é bom sentir que está por perto! Você, meu amor, é o anjo que Deus enviou a Terra para dar sentido a minha vida!

É com o coração cheio de emoção que tenho a honra de te dizer que:

Desde o dia em que te conheci,

A minha vida mudou.

O meu céu se coloriu de azul

E meu peito se encheu de amor!

Todos se levantaram e, naquela sala, só se ouvia aplausos quando as senhoras surgiram da cozinha para interrompê-los:

Atenção pessoal, vejo que a animação é total, mas tenho uma notícia que, a julgar pela hora avançada, também pode ser motivo de euforia:

– Na sala se fez silêncio. Todos estavam curiosos para saber da novidade. – O jantar está servido. Venham todos se sentar à mesa que o estômago de cada um de vocês deve estar reclamando há um bom tempo. – Convidou a dona da casa. – Oba! – A sorrir, comemoraram.

– Essa também é uma boa notícia! — Foi o que disse o senhor Joshua enquanto incentivava aos demais a se dirigirem à mesa. — Vamos ver se essa mulherada sabe mesmo cozinhar! Vamos gente!

– Pelo cheiro, acho que deve estar delicioso! – Observou Carter ao se dirigir à mesa.

Mais tarde, quando ficaram apenas as duas famílias dos noivos naquela casa, o senhor... resolveu conversar sobre o futuro:

– Estou muito feliz com o rumo que a vida de nossas famílias está tomando! Já consigo visualizar minha filha e meu genro morando em algum lugar aqui nesta propriedade e, numa casa nas proximidades teremos de volta os nossos vizinhos preferidos. O que vocês acham de tudo isso?

– Nem imagina, amigo, o quanto sinto falta da vida que tínhamos aqui. Campear vacas por estes pastos a fora era algo que eu adorava fazer. – Comentou o pai de Carter.

- Eu também vou adorar voltar para cá. Aqui vivemos quase uma vida inteira. - Aprovou dona...a passar a mão direita sobre os cabelos presos no alto da cabeça.

- Eu também estou muito feliz. Vou ter a mulher que eu amo e ainda vou poder morar perto das duas famílias que eu adoro! - Disse Carter emocionado!

- Então vamos ao que interessa mais ainda: onde construiremos as duas casas? - Quis saber seu Joshua.

Alice que até o momento permanecia em silêncio resolveu entrar na conversa;

- Eu, da minha parte, gostaria que nossa casa fosse construída próxima ao pé de figueira. - Olhou para o noivo. - O que você acha Carter?

Concordo plenamente. Aquela árvore faz parte de nossas vidas! Ela contém a nossa história!

- Então está decidido! - Concordou o fazendeiro enquanto se voltava aos pais de Carter.

- Agora é com vocês, meus velhos amigos!

- Fala mulher! Quero que participe desse momento! - Pedro Afonso sorria, parecendo se divertir com o embaraço da companheira. - O que eu tenho pra dizer é que o lugar escolhido pelos nossos futuros patrões será de nosso agrado, não é marido?

- Claro, claro! Fica ao critério do senhor. Só sei que quando estiver pronto o novo lugar, viremos sem perda de tempo. Adoramos esse pedaço de chão e a companhia de vocês!

— Nem imaginam o quanto a ideia de voltar nos alegra, mas quero que saibam que concordo em voltar a morar aqui se isso for mesmo o desejo de vocês. Caso contrário, não tem nenhuma obrigação de nos trazer de volta. — Pedro Afonso comentou pensativo.

— Que isso amigo! Acha que estamos sendo falsos? — Protestou o pai de Alice. — Sabe que o que dissemos veio do fundo do nosso coração! — Desculpe! Acho que meu marido apenas quis dizer que não queremos ser um atrapalho na vida de vocês. — Justificou dona Joshefa.

Por fim, tudo ficou acertado entre as duas famílias e, ao raiar do novo dia, todos seguiram para a cidade para marcar a data do casório.

O tempo voou e o mês de junho chegava prometendo um novo recomeço para Carter e Alice que eram só ansiedade devido ao fato de que o casamento seria logo mais à noite. Ambos estavam muito felizes, pois mal podiam esperar para concretizar a união dos dois. Em casa Carter meditava sobre os últimos acontecimentos em sua vida. Sofrera muito com a partida de Sophia, mas quisera o Destino que ele tivesse uma segunda chance. Tivera sorte de encontrar e reaver o seu primeiro amor, a sua cara metade. Além de tudo, o seu melhor amigo também iria se casar naquela mesma noite e na mesma celebração. Estariam juntos a compartilhar as alegrias de ambos. Tudo aquilo parecia um sonho. Thomas Brow também tirara a sorte grande. Encontrara a mulher que ele merecia. Além de possuir uma beleza encantadora, era uma pessoa muito bem vista na sociedade. Há poucos anos se formara em medicina e executava seu ofício com total dedicação. Isso ele, Carter, pudera comprovar depois que sofrera aquele terrível acidente. Voltou a se lembrar de Sophia aquela que teria sido a mulher sua vida. Se não fosse aquele cruel acidente, ela iria envelhecer a seu lado, mas se fosse ela, não seria Alice. Tantos procuram a garota dos sonhos sem jamais encontrar e ele, ao contrário, tivera o privilégio de encontrar duas. Sentia falta daquela que partira, mas era só gratidão a Deus por ter lhe preservado o seu primeiro amor. O seu amor de infância. Não fundo sabia que continuaria com as duas. Uma a olhar por ele lá do céu, e a outra iria aquecê-lo nas noites frias deste mundo que nem sempre apresenta dias de sol.

Depois de um bom tempo mergulhado em seus pensamentos, Carter volta ao mundo real, olha no relógio e leva um susto. A noite já estava chegando e o casamento havia sido marcado para às vinte horas daquele dia. Teria que se apressar, pois há relevância para o atraso de noivas, não de noivos. Olhou-se no espelho e gostou do que viu. Abriu o guarda-roupa e satisfeito admirou o terno pendurado num cabide. Engraçado, nunca usara um igual em toda a sua vida!

Na igreja, tudo estava em ordem. No corredor por onde entrariam os noivos e padrinhos haviam colocado um enorme carpete estampado com flores coloridas. Dos lados, a limitar o corredor por onde passariam os noivos e seus exímios convidados, haviam enormes vasos cheios de flores naturais como, Lírios, Amor Perfeito, Azaleia, Antúrio, Amarílis e outras. Em frente ao altar haviam quatro poltronas vermelhas a espera das ilustres personagens daquele ato.

Com a proximidade do início do ato cerimonial, os espaços dentro da igreja iam sendo preenchidos por aqueles que queriam garantir um lugar estratégico para se sentar durante a celebração. Na praça em frente, já existiam muitas pessoas e iam chegando mais a medida que se aproximava o horário. As pessoas estavam eufóricas. Crianças corriam e os grupinhos de amigos tagarelavam o tempo todo até que o sino da igreja tocou avisando-os de que a celebração poderia começar a qualquer momento. Como ao receber uma ordem, a praça emudeceu e todos foram se retirando para o interior da igreja.

Finalmente, tudo pronto para dar início à celebração que marcaria para sempre a vida daquele humilde povoado. O horário havia chegado, só faltavam as noivas para dar início ao grandioso evento. O padre parecia impaciente. Toda hora percorria os olhos pelo salão e depois os direcionava à porta na esperança de uma boa notícia. Estava muito feliz em poder realizar aqueles casamentos. Eram bons meninos e mereciam esposas a altura. Ele padre Carlos, pudera atestar que eram de boas famílias e que certamente, educariam os filhos que lhes fossem confiados por Deus, de acordo com a fé.

Há muito não se via algo semelhante naquela pequena cidade. Razão pela qual talvez explicasse o motivo para tanto alvoroço. Para estar bem apresentável, as mulheres haviam posto seus melhores vestidos e passado longos períodos nos salões. Os homens, do jeito deles, também estavam bem apresentáveis com suas melhores vestimentas. Todos se empenharam para se apresentarem impecáveis naquele dia tão especial.

Seu Otávio havia deixado o conforto de sua casa em Porto dos Sonhos para prestigiar o sobrinho que, além de ter conquistado sua admiração, tinha lhe convidado para padrinho. Chegara com considerável antecedência e se encontrava-se assentado, junto com os demais padrinhos, num dos primeiros bancos que lhes havia sido reservado. Aos pais dos noivos foram acrescentadas umas poltronas verdes logo à frente do banco dos padrinhos.

Annah, ao contrário de Alice que contava com a presença do pai, tinha como representante da figura paterna o seu tio Timóteo, um senhor gordinho de baixa estatura ao qual ela muito estimava, pois há uns dez anos, o pai havia lhe deixado para ir morar com Deus.

A noite estava fria, os ventiladores se encontravam todos desligados, mas o cheiro dos perfumes era espalhado por toda a extensão daquele recinto por uma agradável brisa que entrava através das enormes janelas escancaradas daquela velha catedral.

Lá fora, com exceção das noivas, que ainda não haviam chegado, tudo estava em ordem para a entrada. Haviam formado duas filas, uma pelas madrinhas dos noivos e outra composta pelos padrinhos. Annah e Alice seriam as únicas mulheres a se posicionarem do lado direito da fila para dar mais destaque às noivas. O padre Carlos estava a posto a espera de receber um aviso de que tudo estivesse em ordem para dar início. Curiosos, parte dos convidados ficaram de plantão do lado de fora da igreja para ver a chegada das noivas. Não levou muito para avistarem a aproximação de um carro vermelho. Reconheceram-no ser do tio de Annah e ficaram atentos para vê-la descer. Depois que o carro parou, o primeiro a ser visto foi o Senhor Timóteo que desceu do carro e foi abrir a porta do lado oposto para que a noiva também pudesse sair. Finalmente todos se encantaram ao ver surgir a tão estimada doutora com seu vestido branco cujas barras se arrastavam pelo chão e, logo atrás era erguida por um véu que parecia ter luz própria e era sustentado pela mãe de Annah, dona Aurélia do Carmo, uma senhora cinquentona que ainda se conservava com considerável elegância. Tanto o tio quanto a mãe, apresentaram com considerável elegância a usar aquelas roupas que deveriam ter custado uma nota. O Tio trajava-se com um terno preto tornando-o semelhante a um deputado. Dona Aurélia também esbanjava elegância com seu blazer verde a contrastar-se com a bela saia preta e justa que ela usava. Ela, a noiva, estava radiante. Todos ficaram encantados ao vê-la a sorrir e a destacar com o negro do batom que ela usava, os seus lábios carnudos. Ia se aproximando a cumprimentar, um por um, com o olhar e, a cada passo, seus cabelos ondulados sacudiam ao longo de suas costas.

Outro carro foi se aproximando e, os curiosos mudaram o foco das atenções. Era uma caminhonete branca. Em sua lateral havia gravado uma frase: Sítio Recanto do Sol. Atentos, acompanhavam a cada movimento daquele veículo, pois estavam convictos de que trazia consigo a outra personagem mais importante da festa. O carro parou e suas portas começaram a abrir. No início, foi silêncio total. Em seguida, a noiva surgiu e provocou-lhes um breve momento de euforia, graças à lindíssima tiara composta de diversas pedras luminosas que fazia lembrar uma constelação numa noite de céu claro.

Depois que ela desceu, com seu vestido repleto de rendas brancas, houve um sussurro geral daqueles que acompanhavam a cena: – Oh, como está linda! – Exclamou uma senhora de uns sessenta anos que a tudo observava atentamente.

–Até parece um anjo! – Disse um homem de meia idade que se encontrava encostado na parede próximo a porta da igreja.

Como , Alice também se aproximava do aglomerado de pessoas, a esboçar um belo sorriso que, certamente, traduzia a satisfação que sentia por estar realizando seu maior sonho.

Sobre os saltos finos daqueles sapatos brancos, caminhava com extrema elegância a exibir seus cabelos negros que eram sacudidos levemente pela mansa brisa daquela inesquecível noite de junho. Finalmente tudo estava preparado para dar início ao ato cerimonial. Padrinhos e madrinhas de braços dados. Os pais dos noivos estavam assentados num dos primeiros bancos de frente ao altar.

A expectativa do início da celebração fez com que todos ficassem alertas, mas por pouco tempo, pois algo inesperado aconteceu: O ruído de portas batendo indicava que mais alguém estaria chegando e fez aguçar a atenção da assembleia.

Naquele segundo sábado do mês de junho, Mattheu acordou animado. Estava muito feliz pelo amigo, pois depois daquela terrível tragédia, chegou a temer pelo futuro daquele rapaz. Felizmente, graças ao céu, conseguira dar a volta por cima. Iria se casar e ele, Mattheu, faria de tudo para estar presente, mas queria lhe fazer uma surpresa: Chegaria no último momento antes do início da cerimônia. Sequer havia comunicado com seus futuros sogros, só com Aida, mas estava certo de que concordariam em ir com ele e Aida. Aproveitaria a oportunidade para apresentá-los a seus pais e tratar de seu próprio casamento.

Chegaram a Vila São Domingos por volta do meio dia, mas não saiu às ruas para não estragar a surpresa.

Quando chegou o momento, depois de se arrumarem, Mattheu, Aida e futuros sogros saíram em direção à igreja, porém, ao passar frente ao bar de seu Jordão, parou para cumprimenta-lo e marcar a data do cumprimento da promessa. Só Mattheu desceu. Aida e seus pais permaneceram dentro do veículo por entender que se descessem, se atrasariam ainda mais.

– Meu caro amigo Jordão, há quanto tempo! – Mattheu cumprimentou-o sorrindo. O dono do bar se virou surpreso:

– Você por aqui amigo! – Também sorridente, apertou a mão do recém-chegado.

– Deixe eu te dizer, continuou Mattheu, passei aqui também para acertar contigo uma data para a realização daquela antiga promessa de amigos.

Seu Jordão vibrou, até ensaiou uma dancinha estranha, impulsionado pelo iminente cumprimento daquela promessa a qual ele próprio fora testemunha. Gostava muito daqueles meninos e estava feliz por poder contribuir para que a pudessem realizar. Ficara contente com a notícia, mas teria condições de cumprir com o prometido? Não sabia se viria muita gente e ele, Jordão, não andava tão bem das pernas assim. Era um homem de palavra, mas de que adiantaria ter palavra naquele momento? Por que não pensara naquele momento de euforia? Mattheu percebeu sua inquietação e interveio:

– Amigo, vejo que está preocupado e sei o motivo. – Deu-lhe um toque amistoso nas costas. – Fique tranquilo!

O senhor do bar sorriu meio sem graça:

– É que sempre fui um homem de palavra, mas confesso que naquele dia não pensei direito. Se fossem só vocês, seria fácil, mas e se vier uma multidão?

– Já disse, só queremos que seja aqui. O resto deixe conosco! Tudo bem?

Seu Jordão sacudiu a cabeça em conformidade e suspirou aliviado:

– Como adivinhou que eu pensava nisso?

Com um aceno, Mattheu comunicou aos que o esperavam, que já estava de saída e se voltou para o amigo:

– Vi que de um momento para o outro sua expressão mudou e imaginei. – Depois de combinar a data, estendeu a mão ao amigo. – Tenho que ir, estou atrasado para o casamento. Até breve!

Saiu correndo em direção ao carro.

Quando chegaram ao local da cerimônia, constataram que a fila de padrinhos ainda se encontrava do lado de fora da igreja. Bem na hora, pensou Mattheu. Olharam em direção à porta e viram que, lá dentro, havia muita gente. Apressadamente, desceram do carro e se dirigiram ao templo.

Naquele momento, Mattheu sentia o coração bater acelerado. Logo seria a sua vez. Olhou para Aida e a moça, percebendo o que passava em sua cabeça, apertou-lhe a mão e en-

carou-o carinhosamente. – Vocês dois vão à frente! – Determi-
nou-lhes o futuro sogro a olhar para Mattheu sorrindo. – Você
é de casa filho!

O rapaz também sorriu ao imaginar em que o futuro sogro poderia estar pensando.

– Tudo bem, estendeu o braço para Aida. – Vamos meu
amor! Ela aceitou o braço que seu amado lhe oferecia, ele a
arrastou para junto de si e continuaram a caminhar em direção
à porta.

Como se fosse algo indispensável para complementar
aquele evento, os dois casais de recém-chegados precederam
a entrada dos padrinhos e, tal qual as principais celebridades
daquele momento festivo, também despertaram a tenção da
comunidade local por se tratarem de pessoas muito distintas
e não serem conhecidas na comunidade. Acompanhadas de
Mattheu e de um senhor, ao qual julgaram-no como a um rico
empresário. Era um homem branco e alto, trajando uma calça
de linho preta e uma camisa de seda verde-clara. A Mattheu,
todos reconheceram assim que começou a entrar na igreja,
apesar de estar muito mais apresentável do que quando morara na Vila. Ele também escolhera roupas que lhe caíam muito
bem: usava uma Calça bege, uma camisa de seda branca e uma
gravata que tinha a mesma cor da calça. As dua mulheres, mãe
e filha, também surgiram usando roupas que obtiveram aprovação daqueles que as observavam, mas o que chamou mais a
atenção de todos foi a beleza que possuíam. Ambas tinham a
pele clara, eram altas e de corpo bem definido, por uma cintura fina, pernas grossas e bum bum saliente. Aida parecia
uma deusa com aqueles cabelos loiros ondulados que se moviam livres sobre as costas a cada passo que avançava. Tinha
um rosto sereno no qual se destacavam aqueles encantadores
olhos verdes.

A mãe usava um vestido preto longo, justo até a cintura
e rodado para baixo. Aida usava uma saia branca justa quase a
atingir-lhe os joelhos e um blazer rosa que lhe caia muito bem
e realçava o tom da pele. A frente, próximo ao altar, os dois
fotógrafos estavam preparados para entrar em ação. Depois de

uma longa espera, tudo estava pronto para que se iniciassem a procissão de entrada.

O padre percorreu, com olhares atentos, por toda a extensão do salão e constatou que a fila estava organizada, segundo o critério definido com alternância entre os casais de padrinhos dos dois casamentos, e que nada mais faltava para iniciar a celebração, o padre sinalizou à banda e esta começou a executar a música de entrada. Em seguida, todos se levantaram para recepcionar, primeiro, os pais dos noivos e noivas e, a seguir, os padrinhos e madrinhas que começavam a entrar pelo corredor enfeitado de flores. Quando chegavam em frente ao altar, os casais de padrinhos de Thomas Brow e se dirigiam aos bancos da esquerda do altar; os de Carter e Alice foram se acomodando à direita. Por último e, ao som de uma nova melodia mais calma, abria a segunda parte do ato cerimonial, duas garotinhas vestidas de azul marinho. Uma, enquanto avançava, assoprava um canudo do qual saiam voando várias bolhas de sabão. Logo atrás seguia-a a outra transportando, num pequeno cesto de taquara, as alianças. Por fim, surgiram as estrelas, as maiores celebridades daquele evento. , sorridente, parecia flutuar de braços dados com o tio cuja função era representar-lhe o pai. A seguir também com extrema elegância vinha caminhando lentamente Alice, a filha de seu Joshua e dona Olívia. Quando chegaram ao meio do percurso, os noivos caminharam ao encontro de suas deusas e, ao vencerem a distância que os separavam, receberiam dos pais, cada qual, a mulher com quem tencionava viver até o fim de seus dias com a missão de cobri-las de cuidados.

Minuto mais tarde, o reverendo iniciava a celebração:

– Boa noite a todos! Caros noivos e noivas! É com muita alegria que a comunidade católica se faz presente para participar desse momento sagrado! – Percorre com o olhar toda a extensão da igreja e se sente feliz ao ver todos os bancos lotados. – Sejam todos bem-vindos!

Iniciemos nossa celebração em nome do Pai, do Filho e do Espírito Santo.

Todos responderam:

- Amém!

- A graça de nosso Senhor Jesus Cristo, o amor do Pai e a comunhão do Espírito Santo estejam convosco!

- Bendito seja Deus que nos reuniu no amor de Cristo!

O padre desce o único degrau e se aproxima dos noivos.

- Queridos filhos e filhas! Confesso-vos que estou muito feliz em ter sido escolhido para presidir este sacramento! Desde pequenos tenho podido acompanhar o crescimento de cada um de vocês. É muito gratificante ver que se tornaram homens e mulheres e aqui estão para firmar, junto de Deus, o propósito de começarem uma nova família! Vejo aqui a minha frente Carter, um rapaz de ouro que muito me comove pela sua história e superação. Quanto a sua companheira, Alice, uma moça de boa família, não tive o privilégio de acompanhar tão de perto, mas sei que será uma boa esposa. Ao lado de Alice e Carter, estão os jovens Thomas Brow, um rapaz batalhador que também possui uma bela história, e , a nossa tão caridosa e dedicada doutora. Confesso a vocês que sou muito grato a Deus por ter me escolhido para essa missão de unir pessoas através do amor de Cristo. - Vira as costas para a comunidade e volta para o altar para dar continuidade a celebração.

Todos se sentaram e, na sequência, uma jovem morena que usava um vestido vermelho se dirigiu ao púlpito e deu início a leitura do seguinte trecho de Colossenses:

Acima de tudo, porém, revistam-se do amor, que é o elo perfeito. Que a paz de Cristo seja o juiz em seu coração, visto que vocês foram chamados para viver em paz, como membros de um só corpo. E sejam agradecidos. Habite ricamente em vocês a palavra de Cristo; ensinem-se e aconselhem-se uns aos outros com toda a sabedoria e cantem salmos, hinos e cânticos espirituais com gratidão a Deus em seu coração. Tudo o que fizerem, seja em palavra, seja em ação, façam-no em nome do Senhor Jesus, dando por meio dele, graças a Deus pai.

Palavra do Senhor.

- Graças a Deus!

Dando continuidade, o padre se levantou da sua poltrona azul, para proclamar o Evangelho, e todos o imitaram enquanto os cantores entoavam um canto de aclamação.

Evangelho de nosso Senhor Jesus Cristo segundo Mateus. Naquele tempo, disse Jesus:
" No princípio da criação, Deus fê-los homem e mulher.

Por isso, o homem deixará pai e mãe para se unir à sua esposa, e os dois serão uma só carne.
Deste modo, já não são dois, mas uma só carne.

Portanto, não separe o homem o que Deus uniu". – Palavra da salvação!
O padre voltou a se aproximar da assembleia:

– Neste momento quero vos revelar algo muito importante: Deus tem um plano. Ele sempre tem um plano. Tem um plano para vocês. – Estendeu as mãos em direção aos casais de noivos. – Ele tem um plano para cada um de vós também. – Dirigiu-se à comunidade. – Acham que estão aqui por acaso? Pode ter certeza que não. Deus tem um plano. Acham que estes jovens estão aqui, em frente do altar apenas por que eles escolheram? Podem estar certos de que não. Os planos de Deus são muito maiores. Eu vos digo mais: Até mesmo quando nos deixamos conduzir pelas obras malignas, Deus tem um plano. Ele pode se valer até mesmo mal para vos tornar ainda melhores. O que não podemos, sob hipóteses alguma, é nos afastar do seu amor. Quando tomamos essa triste decisão de nos distanciarmos, ele respeita. Não nos impede de fazermos as nossas escolhas, mesmo que isso o contraria, mas engana-se quem se ilude com a ideia de que será livre distante do criador. Ao contrário, tornar-se-á escravo do mundo, escravo dos vícios, escravo do Demônio. Este mundo pertence a ele.
Portanto, irmãos e irmãs, sejam livres em Deus!
Voltou-se aos noivos e noivas:

Queridos filhos e queridas filhas, estão aqui para firmarem, diante de Deus, o propósito de se unirem através do sacramento do matrimônio e fazem a coisa certa. Deus deve estar presente, por vossa iniciativa, em tudo que tencionarem fazer.

Que entre vós seja assim: tudo na presença de Deus; longe Dele, nada!

Queridos filhos, ainda tenho a vos dizer que, antes de qualquer decisão, amem um ao outro e não se arrependerão! Rezem juntos para Deus poder ajudar a vocês quando a cruz pesar. Não tenham dúvida de que haverá momentos em que o peso parecerá insuportável, mas Jesus prometeu nos ajudar. Que ele tenha misericórdia de vocês! Que Ele tenha misericórdia de cada um de nós!

Com essas súplicas encerrou o sermão e voltou para o altar.

Depois de concluído o rito sacramental do matrimônio, o ministro eleva as mãos sobres os mais novos casados da Vila São Domingos e declara:

– Deus de Abrão, Deus de Isaac, Deus de Jacó, o Deus que abençoou os nossos primeiros pais no paraíso, confirme e abençoe em Cristo este compromisso que manifestastes perante a Igreja. Que ninguém separe o que Deus uniu!

Depois de retornar ao altar o celebrante se dirige à comunidade; – Se alguém da família ou amigo dos recém-casados quiserem fazer uso da palavra este é o momento.

Naquele momento, após um breve silêncio, o celebrante percebeu que alguém, entre os que se sentaram num dos últimos bancos, levantava a mão.

— Que bom, pode vir aqui senhor, a palavra é sua!

Naquele momento, toda a assembleia, inclusive o padre, observavam, intrigados, aquele estranho que se aproximava do altar a caminhar lentamente. Quem seria? Jamais havia sido avistado por alguém naquela região. O que teria ele a dizer sobre aqueles jovens que haviam acabado de se casar? Seria, por acaso, algum parente dos noivos? No espaço de tempo em que aquele velho de aspectos estranhos se aproximava do altar, dirigia-se ao púlpito e pagava o microfone; muitas dúvidas pairavam no ar. Por perceber tudo o que se passava na cabeça das pessoas que lá se encontravam, ele lançou um olhar penetrante para o público atônito. Depois esboçou lhes um breve sorriso e começou a lhes dirigir a palavra:

— Amados irmãos, percebo daqui de cima, o quanto estão curiosos para entender o que tenho a ver com esse momento tão sublime. Pois bem, Eu lhes garanto que a resposta é tudo a ver. Não sabem, ou melhor, jamais imaginaram que alguém tem acompanhado os passos de cada um de vocês. Em algumas ocasiões, ao longo de suas vidas, fui amado e, muitas vezes odiado por não entenderem a razão das coisas que vos acontecem. Por tantos motivos alguns de vocês me consideram um manipulador a me divertir com as adversidades da vida, mas eu lhes garanto que estão enganados. Não vivo a interferir na vida de ninguém. Não como pensam, mas procuro contribuir para que aconteça o necessário a promoção de mudanças positivas em vossos corações. Para que não se machuquem nas armadilhas que o mundo vos apresenta. Precisam ser capacitados para viverem em harmonia.

Admito que situações de sofrimento aconteçam, porque isso torna-se necessário para consertar os estragos causados por vossas ações imaturas, pelo mau uso do livre arbítrio. Volto a insistir-lhes que não sou um manipulador, o que me impulsiona a agir na vida de vocês é o amor que queima em meu peito. Não suporto vê-los cada vez mais feridos por não entenderem os segredos da verdadeira felicidade. São escravos deste mundo. Não deveis se deixar aprisionar por nada, foram criados para viver em liberdade. Cuidado com a ganância, ela vos escraviza e transforma a vida de vocês em ruína total. O orgulho também vos provoca um mal terrível! Estejam atentos a tudo que vos roubam de vocês mesmos. Procurem ser autênticos, recusem a quaisquer tipos de máscara. Ninguém pode ser feliz fugindo de si mesmo.

Amados, se ficarem atentos aos acontecimentos do cotidiano, perceberão com mais facilidade a minha presença junto de vós. Por muitas vezes estive bem próximo de vocês, até vos falei, mas não se deram conta ou se recusaram refletir sobre cada situação. A esses rapazes que hoje começam uma nova trajetória de vida tenho acompanhado bem de perto.

A toda situação, o velho fazia surgir, na mente dos presentes, algum episódio marcante para ajudá-los a compreender.

Caros amigos que aqui se encontram, se voltarem no tempo, suas lembranças lhes ajudarão a identificar muitos momentos em que estive convosco e vos falei através do coração. Infelizmente, algumas vezes não me deram ouvidos.

Aos recém-casados deixo o meu apelo para que jamais se esqueçam do sentimento que vos uniu um dia para que vossas descendências se perpetuem no amor.

Elevou os braços e pronunciou com energia:

— Que a paz esteja sempre no meio de vós!

A seguir depositou novamente o microfone sobre o púlpito e, depois de, lentamente, descer o degrau, saiu caminhando em direção à porta enquanto a comunidade o observava admirada.

Em seguida, algumas pessoas acompanharam aquele estranho para perguntar quem era, mas não mais o viram. Desaparecera como mágica, deixando a comunidade confusa se aquilo tinha mesmo acontecido ou se tivera uma alucinação coletiva.

Que a vida é cheia de mistérios, ninguém pode contestar; porém, a tudo as pessoas tendem a encontrar explicação: Para alguns, os diversos acontecimentos que sucedem a cada ser humano são de responsabilidade do destino; para outros, pode ser obra do acaso; mas para os cristãos, Jesus Caminha e caminhará, junto de seu povo, até o fim de seus dias.

Fim!